ロイヤル・シークレット

ライラ・ペース
一瀬麻利〈訳〉

His Royal Secret
by Lilah Pace
translated by Mari Ichinose

Monochrome Romance

His Royal Secret
by Lilah Pace

ロイヤル・シークレット

His Royal Secret

translation Mari Ichinose

illustration yoco

L I L A H P A C E

イラスト：yoco

第　一　章　　それはポーン程度の秘密ではなく

二〇一二年五月

＋＋＋＋＋＋＋＋＋＋＋＋＋＋＋＋＋＋＋＋＋＋＋＋＋＋＋＋＋

王室騒動
尻軽サンディ、黄金を捨て赤毛に鞍替え？

　レディ・カサンドラ・ロクスバラの衝撃的な密会写真が、またもや流出した。熱き抱擁のお相手は、どう見ても皇太子《プリンス・オブ・ウェールズ》ではないもよう。アイルランド通信業界のエリート、スペンサー・ケネディだという噂もあるが、パパラッチたちが狙いを定めているのは、相手の顔ではないようで……！　不実な罪をまたも重ね、果たしてサンディはジェイムス皇太子の許しを得ることができるのか？　わが英国国民は、この写真を見てもまだ彼女を次期王妃と

して受け入れることができるのだろうか？　［コメントはこちらから］

＋＋＋＋＋＋＋＋＋＋＋＋＋＋＋＋＋＋＋＋＋＋＋＋＋＋＋

ジェイムスの私用電話が鳴った。クラレンス・ハウスでは、プライベートな居室エリアにいるときでも、電話の類はほとんど執事が応対する。だが、この回線の番号を知っているのはごく親しい友人と家族だけだ。お茶が用意されたトレイ越しに腕を伸ばし、電話をとった。相手がひと言も発しないうちに口を開く。

「少なくとも、きれいに撮られていたじゃないか」

「は、は、は、は、は！」

キャスは傷ついているというよりむしろ、怒っているようだった。全世界にトップレス姿を曝したからといって、動揺するようなたちではない。ジェイムスもよくわかっている。それに、タブロイド紙にセミヌードの写真が載るのもこれが初めてじゃない。とはいうものの、いつものゴタゴタよりは深刻だった。

「リゾートのオーナーの話じゃ、敷地内は完璧に守られてるって保証つきだったのに」

「うん。でもいくら気をつけていても、パパラッチのほうがいつだって一枚上手なんだよ」

キャスは呻いた。「これ、いつまで続くの？」

「六週間、いや、二ヵ月くらいってところかな。今度ばかりは本当に怒っているふうに見せないとまずいだろうから。きみは、そうだな、パリにでも潜伏しているといい。で、取り乱して化粧もしないでいるところを写真に撮られる――っていう筋書きでどうだろう？」

「そういう意味じゃないの」キャスの声が静かに響く。「私が言いたいのは、こんな茶番をいつまで続けなくちゃならないのかってこと」

キャスことレディ・カサンドラ・ロクスバラは、ジェイムスがこれまで四人にしか打ち明けていない秘密を共有しているひとりだった。

英国の次期王位継承者がゲイである、ということだ。

ジェイムスは、この秘密の共有者の数を二桁台に増やす気はなかった。多くて五人というのが妥当な数字だろう。五人目――そう、これぞという特別な相手、秘密を共有できると信頼するに足る相手と巡り会えたら、残りの連中には永遠に知らずにいてもらえばいい。

今より若くて理想に燃えていたころは、もっとオープンでありたいと思っていた。大学入学前のギャップイヤー（訳注：高校卒業後、大学入学資格を保持したまま一年間遊学できる制度）のとき、ジェイムスは父親に秘密を打ち明けた。すると、ジェイムスの父――ウェールズ公エドマンド――は、拍子抜けするほどあっさりそれを受け入れたのだった。

＊　＊　＊

「まあ、お前が初めてというわけではないからね」

「うん、知ってる」

「てっきりお前とカサンドラは――」

「ただの友人関係。それ以上のことは何もない」

「軽はずみなことはしていないだろうね？」

「もちろん。これからも、ニュースのネタになるようなことはしない。約束する」

「お前がゲイでも構わないという娘《こ》を見つけるといい。そういう状況でも慈しんでやることはできる。子どもだってできるだろう」

「今どき、そんなふうに偽って生きている人なんかいないよ」

「私たちは市井《しせい》の人たちとは違うんだよ、ジェイムス。なんでも好きなことをしていい立場ではないんだ。私もお前もね」

「わかってる。自分の務めはしっかり果たしたい。でも――偽りの口実で誰かと結婚するなんて、わけがわからないよ。秘密はいつか漏れる。そうしたらもっとひどいことになるじゃないか」

「まあ、それはそうだが」

そう言って父が大きなため息をついたのを、今でもよく覚えている。けれどもその目尻には微笑んでいるような皺がうっすらと浮かんでいて、ふたりの間の緊張感を和らげてくれてもいた。

「王位継承は妹に任せることもできる——だがまあ、それについてはこれからゆっくり話し合おう。時間はある。私が王位に就《つ》いたらお前が皇太子になるわけだが、その間にいろいろと算段を整える機会もあるだろうさ」

なんと答えていいかわからなかった。ジェイムスはただ頷き、喉元までこみ上げてきたものをぐっと押し戻した。

「そのときが来るまでは、慎重にしないといけない。『慎重』では足りないくらいだ。私が王位に就く前に事実が明るみになったら、お前を守ってやるのは厳しくなるからね。何しろお祖《じ》父様《いさま》方は——ほら、現代的ではないだろう？」

わが国の言語をもってして、現イギリス国王ジョージ九世とルイーザ王妃を形容するのに、「現代的」ほどそぐわない言葉はないだろう。

「うん」

「だが、時代は変わる。ゆっくりとだが変わっていくんだ。世論だって徐々に考えを改めていく。そうしたらお前もこの小さな嵐を乗り越えられる。ほら、おいで。母さんにも打ち明けに行こう」

あのときでさえ、ジェイムスは父が世論に対して楽観的すぎるのではないかと考えていた。だが、それからわずか七ヵ月後に、父子で交わした会話がすべて無に帰することになるとは、ふたりとも夢にも思っていなかった。

＊　＊　＊

オーストラリアとニュージーランドへの親善訪問に向かう際、サンゴ海上空であんな大嵐に遭うなんて——。

タブロイド紙は、墜落して海岸に打ち上げられた専用機の残骸をひとつ残らず熱狂的に報道した。ぶくぶくに膨れた溺死体の写真——かつては英国皇太子であり、よき父、よき人物だった——が、インターネット上にあまねく公開された。

せめてもの救いだったのは、母——プリンセス・ローズの死体が見つからなかったことだ。そのせいで母については、「無人島に漂着した」「海賊に囚われた」など、ありとあらゆるでっちあげ記事が連日ニュースフィードを賑わした。マスコミは、国民の人気者だったプリンセス・ローズから最後の一滴まで搾り取って儲けようと躍起だった。

それから間もなくジェイムスの皇太子叙任式があった。まだ、大学生の身でだ。妹のインディゴは情緒不安になった。お気楽なティーンエイジャーだったはずが、急に微妙な立場に立たされたせいだ。祖父・ジョージ九世は老齢のため健康面での不安も大きかった。ジェイムスの責任は日に日に重くなるばかりだった。

　キャスと共謀してこしらえた、この偽りの関係もすでに一〇年近く続いている。ほかにいい方策がないせいだ。あれほど偽りの生活を嫌がっていた自分が、今や、それを少しでも長く続けようとさえしている。

　ジェイムスは、電話の向こうのキャスに言った。

「王妃になる気は、相変わらずないんだろうね」

「ああ、ジェイムス」キャスは、この点に関しては決して意見を曲げなかった。

「きみのものになるはずの宝石類は、もう見てみた？　ほら、あのものすごいブリンブリンのことだけど……。ブリンブリンって、もう死語かな？」

「とっくにね。それにもし結婚したら私たち、一生この嘘に付き合わないといけなくなるのよ。あなたに耐えられるはずない。でしょ？」

　ジェイムスは塞いだ気持ちでこめかみに手を当てる。「耐えなきゃいけない」

「いいえ。そんな必要ない」

「国王になったら、英国教会総裁も務めることになる。教会はゲイの聖職者にも、同性婚にも強く反対する立場をとっている。亀の歩みのようにのろのろと変化していくような国を治めるんだ、この国がゲイの王を受け入れるなんて千年早いよ。父さんは私より政治通だったし、何よりみんなに愛されていた。私はあんなふうになれない。父さんならうまく道筋をつけてくれたかもしれない。ひょっとしたらね。でも、父さんも母さんも死んでしまって、わずかな希望も消えてしまった」

「なら、王位を放棄すればいい。おじ様に譲りなさいよ」

「私が降りてもリチャードには譲れないってわかってるだろ？　順番からいけばインディゴが先だ」

ジェイムスの妹、プリンセス・アメリア・カロライン・ジョージアナは、マスコミからはメリーの愛称で呼ばれている。が、本人はこの呼び名を嫌い、一二歳のころから、兄や友人には自分を「インディゴ」と呼ばせている。

インディゴ女王。いや、無理があるだろう。

「妹に押しつけるなんて、これほど残酷な仕打ちはないよ」

「いいえ違う」キャスの声が優しく響く。「あなたにとっていちばん残酷な仕打ちは、嘘を吐《っ》き通して自分をそうやって閉じ込めてしまうこと」

議論がこのあたりに差し掛かってくると、ジェイムスはいつもひどく居心地悪くなる。

「そうだな、でも、今はカミングアウトできないよ。マスコミがこぞってかき立てる。皇太子、ゲイに転向！　原因はきみの――ええと、何だっけ。ああ、『奔放で豊富な男性関係』だったか」

「もう！　あいつら全員とっ捕まえて平手打ちを喰らわせてやりたい――って、もちろん、したこともございませんけれどもね！」

　キャスは貴族という立場上、公の場では怒りを露わにしないようにしているが、これはパパラッチにとっては幸せなことだろう。典型的なスコットランド人女性の例にもれず、キャスもまた忍耐強いものの、いったんキレると猛烈に恐ろしいのだ。おまけに小柄な体型からは想像できないほど、屈強な体力の持ち主でもある。キャスと真っ向から闘ったら、どんな相手も木《こ》っ端微塵《ぱみじん》だろう。

「宝石目当てにあなたと結婚する気はないわよ、ジェイムス。でも、あのティアラをもらえるくらいの働きはしてるかもね。少なくとも」

「もちろんティアラはきみに捧げるよ。私の永遠の感謝を添えて」

　ジェイムスは、手にしていた『サン』紙を銀のトレイの端に置いた。新聞は今朝、執事のグローヴァーがお茶のセットとともに運んできたのだ。いつもながら丁寧に紙面にアイロンをかけ、何を言うこともなく。

「それじゃ、シンプルバージョンでいこうか。いつもの仲違《なかたが》いっていう設定でどうかな？　私は間もなくアフリカ訪問に出るから、時間も少し稼げる。バルモラル城でのハイランド・ゲームで『より』を戻して、それから決めよう。その――これから先、どうするかについて」

「ほんと？」キャスが嬉しげな声を上げた。喜ぶだろうとは思ったが、これほどだとは思わなかった。キャスに多大な負担をかけていることは重々承知している。が、こんなふうにほっとした声を聞くと、キャスが犠牲にしているものがいかに大きいか、改めて身につまされる。

「本当に、本当だ」

「あなたにとっては、とても大変な決断になるわね」

「ああ。でも、どちらに進んでも、茨の道であることには変わりない」


電話を切るとジェイムスは居間に行き、お気に入りの椅子にすっぽりおさまり丸くなった。暖炉はグローヴァーの手で朝早くから火が入っている。亡き母が可愛がっていた二匹のコーギーのうち、年上のほうが暖かな火の前でまどろんでいる。

この部屋を見たら、あまりに質素で居心地がいいことに誰もが驚くはずだ。もちろん、ものはすべて上質だが、クラレンス・ハウスのほかの部屋とは違って、居間は宮殿の一部というより家族の部屋として造られていた。備え付けの棚には、テレビセットがむき出しで置いてあるし、壁には、名画と並んで家族の個人的な写真が、子ども時代のものからずらっと飾ってある。

書棚の蔵書も、ほかの部屋だと革張りの古典がずらりと並んでいたりするけれど、ここにあるのは、家族が好きで読んでいるものばかりだ。父は歴史小説、母はスパイ小説が大のお気に入りだった。インディゴは『ナルニア国物語』シリーズ、そしてジェイムスは科学に関する本。ページのよれたペーパーバックもある。

この部屋は、自由気ままに散らかしていてもいいのだ。家族とごくごく親しい友人と、信頼できる使用人しか入ることがないのだから。天井まで六メートルもあり、床には豪奢なペルシア絨毯が敷いてはあるものの、ここはクラレンス・ハウスの中でいちばん居心地のよい、ほっとできる空間だった。誰に何を見せるわけでなく、人の目を気にせずにくつろげる唯一の場所。

そもそも、問題はそこにあるのかもしれない。

ジェイムスは生まれてこの方ずっと、人に見られる生活を強いられてきた。これからも、そうだ。血の通った本物の家庭など望んではならないということなのだろう。

＊　＊　＊

二ヵ月後

傷心の皇太子、サファリの旅へ
支払いは国民持ち！

ベンジャミン・ダーハンはウェブサイトの見出しを見て眉をひそめた。この仕事には乗り気ではなかったが、少なくともこんな屑みたいなタブロイド記事よりはまともなものが書ける気がする。ケープタウン支局のベンの担当編集者は、ベンをここケニアに派遣するとき、電話でおそるおそる話をもちかけながら同じようなことを言ったものだ。

「冗談でしょう? 俺の専門は経済政策ですよ、ロジャー。ロイヤルファミリーの連中が草っぱらでクリケットに興じている記事なんかじゃなくてね」

「ロンドン異動を希望してから、かれこれ一年近くになるんじゃないか? ちょっとここらでお前さんがチームプレーヤーだってところを見せてくれよ。そうしたら、異動のほうもすんなりいくって。ナイロビの特派員は妊娠中でおまけに今は絶対安静なんだ。こんなときこそチームの本領発揮だろ。みんなで力を合わせて、世界が渇望しているロイヤルファミリーのニュースを提供しよう。それに、贅沢なサファリ・リゾートで三日過ごせる。これよりひどい仕事だって、あっただろう?」

二日間ケニアで過ごし、ベンはロジャーの意見に賛成する気になっていたが、それもこれも秋の雨季が例年より二、三週間長いおかげだ。英国皇太子が著名人たち相手につまらないことをべらべらしゃべるのを見物する代わりに、こうしてずっと自室のスイートの中に閉じもっていられる。

そう、ここでは、いわゆる三下の記者にもスイートがあてがわれる。部屋だけは豪華だといっていい。革張りの贅沢なソファセットに、椰子の葉をかたどったブロンズの大きなシーリング・ファン、アンティーク風の書き物机。マホガニー製の四柱付きベッドは堂々たるキングサイズだし、部屋中にある装飾品ときたら——。スイートにこもっているうち、ベンは自分がなんだかヘミングウェイにでもなったような気がしていた。ここにいること自体、馬鹿馬鹿しいし、いかなる理由であれこんなことに巻き込まれている自分はもっと馬鹿だと思うが、二日というものずっと雨に降り籠《こ》められているせいで、そうした抗うような気分も消えかかっていた。

　これまでにジェイムス皇太子のご尊顔を拝したのはたった一度、ジョモ・ケニヤッタでの最初の記者会見で、それもかなり遠くからチラリと見ただけだった。その距離からわかったことといえば、皇太子は巷の風刺漫画が描くほど背が低いわけではないということだ。そのほかに話のネタになるようなことはほとんどなく、状況もあまり望ましくはなかった。屋外での予定行事はすべて中止となり、その代わりに皇太子は、地元の要人たちとプライベートなディナーの席をともにしているという話だ。

　当初、ベンはいらだったが、すぐに「これはチャンスだ」と思い直した。「カット＆ペースト」で大量生産されるような目撃記事ではなく、皇太子への謁見のために集まってきた人たちについて書くことにしたのだ。英国王室がこの地で求められていること（自国の政府ではとうてい実施不可能な事項に対する援助等々）、英国皇太子に懇願せざるを得ないほど深刻な状況に陥っているアフリカ社会——といった切り口なんかどうだろう。よし、それでいこう。

　原稿をほとんど書き上げると、ようやく贅沢なスイート生活を楽しむ気持ちになれた。

降りしきる雨の音も。

やれやれ、午後もまだ早いっていうのにどこに行くあてもなく、何をする予定もないなんて。

こうなったら心ゆくまでヘミングウェイ的な気分に浸って、ラム酒でも楽しむとするか。

備え付けのこれまた豪勢なバーで、酒をツーフィンガーぶんタンブラーに注ぐと、ずしりとしたグラスの重みを愉しみながら、屋根つきのテラスに出た。

テラスからは、リゾート内のほかの宿舎がちらほら見えるはずだった。だが、銀幕を落としたかのように降り注ぐ雨が、ベンをとりまくすべての世界を覆いつくしている。そのせいだろうか、そこにあるべきものがないような、心もとない気分になってくる。その孤独感は妙に美しく、同時にもの寂しくもあった。

風が吹きつけ、細かな雨粒が腕に、そして頬に当たる。目を閉じ、肌に当たるその冷たい感触をじっくり味わった。

そこにあって、そこにはない。

ひとりであって、ひとりじゃない――。

――そのとき、水の跳ね上がる音が聞こえた。

誰かが水浸しの中庭を走り抜けようとしている。が、水は思ったより深いようだ。目を開けたベンの視界に飛び込んできたのは、遥か彼方、壊れた黒い傘をさしてびしょ濡れになっている人影だった。膝まで水に浸かっている。ベンは思わず笑い、それから大声で呼びかけた。

「こっちに来いよ！　溺れちまうぞ」

男は一瞬考えたようだが、すぐにバシャバシャと音を立てながら、テラスの階段を上ってくる。

「一杯やったほうがよさそうだな。待っててくれ、グラスを取ってくるから」

そう言って部屋に入りながらベンは考えた。思いがけないこの客人は、俺と同じ王室の追っかけ記者だろうか、それともただの泊まり客か？　いずれにせよ、ちょっとした気晴らしになると思うと心が浮き立った。どんな会話だって、まるきりないよりましだ。

急いで酒を注ぐ——自分のために注いだのよりも幾分多めに。おもてなしってやつだ——そして、テラスに戻ってみると、そこに立っていたのは、体じゅうから滴《しずく》をしたたらせている英国皇太子その人だった。

「おっと」ベンはとっさに姿勢を正した。「失礼いたしました、その……殿下」

作法はこれで間違いなかったか？　今回の仕事を受けるときに大まかな説明は受けていたのだが、よく思い出せない。今までこうした儀礼について気にかけたことなどなかったし。

驚いたことに、王子が眉をひそめた。「いただけないな。さっきのように普通に話しかけてくれるほうが何倍もいいね」

そうか、殿下はお好みの「謙虚な私」路線でいくつもりだな。それならこっちも負けずにかましてやるか。「オーライ。じゃあそうしよう。俺はベン。どうぞ、飲んで」

「私はジェイムス。だからといって気にしないでほしいね」

おっ？　のってきたか。これは面白い。

ベンは、すぐ目の前に立っている英国の次期王位継承者をじっくりと観察した。確かに背は高くはないものの、標準的な身長より少し低い程度だ。少年みたいに柔らかな髪は、写真で見たときは栗色に輝いていたが、今は雨に濡れて黒ずんでおり、額を覆う前髪から滴がしたたっている。ふだんはフォーマルなスーツ姿だからわからないが、コットンのシャツが濡れているせいで、体つきのよさもくっきり見てとれる。眉は太くつり上がっていて、険しい顔つきをすればかなり威嚇的にも見えそうだが、赤い唇がそうした印象を和らげている。そしてもちろん、あの有名な、碧の瞳――。

――その瞳が、今、ベンがじろじろと観察していることに気づいたようだった。ベンは急いで言った。「一体全体、そこで何をしてたんだ?」

「今日は珍しく自由にできる時間が取れたんでね、雨が小降りのうちにメインラウンジまで出かけていって、戻ってこようと思ったんだ。職員たちと少し会話をしたりとか、そういうことをさ。ほら、誰だって労をねぎらわれたら嬉しいものだろう？　で、出かけたはいいが、戻れなくなってしまった」

ジェイムスはテラスにあった籐の椅子に腰かけると、悲しそうな顔で、かつては傘だった黒いびしょ濡れの物体に目を向けた。

「三〇分前までは、頼もしく見えたのだけれどな。まったく、これが雨季ってやつか。ロンドンの雨なんかかわいいものだね」

ベンは思わずこの男が好きになりかけ――とっさに踏みとどまった。

チャーミングであること、それこそがジェイムスの職業みたいなものなのだ。さすが日夜腕を磨いているだけのことはある。なかなか堂に入ったものだ。

「セキュリティーは問題ないのか？　警備の人間が四六時中見張ってるものだろう？」

「ありがたいことに大丈夫だ。このリゾートは人里離れているうえに、警備もしっかりしているから、たまにこうして一般人みたいに出歩いても平気なんだ。それもあって、つい出かけたくなったんだが、この有様さ」

ジェイムスは酒を啜《すす》った。急いでいるふうには見えなかったし、居心地悪さもまったく見られない。どこにいても自宅にいるみたいにくつろげるのは人懐っこいからなのか、それとも尊大だからなのか？　多分その両方だろう、とベンは思った。自分がどんな身なりでいようと、ちっとも気にかけていないようだ――髪が湿ってくしゃくしゃに乱れていようと、白いリネンのシャツが、よく引き締まった体にぺったり張りついていようと。

「それで、ベン、きみはこの忌々《いまいま》しい天気の日に何をしていたんだい？」

「今日？　特に何も。文章を書いては雨を眺めてだらだら過ごしていたら、こうなった。まあ、こういう天気は俺の気分には合うけどな」

「物書きなのかい？」ジェイムスが笑みを浮かべる。「きみのことを、髭を剃って小綺麗にしたへミングウェイっぽいなと思っていたところだよ」

ううむ、これまた死ぬほどチャーミングなせりふだ。

自室のテラスで皇太子と出くわしたときは驚いたというか、たまげたが、落ち着いて考えてみると——これはチャンスだ。

ちょいとばかり感じよく振る舞って、きわどい質問をいくつか投げてみよう。うまく独占インタビューができれば、いい読み物になる。ジェイムスがへまをしでかして、迂闊にも特権階級的な発言や人種差別的な失言をしたら（うん、きっと彼はしそうだ）、特ダネ扱いで書いてやる。

とはいえ、こうして話していると、ジェイムスがいわゆる儀礼的な立場からではない、ある種の礼儀正しさを自分に示してくれているということも伝わってくる。礼儀正しさだけじゃない。信頼感もだ。記者なのだから、こちらとすれば攻めの路線で行ってもいいのだが、それでも越えたくない一線というものはあった。

そして何よりも驚嘆すべきなのは、ジェイムスの瞳が、写真どおりの碧色をしているということだ。かねがね瞳の色は画像ソフトで調整しているに違いないと思っていたのだが、違った。エメラルドそのものの鮮やかな碧。唇は正真正銘の真紅だ。頰にはかすかにそばかすが散らばっている。それに手の甲にも。皇太子は、実際にこうして向き合って見るほうが写真よりもハンサムだとさえ言えた。
そうだな――しばらくはあれこれ考えず、この美しい眺めを愉しむことにするか。

＊　＊　＊

ベンは「ネコ」だ。

子どもの時分、ジェイムスはインディゴとよく人間の「タイプ」を手ごろな動物のカテゴリーに分類して遊んだ。だいたいペットになるような動物ばかりだったが、それはふたりがまだ子どもだったせいだ。ほとんどの人たちが「イヌ」だった。これは侮蔑ではなくて――ジェイムスもインディゴも犬は大好きだ――、王族に対し、どう振る舞うかをもとに分類した結果だ。犬というのは、人に会うと大喜びする。その喜び方はいろいろで、熱狂的にひれ伏すタイプもいれば（ラブラドールレトリバーみたいに）、単に話のネタになるから嬉しいという人たちもいる（これはコーギー）。最初は無関心を装おうとするものの、知らず知らずのうちに興奮してくるタイプもいる（ブルドッグ）。

そんななか、わずかだが「ネコ」科に属する人たちもいた。ネコ科の人たちは、誰かに会っても感激したりしない。礼儀正しく振る舞おうとする者もいるが、それでも退屈さがどうしてもにじみ出てしまう（ペルシア猫みたいに）。あるいは、礼儀正しい範疇にどうにか踏みとどまろうとしつつも、あきらかに失礼な態度を見せるので、相手の身分や名声などちっとも興味がないということがわかってしまう（シャム猫がそれだ）。さもなくば批判的な態度をとって、隙あらばこちらの足元をすくおうとする（ヒョウ。めったにない例だが、出くわすとこちらのダメージも大きい）。

ジェイムスは、まだなんとなくだけれど、ベンはネコ科の中で最も稀な存在、ライオンではないかと感じていた。ライオンは自分なりのルールに従って行動したがる。

こういうライオン族に対処するいちばんの方策は、速やかにその場を離れることだ。公の場では、ふだんの自分をいちいち見せてはいられない。皇太子として振る舞うのは人が想像する以上に疲れるものだ。なのにライオンたちときたら傲岸《ごうがん》で、「お前は国民のために公の場に出てきているのだから、俺たちの好きにしていいはずだ」という態度をとる。まったくもって逃げるが勝ち、の相手なのだ。

だが今は、ベンに応じてもいいと思った。王族に対してこんなふうに振る舞える人間はそういない。これは挑戦とも言える。ベンの好奇心を動かしているものが何であれ、傲岸さではなかった。

それに――めったにないお愉しみじゃないか。

好きなときに好きなところへこうして出かけられるなんて。身辺警護人をつけることもなく、見ず知らずの人間と気軽に話をしている。ベンの逞《たくま》しくも麗《うるわ》しい佇《たたず》まいは、見ているだけで愉しい――広く張った肩、角ばった顎、美しく盛り上がった筋肉、そして深い茶の瞳とよく合った漆黒の髪。

世間から隔絶され、厳重に守られたこのリゾート地でなら、ほかの人間同様に振る舞えるような気がした――まあ、そこそこには。

「それで、アフリカに来たのは小説の雰囲気作りのため？」

籐の椅子に身体を深く預け、ジェイムスは尋ねた。

「いや、アフリカに住んでいる。といってもここからずっと離れたところだが。ケープタウンだ」

「本当に？　南アフリカの訛りはないけれど」

「確かに出身は別だ」ベンの瞳が面白そうに輝く。「あまり当てられたことはないけどな」

ジェイムスは考えた。「アメリカのアクセントはあるね――あとは、ドイツかな？」

「すごいな。そこまで当てたやつはあんたが初めてだ。アメリカとドイツ、どっちでも暮らしていた。生まれでいえばイスラエル人。といっても子どものころだけだけどな。オーストラリアとアジアでも働いていた。いろんな国のアクセントが混じってると思うね」

ジェイムスはこれまで五〇カ国くらい訪問してきたが、実際に国外で暮らすチャンスはなかった。羨ましさでちくりと胸が痛む。自分の望むときに望むところへ出かけられるというのは、どんな感じなのだろう？

「きみには語るべき物語がたくさんあるんだろうね」

ベンが豪快に笑う。「もしくは葬るべき物語が、な」

「葬るべき物語か、いいね。私は秘密を持てる立場にないから」

たったひとつの大きな秘密を除いては、ジェイムスのすべてはタブロイド紙の餌食となってきた。誕生時から――いや、それ以前からだ。あるタブロイド紙が看護師を買収したせいで、母が妊娠三二週のとき、エコー検査の写真が紙面を飾ったことさえある。

「それでも何かあるはずだろう？　世界にまだ知られていないことが」

「これは取り引きかな？」ジェイムスは軽く言った。「秘密と、秘密の」

「いいね」

「君の秘密も高くつきそうだな」

驚いたことに、ジェイムスの言葉はベンの急所を突いた。不意打ちにあったかのように、ベンが目を伏せる。しかし、再びジェイムスと目を合わせたとき、その顔には笑みが浮かんでいた。温かみのにじむ、偽りのない笑顔だった。

「あんたが望むなら取り引きに応じよう」

ジェイムスはきわめて個人的な情報までは洩らさないだけの分別は持ち合わせていたが、だからといって、腹を割って話せることが何もないわけではなかった。

「わかった、じゃあ私から。全身全霊、誠意を込めて未来の英国国王としての義務を全うしたい……とは思っているけれど、科学者として別の人生を歩めたらと思うことはあるね」

「科学者？」

「ケンブリッジでは生物学を学んでいた」

「ああ、そうだったな」ベンがそう答えたので、ジェイムスは驚いた。ネコ科のベンがロイヤルファミリーの記事に細かく目を通しているとは思わなかったのだ。でもまあ、暇を持て余している人は何でも読むというじゃないか。たとえば空港や、ヘアサロンなどで。

「だがそれは……」

「おいおい、まさか大学が王位に敬意を表して学位をくれたとでも？　そうだとしたら、残念ながらケンブリッジの学監を甘く見ているね。ボーイスカウトの認定バッジをもらうのとはわけが違うんだ」

「じゃあ、なんで科学者にならなかったんだ？」

「王位継承権を放棄して？」ジェイムスは笑った。イートン校時代、まさにそのことをどれほど夢見て過ごしただろう。「確かに自分の務めは妹に押しつければいい。女王になるのを心底嫌がっているけどね。まあ正直なところ、さっきの言葉どおり、未来の英国国王としての義務を全うしたいっていう気持ちに嘘はないんだ。だってそのためにこれまでいろいろ準備して生きてきたんだから。それでも、もの悲しい気持ちになることもある。決められた道を外れることができないと思うとね」

ベンはラムを啜り、思いを巡らせた。

「そんなふうに考えたことはなかったな。務めから逃れない——たとえ逃れたくともってことか」

「私の務めは一生ものなのさ。さあほら、きみの番だ」

しばらくベンが考え込む。その間、ジェイムスはゆったりと景色を愉しんだ。

なんて凄まじい天気だろう。雨は激しさを増し、まるで滝のようだ。現実というより映画のワンシーンみたいに思える。ここに座り、安全で快適な場所からこうして眺めていられるなんて、ものすごく贅沢な気がしてくる。

それに、ベンはなかなか目の保養になる。ハリウッド俳優みたいな整い方ではない、もっと粗削りな魅力。それが気に入った。淡いブルーのシャツのがっしりした肩も。指の長い大きな手も——

「俺の番だな」ベンが口を開いた。「経済学者になるために勉強した。シカゴ大学だ。あそこもほいほいと記念バッジをくれるような大学じゃない。トップの成績を修めて大学院の院試までこぎつけたが、大学の最後の学期で燃え尽きた。結局、院には行かず、卒業と同時にすべてを放り出した。バックパッカーになって二年ほど東南アジアを回り、書き始めた。それを後悔したことは一度もない」

ラムを啜りながら、ジェイムスはベンの言葉を頭の中で反芻する。

「それほど自由に振る舞えるなんて素晴らしいね。ただ、きみが言うところの『燃え尽き』ってやつが何であれ、原因はあまり楽しいことじゃなさそうだな」

「ストレス。プレッシャー。わかるだろ」

「学問の?」

ベンは口を開き、明らかに賛同しかけたが、そこでためらいを見せた。

「ああ。だが、それだけじゃない」

先を促す代わりに、ジェイムスは沈黙に任せた。ふたりの間を雨音が埋めていく。

「俺がまだうんと若いころに両親が死んだ」

言葉がぎこちなく口をつく。この話はあまりしたことがないのだろう。

「一三のときだった。それから、遠い親戚に育てられた。ドイツの大学で教授をしている夫婦で、俺はふたりによく思われたかった。自分の居場所を確保するために。ふたりに邪険に扱われたとか、そういうことじゃない。自分で自分にプレッシャーをかけたんだ。だがようやく、ふたりが何を望んでいるのか気にしなくてもいいというところまで到達できた。それで、自問自答した。俺は何を望んでいるのかって」

ベンの顔に何ともいえない表情が浮かんでいる。

ひょっとしたらベンは、今でもまだそれについて答えを出せていないのかもしれない。

これ以上、ベンに話を続けさせないほうがよさそうだ。

少し明るいムードに戻さないと。

ジェイムスは辺りを見回し、いいものを見つけた。

「チェスはできるかい？」と、室内のテーブルのほうを顎で示す。テーブルには、大理石製とおぼしきチェスセットが置いてある。

「ああ、だがずっとご無沙汰だ」

「私もそう」ジェイムスが笑みを浮かべる。「やってみないか。いいだろう？　それとも打ち負かされるのが怖いかな？　きみたちの専門用語でいう『近親交配のアホ』だったっけ――そんな私に負けるのは？」

ベンが声を立てて笑う。「俺はアホ呼ばわりしたことはない！」

「でも近親交配はあるんだね？　思ったとおりだ！　正直に認めたな、こいつ。さあ、勝負だ」

＊　＊　＊

くそ忌々しいことに、ベンは負けかけていた。

負けることはさほど気にならなかった。ジェイムスがアホな貴族などではなく、それどころかおそろしく頭が切れるということがわかったからだ。

しかし、ベンの心はひどく揺れていた。

なぜ俺は、目の前の男にいい印象を与えたがっているんだ？　このゲームに勝ちたいと思っている。これはチェスの勝負のはず。なのに、ほかの勝負にすり替えようとしている。そんなこと、うまくいくはずないのに。

たぶん。

チェス盤にざっと視線を走らせ、ふと顔をあげる。と、ジェイムスの碧の瞳がこちらを見ていた。笑みのこもった瞳。だが、目が合うなり視線がすっと盤上に落ちる。まるで、この瞬間、ベンが感じている何かを完全に共有しているかのように。

俺の願望がそう思わせるのか？

それとも俺の本能は、真実を告げている――のか？

なんてこった――。

英国皇太子は、ゲイだ。

そういう噂がまるでなかったわけではない。だがそれはごく僅かで、ざっくりとした噂だった。独身で著名なイケメン男性なら誰にでもついてまわる類の。「友だちが聞いた話だけど……」「彼と同じ大学に行ってたやつを知ってるけど……」。ほとんどの場合、そうした話は他愛なく、たいてい誰も真面目に取り合わない。それにゴシップ紙によれば、ジェイムスはここ数年、みっともない愛の僕《しもべ》になり下がっているというじゃないか。皇太子にはまったくそぐわない、やりたい放題のスコットランド女、レディ・カサンドラ・ロクスバラの。国民はおおむねジェイムス贔屓でカサンドラを嫌っているが、ジェイムスがいっこうに悪い恋から抜け出せないことに、いい加減しびれを切らしてもいる。「乱痴気サンディ」に「尻に敷かれたジェイミー！」と、さんざんな叩かれようだ。

だが、レディ・カサンドラはただの目眩ましだ。ベンは今、それを確信した。

ゲームの賭け金を上げるのにいい頃合いかもしれない。

「ひと駒ごとに値段をつけとくんだったな」ベンは何気なさを装って言った。

「そうしてもいいよ。ひと駒五〇ペンスにしようか？」

「派手に賭けるね」

ジェイムスが片方の眉をつり上げる。その仕草がどれほど碧の瞳を引き立たせるか、自分でもよくわかっている。わかっているべきだ。そうでないとしたら、反則だ。

「私に、高くつくゲームを仕掛けようってわけじゃないんだな」

皇太子は確か政府から毎年五千万ポンドかそこらの金を受け取っている。ある意味、目も眩むほどの金額だが、ベンには興味なかった。

「まったく違う類の賭け金を考えていたんだが」

ジェイムスが言葉に詰まる。その一瞬の躊躇いで、ベンはさっきの確信をさらに深めた。

「きみが何を言っているのか、あいにく私にはわからないが」ジェイムスの口調が急に堅苦しくなる。だが、まだ逃げる気はないようだ。

そうだ、これだ。

俺はこの感覚を味わうために生きていると言ってもいい。俺が今、主導権を握っているというこの確信。じっくりと駆け引きを愉しめる、このひととき。

ベンは皇太子に笑いかける。

「秘密、だよ。誰にも明かしていないことがあるだろう。俺にもある。だが、ひと駒取られるごとに打ち明けるよ、どうかな？」

「面白い」ジェイムスが肩をいからせる。闘いに備えるかのように。「いいだろう、乗った」

ジェイムスはベンの秘密を知りたがっている。だが自分の秘密は明かすまいと思っている。

ベンにはよくわかった。なぜなら自分もまたまったく同じように考えていたからだ。

このチェスの勝負、面白くなりそうだ。

ふたりは、ポーンについては無視することに決めた。すでにいくつか取ったり取られたりしているからだ。ということはつまり、ベンはいつもよりも攻撃的な手を打たなければならないわけなのだが、それはすぐによい結果につながった。白のビショップを捕らえたのだ。駒を手に取りながら、ベンは言った。

「さて、褒賞は？」

「うーん。秘密か、そうだな……」ジェイムスが微笑む。「私がまだ幼いころ、初めて一国の首長と会見することになってね、相手はたまたまトンガ国王だったんだが、しっかり務めをこなそうと気負いすぎたせいで、神経質になってしまった。それが災いして腹に来てね。いちばん大事な場面で、そう、ちょうど握手を交わした瞬間に、今まで聞いたことがないほどの大音量で放屁してしまったんだ」

ベンが大笑いした。それにつられてジェイムスも笑う。だが、笑いがおさまり、ようやく喋れるようになるとベンは言った。「おいおい、本物の秘密にしてくれ」

「どういう意味かな？　大恥をかいたんだぞ」

「だが、秘密じゃないだろう。それほどはっきり音量が知れたんだから」

ジェイムスがちらりとベンを見るが、顔はまだ笑っている。「黙れ」

「このゲームが真剣だってこと、わかってないんじゃないか？」

おっと、緊密さの境界線を超えるのが早すぎたか？　いや、ほんの少し踏み出しただけ。ちょっとした知人よりも少しだけ距離が近いってところだ。ジェイムスは僅かに目を見開いたが、逃げなかった。面白い。

「今の秘密はせいぜいポーン程度だ。ビショップ級のやつを聞きたいね」

「君の分別をあてにしていいのかな？」

ベンが笑った。「俺を信用しないほうがいい。だから駒をもっと取るに限る。俺が取るより多く取れよ」

ジェイムスがこの勝負から身を引くとすれば、今しかないだろう。

だが、しばらく考えたあとで彼は言った。

「きみも、安全地帯に逃げ込んではいられないよ」

「もちろんだ」

痛いところをつかれたな。ベンは思った。なにせ安全地帯ばかりを選んで生きてきたのだ。若いときのようなへまはしたくないから。だが、皇太子の口を割らせるためだ、ここは勝負してやろうじゃないか。

どうせこれきりの縁なんだし。

ジェイムスがチェス盤に視線を落とす。話し始めたときも、顔を上げようとはしなかった。

「両親が飛行機事故で死んだという知らせを受けたとき、私は酔っていた。軽くビールを二、三杯なんていうかわいいものじゃない。ごみバケツに吐きまくってまっすぐ立つこともできない、そういう類の酔い方だ。そんなに飲んだのは、というか、それほどひどい状態になったのは初めてだった。大学の新学期でね、わかるだろう？　だが、そのせいで最悪なことになった。あの夜聞いたことは、何ひとつ現実のこととは思えなかった。そしてあれ以来――思い返すたび自分を恥じている。両親がサンゴ海で海にのまれようとしていたとき、まさにその瞬間に、私は大はしゃぎでギネスをがんがん飲みまくっていたんだ」

――これは、ただのゲームのはず。

　ベンはかなり沈黙していたに違いない。ジェイムスがまた口を開いた。

「賭け金をつり上げたのは、きみだ」

「ああ、そうだな」ベンは少し黙る。それから、付け加えた。「あんたは何も悪いことはしていない。わかっているんだろ？」

「わかっている」ジェイムスがルークを動かした。

　数分後、ベンはナイトを取られた。適当な話で誤魔化すことはできなかった。ジェイムスの勇気に見合う、少なくとも賭けの報酬にふさわしい対価を払う必要がある。

「俺は一六歳でヴァージンを失った。自分で望んだことだ。恋をしていると思っていた。相手の男は二〇も歳上だった。あのころは、互いに想い合っていれば歳なんか関係ないとも思っていた。今考えると、もちろんレイプされたわけじゃないが、なんていうか……つけ込まれた気がする。やつには、自分のしていることがよくわかっていたと思う」

　ベンのセクシュアリティを明かす発言を聞いてどう思ったにせよ、ジェイムスは、態度には表さなかった。

「その男は逮捕されるべきだったね」

　あのワーナー・クリフトンが逮捕される理由なら、ほかにもたくさんある。だが、それを今持ち出すつもりはない。ワーナーのことをあれこれ考えると、せっかくの気分が台無しになってしまう。それよりもジェイムスとふたり、降りしきる雨の音に閉ざされ、こうしてチェス盤をはさんで身を寄せ合っている――この雰囲気をずっと保っていたかった。

白のルークが陥ちた。ジェイムスが口を開く。

「私は共和制主義者に共感している。彼らが想像している以上にね。明日、君主制を廃止するっていうなら受け入れるよ。いや、明日は困るな。せめて荷作りする時間は欲しい。わかるだろう?」

黒のナイトがまたひとつ取られる。ベンの番だ。

「俺の両親は事故で死んだ。人にはそう説明しているが、ガザのパレスチナ入植阻止に反対するデモに参加していたんだ。軍隊が介入し、ふたりはたまたま巻き込まれて命を落とした。自国の政府にやられたのさ。両親の死後、親戚と暮らすためにイスラエルを離れたとき、俺は二度とこの地には戻るまいと誓った。それきりあの国には足を踏み入れていない」

ひとつ秘密が明かされるたび、ベンの、そしてジェイムスの一部が剝き出しになっていく。これは恋の駆け引きというより、拷問に近いんじゃないだろうか。ベンは、自分がなぜこうまでして皇太子の信頼を勝ち得たいのか、あるいはベッドに誘いたいのか、わからなかった。

ひとつ、またひとつと無防備になり、ふたりを隔てるものがなくなっていく。唯一残っているのは互いへの敬意、あとは刻々と駒が減っていくチェス盤だけ――。

＊　＊　＊

ジェイムスはこれまでの二九年の人生の中で、強いて挙げるとすれば三人の恋人がいた。

三人しかいないというのは実にゆゆしき問題だ。英国皇太子たるもの、本来なら英国で最もモテる男であるべきで、これからも未来永劫そうであるはずなのだ——いわゆる、「デフォルト」的には。たとえ皇太子が恐ろしく太っていようと、腹がたるんでいようと、顎の線が首に埋もれるような風体であろうと関係ない。次期国王であれば、望む相手はほとんど誰でも手に入れることができる。ジェイムスの警護スタッフもお抱えの執事も、信頼できる人間ばかり。ジェイムスがベッドに誰を連れ込もうと、たとえそれが男でも女でも、決して口外しないだろう。「適当な相手を攫《さら》って連れてこい」と命じたら、本当にやるかもしれない。むろんそんなことを命じる気もないけれど。

スタッフの忠誠心は保証されているものの、当の恋人となるとそうはいかないのが常だ。これまでだって、たとえば「友人」たちにはずいぶんと裏切られてきた——わずか数ポンドの端《はした》金《がね》のため、あるいは王族と「ご学友」であることを単に自慢したいがために、パパラッチにありもしないほら話を提供された。秘密の価値が高いほど、人は簡単に口を割る。色恋の話など、トップシークレット中のシークレットだ。格好のネタになる。

そんなこんなで、王子の特権を利用して浮き名を流したり火遊びをしたりすることもなく、ジェイムスはたった三人の恋人に甘んじていたのだった。

ひとり目は、アンドリュー・バークレー卿だが、彼はおそらく自分がジェイムスの恋人だったとは考えたことすらないだろう。十代のころ、ふたりはこっそりいちゃつき合ったものだ。乗馬の合間に厩舎で、ときにはバークレー家の別荘の、使われていない配膳室で。あの配膳室、あそこでジェイムスは初めて、他人の手を借りて達したのだった。だが、あれくらいの年代の男子は、ただの戯《たわむ》れで互いのものに触ったり、擦《こす》り合ったりするものだ。アンディは、ふたりの行為に意味があると考えている素振りなどまったく見せなかった。ジェイムスが抱いていたやるせない思いは明らかに一方的なものだったから、それ以上の深い関係を求めようとは決してしなかった。四年前、アンディはレティスという上流階級の娘と結婚したが、ジェイムスも参席した。笑顔とともに。

ふたり目は大学で出会ったプラカシュだ。

ケンブリッジ時代、ジェイムスが本気で科学を学び、「ファースト」という最高位の成績を取ったのも真の実力からだということを理解していたのは、教官とごく僅かな学生しかいなかった。プラカシュは、その数少ない学生のひとりだ。ふたりは大学の授業の初日から研究のパートナーとなり、一年目の半ばころから恋人になった。ジェイムスの両親が亡くなってひと月が経ったころだ。

孤独に耐えられなかったのだ。リスクは承知の上だった。プラカシュもまた同じような渇望と欲求から、それに応じた。ジェイムスは週末ともなると義務的な社交の場に顔を出し、貴族の友人たちとパブで飲んだりもしたが、あのころ、何よりも大事だったのは、自室のスイートでプラカシュと過ごした時間だった。それが科学の探究であっても、別の〝探究〟であっても。

厳密には、愛ではなかった。互いに好意は抱いていたものの、ふたりはあまりに違いすぎた。教科書とベッドの中で見出したことのほかに、互いに理解し合っていたことがあったか、大いに疑問だ。プラカシュはインドのパナジ出身で、家族は非常に保守的だった。つまり、ふたりとも同じくらい徹底して秘密を守る必要があった。だからこそ、信頼して恋人関係を結べた。セックスで自分が何を望み、代わりに相手には何をしてあげるべきか、身をもって学ぶことができた。

大学を卒業し、ジェイムスは王室生活に戻り、プラカシュは博士号を取るためにカリフォルニアへ渡った。再会の約束もせず、ふたりは別れた。二度と会うことはないとわかっていたのだ。

大学卒業後、ジェイムスは凄まじい孤独感に襲われた。あまりにも孤独だったせいで、これまでの人生で唯一ともいえる致命的な過ちをおかした。ナイル・エジャートンとの恋に溺れたのだ。

最初から、明らかに大失敗だった。第一にナイルは使用人で、国王手許金会計吏の補佐をしていた。自分の従僕と寝るほど不名誉ではないにせよ、さほど違いはなかった。

なお悪いことに、ナイルは見た目は麗しくほっそりとした好青年であったものの、冷酷で計算高い男だった。ジェイムスは最初、ナイルが本気で自分に恋をしていると信じていた。恋の始まり特有のあの高揚した日々、ジェイムスは、ナイルが禁じられた情熱に身を焦がしていると思っていた。ところがナイルの要求はどんどん増し、より大きな支配力を求めるようになった。そのころになってやっと、ジェイムスにもわかってきたのだった——自分が利用されている、ということに。

早めに手を切っていれば、ダメージは最小限に抑えられたかもしれない。だが、できなかった。そのせいでナイルはつけ上がり、さらに尊大な態度をとるようになった。ベッドでも、それ以外の場面でもナイルの言いなりだった。ナイルの態度について、あれこれ言う者も出てきた。ふたりの関係はまだどうにか秘密にしておけたが、このまま行けば、遅かれ早かれナイルが得意げに関係を明かすことになりそうだった。

それで、ジェイムスはナイルに関係を終わらせようと告げた。今の職をすぐさま辞めて宮殿から出て行ってくれるのなら、申し分のない紹介状を書こうと約束した。そう言いながらも、ジェイムスの心は張り裂けそうだった。それどころか、この期におよんでナイルが過ちに気づいて行動を改め、ふたりでやり直したいと言うのではないか、などと淡い期待すら抱いていた。

だがナイルは肩をすくめると、金の話をしようと言ったのだ。

それからの一年は、ジェイムスの生涯でおそらく最も屈辱に満ちた時期だった。かなりの金額をむしりとられたが、脅迫されているという事実は、金を失うことよりも堪《こた》えた。金を要求され、小切手を切るたび、自分の心が蝕《むしば》まれていく気がした。ナイルが無心にやってくるたびに、自分の愚かさを改めて痛感した。

そしてそのナイルも……

そうだ、もう終わったのだ。

すっかり片がついた。このことについてはもう考えることもやめようと決めた。

あれほど愚かで無防備にはもうなるまい、と固く心に誓った。相手がいなくとも、動画と想像力と自分の手があれば事足りる。同じ過ちを繰り返すよりもましだ。もし仮に、また恋人を作ることがあるとしても、相手は入念にチェックするつもりだ。信頼できる相手でないといけない。自分への影響力や予想される被害があらかじめ計算できるような相手。

目の前にいる男ではないことは確かだ。

ロマン派の時代から颯爽と現れたような小説家。世界の最果てにいる異邦人。

しかし、この驚きときたらどうだ。

ベンにはすでに、自分の心のずっと奥にしまっておいた秘密まで打ち明けてしまった。キャスにも、妹のインディゴにさえ打ち明けたことのない話だ。ベンもまた、おそらく自分で理解している以上にたくさんの話を明かしてくれた。ベンもゲイだという。恥じることなく、ありのままの自分でいることに自信と余裕を持っている。

ああ、私もどれほどそうなりたいと思っていることか。

一緒に過ごしているこの二時間で、単に心惹かれていた気持ちは、別の感情へと変わりつつあった。もうこれ以上、ベンに触れずにいるなど耐えられない。

いや、ゲームに集中しなくては。

ジェイムスは集中した。勝機を見つけた。そしてそれをつかんだ。

盤上に残っていたルークを移動させて宣言する。

「二手でチェックメイトだ」

ベンは目を細め、盤を睨《にら》んだ。戦況がそれで少しでも変わるとでもいうように。しかし、すぐに頷く。

「負けたな。お見事」

「ありがとう」

長居しすぎたかな――と礼儀正しくゲームを打ち切るなら、今がいいチャンスだ。

だが、国境なき医師団との晩餐会まではまだ三時間ある。

大胆な勇気がふっとわいてきて、ジェイムスは身を乗り出すとベンににやりと笑って見せた。

「で、秘密の報酬は？　もうひとつ聞かせてもらえるんだよね？　もちろん」

「ちょっと待ってくれ」ベンはテーブルを押しのけるように立ち上がると、バーに行き、ラムをグラスになみなみと注いだ。

「あんたの勝利に見合うような、でかい秘密を打ち明けないとな」

ベンがテーブルから離れたおかげで、ふたりの間に距離ができた。ジェイムスもほっとして立ち上がる。雨はまだ激しく降っていた。現実の世界はどこか遠くに存在しているかのようだ。もちろんそんなはずはない。現実はすぐそこでジェイムスを待ち構え、単調な日常の務めへと引き戻そうとしている。ベンとは、もう二度と会うことはないだろう。会って数時間しかたたない男にここまで心を開いて話をするとは、冷静に考えてみれば信じ難いことだ。

だが、ベンがグラスを手に振り返ったとたん、またもベンの魅力に引き込まれてしまう。ベンの瞳がジェイムスの瞳をとらえる。落ち着かなくなるほど、まっすぐに。

「報酬を受け取る準備はいいか？」

「待ちきれないね」

「俺の最後の秘密はこうだ」ラムをひと口啜って、ベンが続ける。

「あんたが欲しい。そしてあんたも同じ気持ちだ。そうだろう？」

今この瞬間なら、逃げることも可能だ。

そう、驚いたような顔をして、ベンが一体何のことを言っているのか皆目わからないふりすらできる。

今、自分がすべきなのは、こういうまともな振る舞いだろう。だがジェイムスは何も言わなかった。何もしなかった。ただそこに立ち尽くし、ベンから目を逸らせずにいた。

心臓を激しく高鳴らせて。

ラムをもうひと啜りすると、ベンはグラスを置いた。こちらに近づいてくる。ゆっくりと、だが迷いのない足取りだ。目を逸らそうともしない。その顔は笑っていなかった。互いに触れ合えるほど近づいたとき、ベンはジェイムスの肩に腕を回し——そこで動作を止めた。おや？と言わんばかりに眉を上げる。ジェイムスが反応しないせいだ。

「いや、その——」口の中がからからに乾いていたから、ジェイムスはごくりと唾をのんだ。

「その、つまり、さほど経験があるわけじゃなくて」

「いちばん最近は？」

いちばん最近——最後は、ナイルと。すでに終わりが近いとわかっていて、行為の間もずっと自己嫌悪に駆られていた。

「三年くらい前だ」

ベンがふっと息をつく。あたかも同情するというように。親指で、ジェイムスの肩に優しく触れる。

「大丈夫だから」

ベンの声が、これまでと違った優しさを帯びてくる。

「約束する」

いや、断じて大丈夫などという話ではない。

だが、ジェイムスはもはや気になどしていられなかった。ベンにこうして触れられている今は。

流れに任せよう。長い人生のうちのたった一時間——そう、私の時間だ。この瞬間、ベンは私のものだ。あとはずっと秘密にしておけばいい。

「ああ」ジェイムスは答えた。「わかった」

ベンが唇を重ねてくる。激しく奪うように。

気が遠くなるほど長い口づけだった。ジェイムスには何もかもが初めてだった。ベンの唇の力強さも、頬に触れたときに無精ひげが手のひらに当たってざらつく感触も、こうして抱き合っていてベンの体から伝わってくる熱も。ジェイムスは唇を開き、すべてを受け入れた。ベンはラムの味がする。アルコールのせいか、唇は燃えるように熱く、痺れるようだった。

ベンの歯がジェイムスの唇をそっとかすめ、離れた。それ以上ジェイムスに触れることもなく、振り返りもせず、寝室へと入っていく。ジェイムスは深く息を吸い、後に続いた。心臓が激しく脈打ち、息が震えているのは、興奮のせいなのか、それとも怖いからなのか？　どちらも混じり合っていて、よくわからない。

寝室は、ジェイムスの部屋ほど豪華ではないものの、広さは同じだった。部屋じゅうを四柱式の巨大なベッドが占領し、ヴェールのような薄布が柱の四方にかかっている。ベッドの前で足を止めると、ベンは衣類を脱ぎ出した。とても迅速で、ビジネスライクですらあったが、熱いまなざしだけは決してジェイムスを逃しはしなかった。ジェイムスは震えていた。が、速やかにベンに倣う。ずぶ濡れの靴はとうに脱いでしまっていた。あとはシャツのボタンを外し、ベルトを緩め、ボトムスを脱ぐだけだ。

赤の他人の前で裸になるのは簡単なことではなかった。ベンに対してこれほど気持ちを高ぶらせてはいるものの、実のところ、この男のことは何も知らないのだ。これまでに打ち明けた秘密だって、いちばん差し障りのない話ですら、ふだんなら決して話さないような内容だ。それに加えてこの状況は何だ？　狂気の沙汰だ。こんなにも自分が脆く思えるのは初めてだ。

いや、これ以上は考えまい。そう自分に言い聞かせ、恐れに屈すまいとベンだけを見つめた。ベンの肌が少しずつ露わになり、均整のとれた見事な肉体が剝き出しになるにつれ、ジェイムスは我を忘れた。現実世界を忘れた。今、この瞬間——これしかなかった。今から起きること、それだけしか考えられなかった。

ベンが近づいてくる。互いの裸の胸が触れ、ベンの固くなったそれが自分のものに触れ——ジェイムスは引き攣るように息をのんだ。ゆっくりとキスを交わす。濃厚に。ベンにそっと押されてジェイムスは後ずさり——そのままベッドに押し倒される。

そうだ。これを望んでいた。ジェイムスは完全に降伏した。土砂降りの雨の中、初めてベンを見たときから、ずっとこうしたいと思っていたのだ。心の底でずっと激しい欲望が渦巻いていたのだ。今や、ベンの身体はすべて私のもの。この手で撫で、唇で触れ、舌で味わい、吸いつくすのだ。それに応じるかのように、ベンもまたジェイムスに触れてくる。だが、そうした返礼を望んではいなかった。触れられるよりも自分が、もっともっとこの男に触れたかった。

ベンの熱っぽい口が肌を這い、互いの体がやみくもにぶつかり合い、汗にまみれ、股間ののもも濡れてくるにつれ、恍惚としてくる。

ベンの舌に乳首を弄ばれ、思わず喘いだ。「きみは――準備はあるのか？　その――これから使うものを」

「くそ。ない。まさかこうなるとは――」

「私もだ」キスを交わしながらジェイムスが息も荒く答える。「まったく、驚くほかないね」

なりゆき上のことなのだから仕方ない。だがこういう贅沢なリゾートホテルには、何かしら使えるものがあるはずだ。

視線を流すと、ローションの壜が目に留まった。とろりとした液体は芳《かぐわ》しく、ココナツとビーチの匂いがする。たっぷりと手に取り、腹に、股間に塗りつけると、ベンにも同じことをした。ベンの体はすぐさま、どこもかしこもぬるぬるになる。面白くなって、ふたりして互いの体を押しつけながら少年のようにふざけ合った。ムードも何もあったものではなかったが、それでもちょっとした指の動き、さっと掠めた手がまた次第に熱を持ち始め、その手の動きが執拗になるにつれ、弾んでいた息遣いも別の高まり――喘ぎへと変わっていった。

ローションのせいで指がぬめっていた。ジェイムスが、自分のものとベンのそれの先端を共に手で包む。ベンの大きな手がふたりの根元をしっかりと握る。ふたりの手が、早くなったかと思えばゆっくりと、やみくもに上下し、ぶつかり合う。

ジェイムスは呻き声を洩らし――気づいたときには大声を上げていた。こんなふうに、ベッドで声を上げたことはこれまでなかった。いつもは自分を抑えているが、ここでは気にしなくていいのだ。現実から切り離されたこの世界、ベンのそばにいる今なら。

「いいね――」ジェイムスの肩でベンが呻くと、その歯がジェイムスの肌にそっと触れる。

「――もっと聞かせてくれ」

先に達したのはベンだ。掠れたような息遣いとともに、ジェイムスの指先が熱くぬらりと濡れる。それがジェイムスをも限界に導いた。絶頂に達したとき、ジェイムスは声を限りに叫んでいた――あまりの快楽のせいで。これまで堪《こら》えていたすべてを吐き出すかのように。これほどの大声を出すなんて、自分でも信じられないくらいだ。ようやく正気に返り、ベンを見ると、そこには笑みがあった。

「うん、なかなかいい声だった」

「へえ、そう」ジェイムスもにやりとし、すぐさまベンを引き寄せ、キスをする。

しばらくの間、ふたりは黙ってただ抱き合っていた。高まった気持ちを静めるかのように。

ジェイムスはベンの肩に頭を預け、目を閉じていた。こうしていれば、ベンのことだけを感じていられる。ベンの鼓動と、雨の音だけを聞きながら。

だが、眠ってはだめだ——。間もなく、ここを去らなくてはならない。キャビンに戻って今夜の予定のために身なりを整えなくては。とはいえ、今、ベンのもとを去るということは、永久に彼と別れることでもあった。あともう少しだけ、ここにいられたら——。

目を開けると、支柱のカーテンのせいで、あたりはぼんやりとした明かりに包まれている。ベンはすぐそばでまどろんでいる。ジェイムスと同じくらい満ちたりているのがわかる。

あとほんの少しだけ——ジェイムスはベンにぎゅっと体を寄せた。

ジェイムスは、今度は目を閉じようと思ったわけではなかった。自然と——眠りに落ちていた。

＊　＊　＊

ジェイムスが小さな声で悪態をつくのが聞こえ、ベンは目を覚ました。両肘をついて体を起こしてみると、彼はベッドの足元で衣類をかき集めているところだった。

ベッドカバーがかすかな音を立てたからか、ジェイムスが振り向く。頬が赤くなっている。

「いや、その——晩餐会まで一時間もないんだ。行かなければ」

「そうか。ああ、そうだな」

そうか。俺は、英国皇太子とベッドをともにしたのか。

夢ではない。セックスの匂いが部屋中に漂っているし（ココナツローションの香りと混じって）、ジェイムス自身、すぐそこにいて、ぐしょ濡れの服に袖を通そうと奮闘している。それでも、ベンには生々しい妄想であるかのように思えてならなかった。

だって、これが現実であるわけないだろう？

ジェイムスはシャツをボトムスにたくし込んでいるところだ。濡れたまま床に脱ぎ捨てたせいで、皺が寄っている。

「私の靴……靴は、と。ああ、そうだ、テーブルの下だったな」

ジェイムスが急いで寝室から出て行く。ベンはほっと息をつき、そこでようやく自分が息を詰めていたことに気づいた。

ふたりがこうして過ごしたことは楽しい思い出にはなるだろうが、今はジェイムスに出て行ってもらいたかった。自分のすべてが露わにされた気分だったからだ。

裸だとか、セックスのせいではない。

秘密を明かしたせいだ。

あんな馬鹿げたゲームを仕掛けたのは、ふたりの間の垣根を取り払うのに最良の方法だと思ったからだ。それに、もしかしたら、ほんの微かな望みではあったが、ジェイムスをベッドに誘えるかもしれないと思ったから。この先手はよく効いた。それはとてもよくわかる。わからないのは、なぜ、ジェイムスに秘密を明かしてもいいと思ったのか、だ。作り話をしたってよかったのだ。何でもよかったはずだ。なのに、これまで誰にも打ち明けたことのない話までしてしまった。

まあいい、皇太子とはもう二度と会うこともないのだから。

彼だって誰かにこんな話をするわけがない。ほんの少しでも話して自分がゲイであることがバレたら、王位や財産、事実より重んじているすべてを失ってしまうからな。

靴を履いていたらしき物音が止んだ。出て行く準備ができたようだ。ここは別れのキスをしたほうがいいだろう。もちろん儀礼的なやつを。

ベッドから起きて、ホテルに備えてあった厚手の白いガウンをすっと羽織ると、居間スペースへと入って行った。ジェイムスがそこで待っているだろうと考えて。

だが、ジェイムスはデスクの前にいた。引き出しが開いている。手にしているのは、ベンのプレス証だ。

まずい。

「まさか――」ジェイムスの声は掠れていた。「きみがグローバル・メディア社の記者であるはずがない。ケニアの特派員は、シビル・ソープだ。以前、取材に応じたことがある」

気づいたときには、ベンはまたしても正直に答えてしまっていた。

「シビルは妊娠中だ。代わりに俺が来た」

「作家だと言ったじゃないか！」

「言っていない！」

ジェイムスがようやくこちらを向いた。血の気が失せ、疲れ果てた顔をしている。あの少年のような面差しはない。

「言わなかったって？　そうだ、私がそう思ったんだ。きみにもそう言った。そしてきみは否定もせず、そう思わせた」

いわゆる「省略の嘘」というやつだが、まあ、嘘は嘘だ。いつもならベンはそういうことはしない。

しかし釈明する間もなく、ジェイムスが口を開いた。「つまり、私は嵌《は》められたということか。記事のネタのために」

「売れる記事を書くために、俺は誰かを騙したりしない」

ベンがすかさず言い返す。腹の底から怒りが湧いてくる。この偉そうな王子さまは、自分の秘密を脅かす相手にはどんな侮辱を吐いてもいいと思っているのか？

ジェイムスが少し怯んだ。「では、金が目的か」

「金だと？　くそ食らえだ。あんた、とんだ臆病者だな。これからもそんなふうに生きてくつもりなのか。嘘で固めた人生を。なら、そうしろよ。あんたらみたいな連中にはちょうどいい罰だ」

「あんたらみたいな連中？　自分を偽っていたのは私のほうじゃないぞ。大丈夫だ、と言ったのも。あのとき、きみがそう誓ったんじゃないか——」

ジェイムスの声が嗄《しわが》れる。濡れて皺くちゃの服に身を包んだ皇太子は、ほとんど憐れに見えた。指先から、プレス証が落ちる。これ以上手にする力もないかのように。

しかしベンは哀れを感じる余裕もないほど激昂していた。

「俺の机を漁《あさ》って何をしていた？」

「きみが私を責めるのか？　プライバシーの侵害だとでも？　メディアの人間が！　私の記事を書くためにここにいる、そんな相手に誘惑されて、この有様だ！　なんて馬鹿だったんだろう。あれは全部嘘だったのか？　あの秘密の数々は」

ジェイムスの声はあまりにも苦痛に満ちていて、ベンの怒りも一瞬弱まった。だが、続く言葉を聞くまでのことだ。

「おおかたきみの両親は元気にぴんぴんしておられるんだろうね」

ベンは怒りに任せて言い返した。「とっとと出て行けよ、さもないとあんたの写真を撮ってネットニュースに投稿するぞ。やろうと思えば今すぐできる。ほら、行けよ。自分の身がかわいいなら、走れよ」

ジェイムスは嫌悪感も露わに顔を歪めたが、何も言わずに背を向けた。ベランダへと続くドアを開けると、ひんやりとした風が部屋に吹き込んできてデスクの上の紙を躍らせ、ベンの髪を乱す。ジェイムスはちらりとも振り返ることなく、雨の中を走り出した。黄昏どきだが相変わらずの土砂降りで、ジェイムスの姿は瞬く間にぼんやりした影となり、すっと消えた。寝乱れたベッドさえなければ、ベンにはすべてが夢だと思えただろう。

だが、怒りはますます強まるばかりだった。気持ちをなだめようと、部屋中を苛々行きつ戻りつする。檻に入れられた野獣みたいに。

最悪なのは、ジェイムスの勝手な思い込みで責められたことではない。両親についてひどい言葉を吐かれたせいでもない。

最悪なのは、ジェイムスの瞳に浮かんだ、裏切られて傷ついたような悲しみの色が、いつまでも脳裏にこびりついて離れないことだった。

＊　＊　＊

馬鹿だ。私は忌々しいほどの愚か者だ。記者と寝るなんて。ひょっとしたらベンはすべてを録音していたかもしれない。一時間もしないうちに、私のセックス・テープがニュースサイトで流れるかもしれない。

再びずぶ濡れになりながら、ジェイムスは自分のロッジに駆け込んだ。晩餐会まであと三〇分しかない。すぐにでもシャワーを浴び、身支度を整える必要があった。だが、そうする代わりに、両手を壁に押しつけて体を支え、どうにか涙をこらえた。今、感情に流されたら晩餐会までに立ち直ることはできないだろう。

恐怖が、冷たい拳となって腹を打つ。アドレナリンのせいで体じゅうが火照り、血管を流れる血の速さまで感じることができそうだ。

これまでの人生、ずっと自制し孤独に耐えてきた。ずっと警戒し続けてきた。

一度――生涯でたった一度――純粋な喜びのひとときにこの身を委ねようと決めた。その代償が、こんなにも早く裏切りとなって返ってくるとは。

ひょっとしたら、ベンは今日のことについて何も書かないかもしれない。

そう思いたかったが、望みは微かだ。

でも、「書くのだろう?」と問い詰めたとき、ベンはものすごく怒っていた。もしかしたらベンは書かないかもしれない、私が間違っていることを証明するためにも。

いや、たいていの人間は名誉より金が大事だ。それに、世界中がベンのスクープに沸くだろう。そして見知らぬ他人にいとも簡単に身を預ける初心《うぶ》な皇太子を馬鹿にするのだ。

喉に熱いものがこみ上げてくる。晩餐会の前に、気持ちを思い切り吐き出して落ち着くべきだろうか。そうしたほうがいい場合もある。少しだけ感情を吐き出すのだ、どこか安全な場所で――

安全な場所?

私は、ベンのベッドは安全だと思った、だが、それもまた嘘だった。

だめだ、考えがすぐにそちらへ向かってしまう――。

かすかな電子音が部屋の向こうから聞こえてきて、ジェイムスは思わず飛び上がった。プライベート用に使っている携帯電話が鳴っているのだ。

ハッキングを避けるため、携帯電話は数週間ごとに取り替えている。電話では何ひとつ重要なことを話さないようにしているし、電話番号も家族や親しい友人だけにしか知らせていない。誰がかけてきているにせよ、信頼できる相手であることは確かだが、今この瞬間、親しげな声を聞いてもひどい応対をしてしまいそうだ。震える手で電話をつかむ。

「もしもし?」

「ジェイムス?」インディゴだ。その声は弱々しくか細い。「ああ、よかった、ようやくつながった」

最初に頭に浮かんだのは、さっきの失態がすでにニュースになっているのではないかということだったが、さすがにそれはあり得ないだろう。いくらマスコミでもそこまでは早くない。それにインディゴの声に滲んでいるのは、心からの恐怖だった。いつもの「病気」が再発したのかもしれない――今はふたり分の悩みを抱える余裕なんてないが、インディゴには私が必要なんだ。私が。

「どうしたんだい?　何があった?」

「お祖父様が脳卒中を起こしたの」

とっさにそばの椅子の肘掛をつかむ。知らず、小さな声が漏れる。「なんてことだ」

「一命はとりとめたけれど、深刻な状態なの。とても深刻。医者はもしかしたらって——ああ、ジェイムス、すぐに帰ってきて。今すぐ」

これは家長が死に瀕しているから家族が集まる、というだけの話ではなかった。瀕死の王に代わり、皇太子を掌中に確保しておくべしという国家の要請なのだ。ひょっとしたら一時間もしないうちにジェイムスは王になるかもしれない。

それはつまり、ベンのスクープが特ダネから世界的大ニュースへと昇格することをも意味している。

体が震えてくる。だが、今は恐怖におののいている場合ではない。これまでの人生、この瞬間のために準備してきたのだ。そして今、覚悟が求められている。

「マスコミはもう気づいているのかい？」

「時間の問題」

「わかった。よし」

理由を明かすことができるのならば、今夜の予定をキャンセルするのもたやすいだろう。

「館の人間に、私の同行チームと連絡をとるよう言ってくれ。三時間後にはこちらを飛行機で発つ。朝までにはロンドンに着けるだろう」

まずはシャワーだ。今日のこの痕跡をすべて洗い流してしまおう。

それから数分もしないうちに、チームのスタッフがキャビンの荷物をすべてまとめ上げた。ジェイムスは、国境なき医師団のメンバーひとりひとりに電話をし、今夜の晩餐中止について詫びを入れた。ジョモ・ケニヤッタ空港へ向かう車が到着し、雨の中、スタッフのひとりに傘を差しかけられながら、車に乗り込んだ。

水浸しの道を車が走り出し、ジェイムスはちらりと後ろを振り返った。雨はようやく小降りになり、リゾートの外観がゆっくりと小さく遠ざかっていくのが見てとれた。境界線をひとつ、越えてしまったかのようだ――幻想と、現実の。

ベンの裏切りはまだ生々しく、傷口の血も乾いていないような有様だったが、過去の話として葬り去れる気もしてきた。

ジェイムスは前を向いた。振り返る時間はもう終わりだ。

運命に立ち向かわねばならない。

第二章　わが家から遠く離れて

ヒースロー空港からバッキンガム宮殿までの長い道のり、その沿道を記者の群れが埋め尽くしていた。ジェイムスの荷物は別の車でクラレンス・ハウスへと直接運ばれたが、ジェイムスはまだ帰宅を考えることすらできなかった。

インディゴのところへ行かなくては。

それにもちろん、一族のほかの者たちのもとへ。ただ、ジェイムスにとっては、常に妹が最優先なのだった。

雨の車道を、車は滑るように走る。交差点にかかるたびに眩《まばゆ》いほどのフラッシュを浴びながら、ジェイムスは、彼の補佐役に就いたばかりのキンバリー・ツェンから簡単な説明を受けていた。彼女を雇ったのはアフリカに出かけるほんの数日前だったから、ほとんど初対面に近かった。そのため、ツェン女史に対する基礎知識といえば、経歴書の内容が素晴らしかったこと、青みがかった黒髪をいつも首の近くでひとつに結っていること、もっぱらぴったりとした黒系のワンピースを好み、エルメスのスカーフをアクセントとしてあしらっていることくらいしかない。今夜は雨まじりの天気に合わせ、バーバリーの黒いトレンチコートを肩に羽織《はお》っている。

ふたりで迎える最初の危機だった。これで少なくともツェンがどれほどの人材かがわかる。

今はただ、彼女の言葉に耳を傾けていた。

「医師団からは、午前四時以降、新しい情報は入っていません。『深刻な状況だが安定している』とのことです」

「安定しているというのは救いだな」

ジェイムスは藁《わら》にもすがりたい思いだった。ツェンは肩をすくめる。

「その逆よりはいいですが、陛下は八三歳というご高齢です。お風邪を召されるだけでも、すぐにご回復するのは難しいでしょう。ましてや今回のようなご重篤なご病気ではなおさらです」

ツェンはジェイムスに対し、とても同情的に接していた。今の状況を、一般人が愛する祖父の身をひたすら案じているのと同じように考えているのかもしれない。ロイヤルファミリーの実状はもっとずっと複雑なのだが、着任して日が浅いからまだわからないのだ。すぐにいやというほど知ることになるだろう。

「誰か家族が王に付き添っているのかい？」

そう尋ねながら、こめかみをさする。疲れているのだ。幼いころから機内で眠るのには慣れていたが、今回のフライトではほとんど休めなかった。この危機的状況に対する不安と、ベンとのことでの惨めな気持ちが混じり合い、おまけにバルカン上空で酷い乱気流にあった。

「リチャード王子がおそばにお出でです」

ちっとも慰めにならなかった。

ふん、リチャードおじなど。いくら策を弄したところで、王の二男として生まれた事実は変えられないし、おじが王座につきたくとも、ふたりの邪魔者、私とインディゴがいるのだから。

「次の報告はいつになる？」

「もう間もなくです」iＰａｄ上でデータをチェックしながらツェンが冷静に返す。「それまで、みなさまとご一緒にお待ちください」

バッキンガム宮殿の門をくぐると、いつも名状し難い気持ちに襲われる。ようやくマスコミから解放され、安全と安心が保証された場所にたどり着き、ジェイムスはほっとした。とはいえ、この宮殿には年に数回しか足を運ばないから、家に帰ったような気安さは味わえるべくもない。そして、どんな家族にも外から見ただけではわからない影がつきものだ。

ツェンが扉を開け、ジェイムスを通すと自分は後ろに下がる。そこは大広間の中でもめったに公には使われない部屋だったが、集まった者たちが、それぞれある程度の距離感を巧みに稼ぐにはちょうどよい広さだった。ジェイムスを見て駆け寄り、声をかける者はいなかった――ひとりを除いては。

「ジェイムス！」

インディゴがこちらに向かって走ってくる。長い髪をそよがせ、両手を広げながら。ジェイムスは妹を受け止め、しっかり抱きしめた。耳元でインディゴが囁く。

「パニックになってない？」

「そこまでにはなってないよ」インディゴの髪に顔を埋め、もごもごと返す。「お前は？」

「私は大丈夫」

確かに大丈夫そうだった。バッキンガム宮殿はインディゴが安全だと思える場所ではなかったものの、どうにか対処できる場所ではあった。問題は、外の世界なのだ。

世間では、インディゴはここ数世代の王族の中でもいちばん愛らしく、美しい女の子だと評されている。ハート型をした顔、バレリーナのような体つき、そして金色の斑が浮かぶハシバミ色の大きな瞳。同年代の女の子と比べると、服装はいつも控えめだ。今日も、長袖のニットのワンピースにタイツ姿。高圧的な祖父母（つまり王と王妃）が命じてそういう服装をさせているのだと思われているが、実は違う。他人の前で自分をできるだけ曝《さら》したくないと考えているのは妹自身なのだ。インディゴがどれほど脆くて危うい心の持ち主なのか、国民はまったく知らない。それを知っているのはごく身近な者たちのみで、なかでもジェイムスだけがその事実をまるごと受け入れている。

そしてインディゴとは対照的に、ジェイムスはごく身近な者たちの視線のほうが恐ろしかった。

その者たちは今、私を待っている――。

ふたりは、一族の会議のために特別に仕切られた大広間へと入っていった。十数脚の長いカウチソファーが列をなして並んでいる。幅六メートル、背もたれの高さが二メートルもなければ、家族が集う場所には快適だっただろう。普段ならこうしたことに思いを馳せることもない。いつもこの手の贅沢さに囲まれて生活しているからだ。だが、今は――あの人里離れたキャビンで、あの居心地のよい魅惑的な空間で過ごしたあとでは――宮殿の寒々しいまでの広さを痛感してしまう。

いとこたちは、あちこち歩き回っては声をひそめて話をしている。大方は知らせを受けて心から心配しているようだ。王は、たとえふだんは他を寄せつけない孤高の存在であっても、一族の中心だ。一族にとっては王の血が常に何よりも優先する。一同のアイデンティティーはジョージ九世にかかっており、それゆえ王には少しでも長く王として留まってほしいのだ。ジェイムスが広間に足を踏み入れた瞬間、すべての者の視線が向けられ、スポットライトのように熱く眩しいほどだった。最後に彼に目を向けてきたのは、ルイーザ王妃だった。

女王。ジェイムスにとって彼女は王妃というより女王だったし、彼女自身、そう思われたがっているような節があった。常に威厳を重んじ、人間らしい振る舞いをすることを拒むひと。趣味を楽しんだり、おしゃれのために灰色の髪を染めたりするなどもってのほか、孫たちに愛情を示すことさえ問題外だった。ジェイムスやインディゴから「おばあさま」と呼ばれることすら、やむを得ないと思いつつも、あまりいい気がしていないのではないだろうか。母方の祖母は「おばあちゃま」と呼ぶと喜び、死の床につくまでふたりを子ども扱いして可愛がってくれたものだが、ルイーザ王妃は鋼の心の持ち主だといえた。

幼いころ、一、二度くらいは王妃に抱きしめられたこともあっただろうか……。それも定かではない。

「ジェイムス」そばに寄ると、王妃がそう声をかけてきた。豊かに響く声。誰よりも堂々としていて羨ましいほどだ。鋼色の髪はふだんと同じくきっちりとシニョンに結っている。

「やっと戻ってきましたね。あなたがここにいるとわかれば国民も安堵するでしょう」

「大丈夫ですか？　おばあさま」

王妃の厳しい視線が返ってくる。これしきのことで私が動揺するとでも？　無礼な——と言わんばかりだ。

「王のご容態については、もちろん皆、大変に案じています」冷たい声が響く。「すぐにも最新の情報が来ますよ」

王妃はジェイムスに背を向け、おばのひとりに声をかけた。ジェイムスは深く息を吐く。やれやれ、なんとか乗り切れた。

心からほっとする。

それから、インディゴのもとへと戻った。いちばん近いいとこ、ニコラス王子と一緒にいる。つまり、リチャードの長男だ。父親同士は終生わだかまりを抱えていたものの、幸い子どもの世代には影響しなかった。インディゴとニコラスは誕生日も数週間しか違わず、同じ学校に通い、今でもとても親しくしている。インディゴがパニック状態に陥ったときに対処できる人間はごく僅かだが、ニコラスはそのひとりだ。あとはジェイムスと、インディゴに仕えている辛抱強い老執事ハートリーしかいない。

ジェイムスが近づくと、ニコラスが笑みを浮かべる。見た目は父親を細く若くした感じだが、鼻の周りに散らばるそばかすと温かな雰囲気のおかげで、父親とはまったく印象が違う。

「疲れきっているね」ニコラスが小声で言った。「ケニアから急きょ戻ってきたんだ、無理もないな」

「もっとひどい旅もあるけれどね」

そう答えたものの、ニコラスは正しかった。実際、疲れきっていたのだ。普通の状況でも充分厳しいはずなのに、ベンとのことがあった後ではなおさら――。

冷たい恐怖に身を貫かれ、どうにか平静を装おうとする。インディゴの手がそっと腕に触れる。「本当に大丈夫？」

ジェイムスは頷いた。が、皆が信じたかどうかは疑問だった。周囲からの視線を感じる。祖父の容態のせいで、想像以上に動揺しているとでも思っているのだろう。本当のことは知られないに越したことはない。できるだけ長く。

だが、どれくらい知られずにいられるのだろう？

扉口で係の者が声を上げる。「リチャード王子と、マーティン・オーケンドー先生がお成りです」

クラレンス公リチャード王子は、入室するときにはいつも勿体をつけたポーズをとって、周囲の注目を集めたがる。まったく、戴冠式の肖像画じゃあるまいし。白髪の目立つ小豆色の髪を短く整え、スーツはいつも糊が効きすぎていて腕が動かせないのではないかと思うほどだ。もちろん、おじの戴冠式など決して実現しない。ジェイムスの父であるエドマンド王子の双子の弟として生まれたおじは、その出生時の一時間足らずの差のせいで、王位を継げない身と定められたのだ。エドマンド王子亡き今、リチャードが仮に王位につくためには、ジェイムスとインディゴというふたりの邪魔者がいる。チャンスさえあれば、おじはふたりを抹殺してでも王座につきたいのではないか――ジェイムスはかねがねそう疑っていた。

リチャードはまっすぐ王妃のもとへと歩み寄った。リチャードはずっと王のお気に入りの息子で、それは皆も承知していた。同時に王妃のお気に入りでもあるかのように振る舞っていたが、実のところ王妃がリチャードにそれほどの愛情を感じているかどうかは疑問だ。おじのこうした見せかけの小芝居を見ると、不愉快になる。自分はともかく、父のことを思って。だが今はそんなことにとらわれている場合ではない。王の主治医であるオーケンドー先生に集中しなければ。先生は……落ち着いている。状況は変わっていないのだ。よかった。

王妃が口を開いた。

「王のご容態は?」

「安定し、回復に向かっています。もちろんお歳のことを考えますと、まだまだ注意が必要ではございますが、危機的な状況は過ぎたかと存じます」

医師の言葉に、一同がほっと安堵の息をつく。ジェイムスも気持ちが明るくなりかけたが、医師が続けた。

「ただ、ひとつ早急にご相談させていただきたい重要な問題がございます」

「何ですか？」

王妃が医師からリチャードへと視線を移す。医師が答える。

「国王陛下におかれましては、お言葉が不自由になっておいでです。また、私どもが話しかけましても、内容をご理解いただけません。『全失語症』という症状で、脳卒中の後遺症の中でも最も深刻なもののひとつです」

「でも、王は回復に向かっています」リチャードが急いで口を挟む。「迅速にね」

オーケンドーは眉をひそめた。リチャードが楽観的すぎると考えているのだ。

「迅速？」王妃も目を細める。リチャードの言葉を鵜呑みにするほど短絡的ではない。「どれくらい迅速なのです？」

「今後のご回復は確かと存じます」医師が答える。「理解障害のほうは数週間のうちにも回復なさるでしょう。しかしながら、発話のほうは、もっとお時間がかかるかもしれません。さらに申し上げますと、全失語症におきましては、患者の多くは回復こそいたしますが部分的であり、しかもすべての患者が回復するわけではございません」

「数週間」ジェイムスが繰り返す。ようやくその意味がのみこめる。

オーケンドーが頷く。「ご存知のとおり、わが国では五週間後に総選挙を控えております。それまでに陛下が完全にご回復なさる可能性が低いこと、また、新政府の成立においては憲法にて君主の役割が定められていることを考えますと、国王の主治医としましては、政府関係筋に摂政の任命をご提案するのが務めであると考えます」

摂政は、実質的には王に等しい。議会で特別な決議がなされない限り、摂政はつねに王座にいちばん近い存在となる。

リチャードが咳払いする。「先の決議では、私が――」

「それは、私が大学を卒業する前に王が亡くなられたら、あなたが摂政になるというものでしたね」ジェイムスが口を挟む。「私はもう卒業している。あの法令はすでに無効ですよ」

「本当にその必要があると思うのですか?」王妃が冷ややかに医師を睨めつける。医師が前言撤回すれば、現実が変わるとでもいわんばかりだ。「陛下のご回復の段階について、今ここで判断するのは明らかに早計でしょう」

「そのとおりです」と、オーケンドー。「ですが、政府関係筋には早急に状況をお伝えするのが私の責任だと考えます。それで政府が直ちに動くのか、状況を見守るのかという点につきましては、私の管轄外です。ただ、選挙には摂政が必要かと」

リチャードが見せた表情は、殺人でもしかねないほどと言ってよかった。ふだんなら、おじのこうしたリアクションを楽しみもしただろうが、今のジェイムスにはそんな余裕はない。

王冠は、ジェイムスの頭上に留まった。今にも取り払われるのではないかというこの瞬間に。

＊　　＊　　＊

その夜、ベンはむしゃくしゃして過ごした。さっきまでジェイムスと飲んでいたラムのボトルを空けても気が収まらなかった。チェスをしまい、ベッドシーツを剝がしては直したりしてみたものの、ジェイムスのことが頭から離れなかった。一晩中、ジェイムスの傲慢さ、高飛車な態度、臆病さに腹を立てていた。それから室内の広い革張りのソファで寝た。ベッドに横になると、ジェイムスが隣にいたことを思い出してしまうからだ。

携帯電話が騒々しい唸り声をあげ、目が覚めた。まだ夜も明けきらない時間だろう。こめかみがズキズキと痛む。ベンはソファを這いつくばって進み、電話を取ると唸《うな》った。

「ダーハンだ」

「敢《あ》えてそうであってほしくないと言いたいね、本当にきみなら、もう今の時点までに報告するだけの常識があるはずだからな。だがまあ、せめて彼が急いで車に乗り込むスナップくらいは撮ってくれただろう」

「……ロジャー？」ベンが軽く咳をする。

「ああ、ロジャー・ホーンビイだ、きみの編集者でありボスであり、きみが報告すべき相手だ。

さあ、報告してくれ。知らせを受けたときの皇太子のリアクション、何がしかは得られたか?」

ベンの頭を最初によぎったのは、「ロジャーはどうやって嗅ぎつけた?」ということだった。二日酔いで痛む頭で、ジェイムスがあの後、ゲイだとカミングアウトしたところを想像しようとしたが、できなかった。

「何があったんです?」

「おいおい、それマジで言ってるのか? この重大時にとれだけ大ポカかましてるんだ。現場の人間が、何が起きてるかも知らないだと?」

「……ええ、そうみたいですね。何があったんです?」

「ジョージ九世が昨日、脳卒中で倒れた。皇太子は本国に呼び戻されたんだ。あと数時間でナントカ何世になるかもしれないからな」

「くそ、なんてこった」ベンが頭を掻きむしる。目の前にジェイムスの顔がありありと浮かぶ――白い肌からさらに血の気が失せ、碧の瞳を見開いている顔が。

「皇太子に直接取材するチャンスがあったはずだ、とまでは言わない」ロジャーが畳みかける。「だが、そこで何が起きているのか、現場にいる人間ならちょっとは書けるだろう?」

「皇太子の出立記事をまとめます」

ソファから身を起こし、床に足を下ろす。胸がむかむかする。だが、吐くのは後回しだ。まずは不機嫌なボスの相手をしないと。

「一時間一五分ください」

「ああ、もちろんいいとも。好きなだけ時間をかけて、世界を揺るがすトップニュースを書いてくれよ。何たってお前さんの目の前で起きてるんだからな。せいぜい楽しみに待たせてもらうとするよ」

ロジャーの電話が切れた。

ボスの怒りを喰らって何がいちばん堪《こた》えたかといえば、すべて彼の言うとおりだということだ。

ベンは浴室に行って吐き、シャワーを浴びた。服を着ると、足元がぬかるむ雨の中、近くのラウンジまで走っていった。ジェイムスが昨日の午後、足を運んだという場所だ。驚いたことに、従業員たちは喜んで取材に応じてくれた。

「あの方はここに座って、私たちとトランプをしたんです！　で、カロンゾが勝っても怒らなかった」皆が笑う。

どうやらジェイムスは、従業員たちにとって多かれ少なかれ理想の賓客だったようだ。誰かの手を煩わせればきちんと礼を言い、上司にもすぐに謝意を伝え、スタッフを褒めたという。雨の日のトランプゲームを別とすれば――そしてそれはきわめて友好的に運んだが――ジェイムスは従業員たちによけいな時間を使わせたりもしなかった。トランプゲームのさいには、彼らの生活や仕事、家族について、思いやりにあふれた質問をしたという。もっと驚いたことに、ケニアと近隣諸国が直面している政治問題についての意見も求めたそうだ。

「ジェイムス——いや、王子のことですが」うっかり名前を呼んでしまったが、誰も気にしていない。ベンは続ける。「皆さんの中でどなたか、出立のときに立ち会いましたか？」

幾人かが頷き、そのうちのひとりが言った。「皇太子は悪夢でも見ているかのようでしたよ。心底打ちのめされているようだった。王のことをとても慕っているに違いないな」

情報というより感想に近かった。従業員たちはジェイムスの気さくな人柄に尊敬の念を寄せているから、仮に何らかの情報を得ていてもこれ以上は口外しないだろう。だがベンは地道に聞き込みを重ね、従業員たちの話と自分の記憶をもとに状況を再現していった。土砂降りのなか、脛《すね》まで雨水に浸《つ》かりながら歩いていくジェイムスの頭上にそっと差し掛けられた傘——。

ジェイムスのそのときの心境については、誰に聞く必要もなかった。すでに知っていたからだ。ともに過ごした数時間で、誠実なまでに心の内を明かしてくれたのだから。

取材を終えると部屋に戻り、ノートパソコンを広げ——考えた。

さて、どちらの記事を書くべきか。

ひとつは、思いのほか君主制に好意的な記事だ。皇太子は思慮深く、地に足のついた人物で、王の危機的状況に際してケニアでの滞在期間が縮まった。自身が王になる可能性について考えるより、祖父が死に瀕していることへの心痛のほうがはるかに大きいに違いない。

もうひとつは、とてつもない大ニュース。

英国皇太子、つまり次期国王はホモセクシュアルだということ。

証拠は、ベンの言葉以外にない。ベッドシーツからサンプルを取ってラボに持ち込み、DNA鑑定をしてもらうことは可能だろうが、それではあのアメリカ大統領を苦境に立たせたルインスキー女史と同じになってしまう。そんなことをしなくとも、ジェイムスは、事実を突きつけられたら否定しないのではないだろうか。敢えてコメントせずにやり過ごすかもしれないが、完全に嘘をつくような強い精神力はおそらくないだろう。

この記事を書きたいと思うのには、もちろん欲得ずくな理由もある。それは自覚している。さっきの電話でロジャーは完全にキレていたし、それはもっともなことだ。このままではロンドンへの異動も危ういだろう。だが、こんなスクープ記事を書いたら——さっきの失点を挽回できるだけじゃない。今年いちばんの特ダネになる。世界中のあらゆる新聞、雑誌、ウェブサイトが記事を掲載するはずだ。

とはいえ、ジェイムスの秘密を公にしたいのは、そこまで利己的な理由からばかりではない。同性愛を嫌悪する者たちを恐れて、いわゆる「隠れホモ」の身に甘んじるというのは卑屈なことだと思うからだ。そんな態度をとるからなおさら同性愛嫌いが増えていくのだ。もちろん、バレたらひどい目に遭うのではとびくびくして暮らしている人もいるというのはわかる。そういう人たちにとって、自分を守る唯一の方法は秘密にすることだろう。身の危険を感じる人たちが秘密にしておくのは当然のことだ。

しかしそれが世界トップレベルのセレブで、最も安全な立場の人間だったら？

カミングアウトすることで世の中に強烈なインパクトを与えられる人物だとしたら？

ジェイムスは、同性愛者だということを隠しているというよりは、できれば波風を立てずにいきたいと思っているのだろう。なにせ特権階級の中でも最高の地位にあるのだ。事なかれ主義こそベストなのだろうが、そんなことはカミングアウトをしない理由にはならない。

それはそうなのだが――。

本当のところを言えば、ベンがジェイムスに対して抱いている怒りは、そんな高尚な考えから湧き出ているのでもなかった。そもそも、ベンが怒るようなことをジェイムスは何もしていない。事実というのはいつも単純で、往々にして馬鹿げてもいる。人は、自分が酷いことをした相手に対し、その疚《やま》しさの反動で大きな怒りを感じてしまうものなのだ。

雨はまだ降り続いている。

ベンはキーボードにそっと触れる。

自ら設定した締切まであと三〇分。

さあ、書く時間だ。

＊　＊　＊

クラレンス・ハウスを訪れる賓客のうち、館内どこでも自由に出入りできるのはふたりだけだ。

まずはインディゴ。名目上は、ジェイムスとともにこの館に住んでいることになっているのだが、ここ数年はケンジントン宮殿にある居室で生活している。ケンジントンで家族と一緒に幼い時期を過ごしたときが、インディゴにとっていちばん幸せな日々だったからだ。

もうひとりは、今ジェイムスがソファに横になっている間にその来訪が告げられた。あまりにも疲れていたので、起き上がって出迎えもしなかった。実のところ、ジェイムスが誰よりも会いたかった相手だったのだが。

「あらやだ」

キャスは居間の戸口に立ち、両手を唇に当てている。いつもどおりセーターにジーンズ、ウエリントンブーツというういでたちだ。

「ものすごくひどい顔してる」

「中身はもっとひどいよ」

「ほら、元気出して」

隣にどすんと腰かけると、キャスはジェイムスの髪をくしゃくしゃと撫でた。キャスもまた、少年のように短い赤毛が雨と湿気でもつれている。ビスクドールのように繊細な顔立ちにあくまで楯つこうといわんばかりの乱れ髪だ。その美しい面立ちと体つきから、キャスのことをガラス細工のように思う人もいるが、大間違いもいいところだった。

「御老体、持ち直したって話だけど。違うの？　あれってまさか、テレビ用の作り話？」

「命には別状ないって。でも話せないらしい。少なくとも二、三ヵ月くらいは」

「あら静かでいいわね」

こんな切迫したときでなければ笑っていただろう。

「総選挙には喋れる首長が必要だ。たった五分かそこらだけど、憲法で定められていることだからね。つまり、摂政が要る。イコール、私だ」

「わあ、なんてこと！」

キャスはジェイムスの手をぎゅっと握ると、バーのほうへ向かった。優雅でほっそりした体つきは、たいていの女性なら見せびらかしたくなるところだろうが、キャスはゆったりしたサイズのセーターで完全に隠してしまっている。そうしていると、ほとんど子どものようだ――慣れた手つきでウイスキーの瓶を持っていなければ。

「一杯飲まなきゃやってられないわね。いいの？　私は飲むけど」

「いい、要らない」

長いフライトのせいで喉がからからに渇いていたが、今の気分にいちばん必要ないものはアルコールだった。

「ああキャス。滅茶苦茶まずいことになった」

「まあまあ」ウイスキーを注ぎながらキャスが言う。「落ち着きましょうよ。あなた、二、三ヵ月って言ったじゃない。たぶん新しい首相を任命することになるわね、世論調査を信じるなら。でもそれでだいたい仕事は終わり。でしょ？　クリスマスのスピーチ前にはお役ご免になるわよ」

一二月？　もっと早いかもしれない。

「まあ、お役ご免にはなるだろうね――いろいろな意味で」

カサンドラは振り返り、眉をひそめた。「どういう意味？」

「過ちをしでかしたんだ。深刻なやつを」

「つまり、男関係か」

「ケニアのリゾートで。昨日の夜」

記憶を手繰るうち、ジェイムスの声が震えてくる。昨日の今ごろは、ベンの腕の中でごろごろしながら心地よくまどろんでいたのだ、何もかも満足しながら。

「らしくないわね」キャスがジェイムスの肩を撫でる。「でも、大丈夫なんでしょ？」

ジェイムスは首を横に振る。「相手は私に嘘をついていた。小説家だと信じ込まされたんだ。本当は記者だった」

「やだ、なんてこと！　とんだくそだわ、ジェイムス」

「私が馬鹿だった。馬鹿なことをしているとわかっていた。彼は——ああ、認めるよ。ハンサムだ。でもそれだけじゃなかった、それ以外の何かを感じたんだ——」

なぜこれほどまでに、ベンに囚われてしまったのだろう？　口説かれたときの、あの自信たっぷりで有無を言わせない雰囲気のせいか？　いや、それだけじゃない。何か切羽詰まった渇望のようなものを感じたのだ。力強い外見の背後に隠された脆い影のようなものも。だが、それもこれもみんな嘘だったのか。

「プレス証を見つけたときのショックときたら……。ペンを探していたんだ。書き置きを残しておこうと思ったから。ロンドンに来ることがあったら連絡をくれとか、そういう儀礼的なやつをね。正直、また会いたいと思っていた。自分の愚かさに呆れ果てるよ」

「自分をそんなふうに言うのはやめて」キャスは憤っている。「長いこと独り身だったのよ。メディアの先鋒担ぎが、隙をついてあなたに罠を仕掛けた。騙されたからって愚かじゃない。人間だもの」

ジェイムスはコーヒーテーブルの上に置いてあるｉＰａｄを身振りで示した。「さっきからニュースをずっとチェックしている。いつ彼が爆弾を落とすかってね」

キャスが対応策について考え始めた。「否定すればいいわ。きっぱりとそいつを嘘つきだと言えばいい。私、断固として主張するわよ、あなたが毎晩三回は私を満足させてるって。そうでなきゃ……やだ、まさかそいつ、録画していたとか？　そうなの？」

「わからない」

隠しカメラなら、時計や壁掛けの絵、どこにでも仕込んでおける。だが、ベッドの周りに白い布がカーテンのようにかかっていたのを思い出す。ふたりを別世界に封じ込めてしまうかのように。

「たぶん撮ってない」

ベンの感触が、まだ体に残っていて疼く。噛まれた跡が、太腿に赤く残っている。あのひときを思い出してしまう。天蓋付きのベッドでふたり、体を丸めて身を寄せ合っていたこと、ベンのあの熱いキス……。

本気であってくれたなら、どれほどよかったか。

「お金の交渉はしたの？」キャスがそっと尋ねてくる。ナイルの一件を知っているのはキャスだけだ。

「うん。ものすごく怒ったけど」

「なら、そいつは記事を書くためだけに体を売ったわけね」

「そんなふうに言わないでほしいな」

おい、なぜ私はベンを庇っている？　話に集中しないと。

「もし、彼が私のことを暴露するとすれば、それはもっと、なんて言うか、義憤に駆られてのことだと思う。世の同性愛者たちが苦境に晒されているっていうのに、私はゲイであることを隠し、安全なところに引っ込んでいるんだから。それで軽蔑されたとしても反論はできないよ」

「誰にだって、いつ、どんなふうにカミングアウトするかを決める権利はあるのよ。それはあなたのような立場の人だって同じ。たまたまあなたの場合、問題が恐ろしく複雑になってるけどね」

「複雑な人生を送っているのは私だけじゃない」

そうは言ったものの、やり切れなくてキャスの肩に頭を預ける。

キャスはそんなジェイムスを引き寄せ、優しく抱きしめた。言葉もないまま、こうやって身を寄せ合っていると気持ちが落ち着いてくる。気のおけない昔からの友だちならではの心地よさだ。

キャスのことは、十代の初めのころから知っている。ジェイムスを取り巻く貴族社会では、当時ほとんどの子女がこう躾《しつ》けられていた――チャンスと見たら迷わず王子を射止めよ、と。彼女たちにとって、ジェイムスは血の通った人間ではなく、勝ち取るべき賞品でしかなかった。大人の思惑どおり、彼女たちの誰かが自分の伴侶になることはないとわかっていたから、ジェイムスは内心申し訳なくも感じ、そういう娘たちにはできるだけ優しく接してきたつもりだ。

初めて会ったとき、カサンドラは汚れたスニーカーにジーンズ、ふた回りはサイズが大きそうなポロシャツといった風体で、化粧気はまったくなかった。ジェイムスを口説く素振りもなく、アーセナルがマンチェスター・ユナイテッドに負けたせいで、海兵隊員も度肝を抜くような罵り言葉を吐いて怒りまくっていた。ジェイムスはマンUのサポーターだったから、ふたりは話にのめり込み、小一時間はああだこうだと言い合った。それからようやくキャスは笑みを浮かべ、こう言ったのだ。

「ホントあなたって、スポーツについちゃアホだけど、それでもすごく可愛いわ」

家族や近親者以外から、こんなに心のこもった賛辞を受けたのは初めてだった。あの瞬間から、ふたりの間に深い絆が生まれたといっていい。

だが、知り合って三日と経たないうちに、キャスが「王妃になるくらいなら頭を丸坊主にするほうがマシ」と断言したため、お互い友だち止まりでいるのがいいだろうという空気になった。いつ疎遠になってもおかしくないような、微妙な気まずさがふたりの間に残った。ジェイムスがキャスにカミングアウトをしたのは、ともにケンブリッジ大学に入学する直前だ。キャスにとってはまったく思いがけない告白だったようだが、返事はこうだった。

「じゃあ、ガールフレンド役の子が必要になったら言ってちょうだい」

まさかその計略が一〇年近く続くことになるなんて、あのときのキャスは思ってもいなかったはずだ。プライバシーはまったくなく、普通の生活すらままならないことになるなんて。それでもキャスは決してジェイムスを見捨てたりしなかった。

タブロイド紙はそんなキャスを「不実だ」と書き立てている。彼らは何も知らないのだ。本当に。

「そろそろまたチェックしないと」ジェイムスは言った。

キャスがｉＰａｄを手に取る。「アラートが『ベンジャミン・ダーハン』にセットされてるけど？」

「彼の名前なんだ」

「じゃ、呪いのわら人形にはこの名前を書けばいいわけね」

ジェイムスは思わず笑ってしまったが、キャスがサイトをチェックし始めると恐怖の感情が戻ってくる。

落ち着け。落ち着くんだ。

しばらくしてキャスが言った。「彼の最新記事は二日前ね。どっちも真っ当な内容よ。ふうん、きわめて無味乾燥。『エコノミスト』と『フィナンシャル・タイムズ』のフリーランス記者みたい」

「知ってる」

長く恐ろしい午後を過ごしながら、ベンの書いたオンライン記事をだいたい読んでしまっていた。記事の内容がよかったせいで、かえってむかついた。論理は明解、徹底した取材記事であり、よく書けていた。ベンが記事でジェイムスを血祭りにあげるとすれば、それはそれは見事な仕事をするだろう。

キャスはまだｉＰａｄの画面を睨み、何やら検索している。「ツイッターはしてないわね」

つい苦笑いしてしまう。「ああ。そういうタイプじゃないから」

「彼のこと、好きだったのね」

「うん。とても」

キャスがため息をついた。「残念だわ」

「私もだよ」

＊　＊　＊

いつになく、ベンは数時間のフライトを愉しんだ。

愉しんだ、と言ったら言いすぎかもしれない。ベンはもともと旅慣れていたし、これまで南アフリカ航空よりずっと過酷なトランジットにも耐えてきた。ちょっと旨いワインさえ引っかければ、空の旅などなんとかなるものだ。今回は、ひどい気分と二日酔いのせいで心からリラックスはできなかったが、機上では世間のニュースから離れていられる。つまり、あらゆるウェブサイト上で、じっとこちらを見返してくるジェイムスを見なくて済むということだ。おかげでＳＦ小説に没頭し、過去二四時間に起きたこともすっかり忘れた。

ケープタウンに到着するころには、最悪の時期は過ぎたように思えた。ケニアは遠く遥かな地となった。いつもの自分に戻って、いつもの生活を送るのだ。ロジャーは記事を受け取ったはずだから、翌朝まで仕事のことは考えなくたっていい。知り合いに電話しようか。遊びに出よう。二日酔いには迎え酒で応じるのだ。

ベンはアパートメントに戻り、現実に戻った。

今の生活をしている限りでは、悪くないアパートだ。グリーンポイントの中心地にあり、カフェや店などには歩いて行ける。コーヒーハウスと同じくらいゲイクラブもある——つまりベンのような生活を送る者にとって必要なものは、みな揃っている。だが、いざこうして部屋のドアの前に立つと、自分の生活がどのようなものか、改めて考えさせられてしまう。

過去一〇年で一〇ヵ所め。それがここだ。それより前の三年は、少なくともあと一〇ヵ所くらいを転々としていた。従来の生活を打ち捨て、優等生でいようとするのをやめたころのことだ。二つの大きなスーツケースに収まるだけのものしか持たないと決めた（以前はいつも本がその誓いを脅かしたものだが、電子書籍のおかげでずっと楽になった）。借りるのは決まって家具付きの部屋で、どこもこざっぱりしていたものの、ホテルの一室のように没個性的だった。唯一ベンらしさを感じさせるのは、タイで買い求めた二枚のシルクのカーテンだけ。いつも寝室に提げているのだが、部屋を移るときは即座にスーツケースにしまい込めた。

どれほどアパートメントが豪華であっても、どれほど目的にかなっていようと、部屋に足を踏み入れるとき、いつもベンは思う。

ここはわが家ではないのだ、と。

ベンには、そんな場所はなかった。

どれほど辺境を旅していても、どれほど冒険に満ちた生活を享受していても、そしてどれほど愉快な時間を過ごしていても、人は、わが家に帰りたくなるときもあるのだ。


ドアを蹴って閉め、いつもどおりてきぱき荷ほどきをすると、より合理的な方法で迎え酒の件を解決することにした。アパートの小さなバルコニーでウォッカのシングルを飲み、それから紅茶でもすすりつつ瞑想するのだ。

時々こんなふうに、決して手に入らないものに恋い焦がれてしまう。そんな心持ちが自分でも気に入らなかった。わが家なんて子どものころに味わったきりだ。帰るべき家がある、などという感覚は、両親の死とともに死滅してしまった。ある意味、両親の死を風化させないようにと、痛烈な孤独感を研ぎ澄ませていたような節もあった。人生は誰にでも平等で、幸せはずっと続く――そんな考えは、ほんの子どものうちに捨ててしまった。

幻想など忘れて生きるのが何よりだとわかっていた。

それでも時折、幻想だけが与えてくれる安らぎが恋しくなる。

自分にも別の生き方ができるのではないだろうか――そんな気にさせられたのは、これまでただひとり、ワーナーにだけだ。

ベルリンで出会ったとき、ベンは手足ばかりがひょろりと伸びた少年で、性への好奇心ではち切れんばかり、生意気にも三〇代の男を手玉に取れると思っていた。ワーナーとつき合ったのはたった五ヵ月だが、一六歳の少年にとってそれはとても長い月日に思えた。この五ヵ月で、ベンは自分の体がほかの男のためにできるすべての術を学び、ほかの男が自分のためにできることの多くを知った。そしてよくわかったのだ、自分にはワーナーを手玉に取ることなど決してできない、と。だが当時は、なぜできないのかわからなかった。ワーナーが別れを告げる簡単なメールだけ残し、ふいに街を出ていったとき、ベンは気が変になるほど泣いた。

それから一〇年が過ぎて、ベンが世界を放浪していたとき、ワーナーと再会した。今度はタイで。あんなふうに姿を消すなんてひどすぎる、と、ベンはワーナーを責めた。ワーナーは笑い、大人になって以前よりも可愛くなったなと返した。二時間後には、ベンはワーナーとベッドをともにしていた。

熱に浮かされたようなあの時期、ベンは自分に言い聞かせていた――これが俺の運命なのだ、と。もちろん、それが諸刃の剣だともわかっていた。なのに愚かにもそれに挑もうとしていた。ひたすらワーナーにのめり込み、ふたりのつながりを信じた。ワーナーという呪縛の只中にいた――いい意味でも悪い意味でも。

愛されることは、所有されること。それはある種の契約だ。そんな契約など二度とするつもりはなかった。だがワーナーとはごく若いときに関係を持ってしまったせいで、いつものルールが通用しなかったのだ。

あのころの狂気的な自分を思い返すとゾッとする、しかも最悪なのは、その狂気が、これまでの人生で最良の決心を促したということだ。

ベンはバンコクに――つまりワーナーのそばにずっと留まりたかった。そのためには仕事を得る必要があった。友人の友人が英字新聞社で働いており、トライアルとしてベンに経済面の記事を書くチャンスをくれた。お互いさほど期待していなかったものの、ベンはその仕事が気に入ったばかりか記事もよく書けた。記憶の隅に放置していた大学での知識が役に立ち、世界を旅してきた幅広い経験もいい情報源になった。やがて、ベンの書いた記事がいくつかネットの通信社によって取り上げられるようになった。

だが、タイミングは悪かった。またも五ヵ月でワーナーとの関係が切れたのだ。そのころにはベンにもようやくわかってきていた。ワーナーのミステリアスな行動は作為的なもので、それこそがワーナーの好む心理戦の一部なのだ。そしてふたりの関係でつねに優位に立ちたがる。今度はベンのほうにもパワーゲームに屈しないだけの強さがあったのは幸いなことだった。

まあ、結果的にはまたも捨てられたわけだが、おかげで喪失感はさほど強くなかった。むしろ、こちらが先に捨ててやらなかったことに腹が立った。

それからは仕事に没頭し、相応の報酬を得た。グローバル・メディア社のバンコク支局に入り、その後、メルボルン、ケープタウンへと異動した。世界で最も信頼のおけるビジネス出版社ともフリー契約を結んだ。出版社は、彼の記事を本にできないかと真剣に検討していた。

このままいけば、業界で世界トップの座につくことも夢じゃない。

ため息をつき、タブレットを出してグローバル社のウェブサイトを開く。ジェイムスが、こちらを見返している。碧の瞳が放つまっすぐな視線。ベンの心まで見透かしているかのようだ。

ベンはジェイムスに聞いてみたかった。

俺の心の中に何が見えたか――と。

＊　＊　＊

もう真夜中だろうか。

ジェイムスは緊張感と疲労で今にも気絶しそうだった。ふっと意識が落ちかけたとき、カサンドラが急に身を起こした。

「彼、投稿したわ」

「何？」

「ベンジャミン・ダーハン、グローバル・メディア社。『王子の打撃』――ああ、なんだか、よろしくないタイトルね」

ジェイムスはキャスからｉＰａｄをひったくったが、思い直し、キャスに返す。

「駄目だ、読めない」

「そうよね。かしこまりました、殿下。私がおそばにおりますがゆえ」

肩を寄せ合って、画面に見入る。ジェイムスがヘッドラインをクリックし、記事を開く。自分の顔が、ページの中からこちらをじっと見ている――興味ありげに。

とりもなおさず、ホモセクシュアル、ゲイという言葉だけを探して記事を追っていく。だが見つからない。頭がぼんやりしているせいで見逃しているのだろうか。

「大丈夫よ」カサンドラがうれしそうに笑い出す。「ジェイムス、これ、暴露記事じゃないわ。ああよかった、それどころか好意的よ」

確かにそうだった。


＋＋＋＋＋＋＋＋＋＋＋＋＋＋＋＋＋＋＋＋＋

ケニアの雨季は、今年は長引いた。皇太子が訪問を予定していた場所は例外なくどこも洪水に見舞われた。出立の際も、足元三〇センチほどの水をかき分けながらの退場だった。側近たちが差しかけた傘は、皇太子を雨から守ることはできなかった――そして、祖父の容態

しだいでは、いきなり王座へと押し出されてしまうだろうという過酷な現実からも。見送りに出た者たちがその様子について「憔悴しきっていた」と述べたのも、なるほど無理はない。心痛と重圧、二つの負担が重くのしかかっていたのだから。

＋＋＋＋＋＋＋＋＋＋＋＋＋＋＋＋＋＋＋＋＋＋＋＋＋＋＋＋＋

「危機は免れた」ジェイムスが声にならない声でつぶやく。「ベンは私をどうにでもできたのに、見逃してくれた。そっとしておいてくれたんだ」

キャスはソファでとび跳ねると、うれしさのあまり踊り出した。

「ベンはあなたのこと、暴露しない。絶対ね。暴露するつもりなら今すぐしてるはず。だって今、記事を出せばものすごく売れるもの。今日公表しないのならこれからも公表しない。やった！」

キャスが正しいのはわかっていたが、あまりにも疲労困憊しているせいで、にわかには信じられない。脳裏に浮かぶのは、雨の中、部屋を出ていくときに怒鳴り返してきたベンの激しい怒りだけだ。

それからふいに鮮明に別の記憶が蘇る。チェス盤越しに微笑みかけてくるベン。その深い茶色の瞳には、好奇心と欲望がともっていて、あたかも火のそばにいるかのように暖かで——

「ジェイムス?」踊りまわっていたキャスが動きを止め、眉をひそめる。「大丈夫?」

ジェイムスは首を横に振る。どうにか感情を保とうとしたものの、本当に危機一髪だったのだ。緊張の糸がぷつりと切れ、崩れた。カサンドラがそばに寄ってきて、そっと肩を抱いてくれる。コーギーのグローがよたよたと近寄ってきて、ジェイムスの傍で鼻をくんくんいわせている。ジェイムスは、グローのふかふかの頭を撫でた。

しばらくして、ようやく話せるようになる。

「ごめん。でもわかるだろ。厳しい現実に立ち向かうために気を張ってるとき、いちばん堪えるのは、優しくされることなんだ」

「少なくとも、そこは彼に貸しができたわね」

「そんなの、どうでもいいことだよ」

ベン・ダーハンのことをすぐにさっぱり忘れてしまえれば、それでいいはずだ。キャスの気持ちを和らげようと、その手をとった。

「この一日、今このタイミングで暴露されたらどんなひどいことになるか、それしか考えられなかった。事を荒立てるのにはおそらく最悪のタイミングだったろうから」

キャスは唇を嚙み、ゆっくりと言った。「よりを戻したいのね、私と」

「非常時には、みんな互いにそばにいたくなるものだからね。信憑性もある」

「こんなこと、永遠には続けていけないわ」

「それはよくわかっている。でも、あと少しだけ続ける必要があるんだ。頼むよ、カサンドラ。どれだけ無茶を言っているか充分承知している。いつも頼ってばかりだ。でも、お願いだ」

カサンドラがためらう。

断られるのだろうか。ついにその日が来てしまったのか——。

「助けてあげたいとは思ってるのよ。ただね——」

話の展開がよくわからず、ジェイムスはとりあえず頷く。

「状況が変わっちゃったの」

そう言ったキャスの顔に笑みが浮かぶ。あまりにもやわらかで、眩《まばゆ》いほどの笑み。これがいつもの荒っぽいやんちゃなキャスだろうか。

「つまりはスペンサーのためよ。単なるデートの相手じゃない。大事な人なの。っていうか運命の人かもしれない」

「本当に？」知らず、ジェイムスの顔にも笑みが浮かぶ。気まぐれで奔放なカサンドラが、誰かに本気だなんて。

「もしかしたらね。そうあってほしい。でもスペンサーは、ほかの男の目を盗んでコソコソするようなタイプじゃないの。私と付き合い始めたのも、あなたと私は終わったも同然だって彼に話したからよ。ほら、私たち、関係を断ち切るふりをしたでしょ。あれってスペンサーと私にとって大事なことだったの。なのにここでよりを戻したりしたら、すべておしまいになっちゃうわ」

ジェイムスはしばらく黙って考えた。

カサンドラに偽りの恋人として国民の批判や怒りに耐えてほしいと頼むのと、未来ある関係を断念してほしいと頼むのとでは、次元が全然違う。今となっては幻想でしかなかったものの、ケニアでベンと出会い、つながりを感じたことで、恋に落ちるという感覚がどういうものなのかジェイムスにもよくわかった。そんな大事なものをカサンドラから奪うことはできない。たとえ何があっても。

「可能性を考えてみよう」ジェイムスは言った。「スペンサーはいい奴だって言ったね。高潔な人だって」

「まさに高潔そのものよ」

「彼を信頼しているんだね」

「完全にね」

「秘密は守れるかな？」

キャスが目を見開く。「本当のことを言うつもり？」

「状況がわかれば、ひょっとしたらしばらくの間、私たちの芝居に付き合ってくれるかもしれない。それに、きみが私を欺いたことなど一瞬たりともないってことを、彼にはぜひとも知らせるべきだ。どれほどきみが自分を犠牲にしているかってこともね。全世界に向けて打ち明けることはできないけれど、少なくともスペンサーには打ち明けられる」

「ああ――ジェイムス」

キャスが言葉に詰まる。滅多にないことだ。いつかこのことでキャスをからかってやろう。

「私のために？」

「きみがこれまでしてくれたことを思えば、ほんの僅かなお返しだよ。もしスペンサーが芝居にのってくれないなら、まあそのときはほかの解決策を考えよう」

キャスと築き上げてきた偽りの関係に、ついに終わりが来る――そう思うと不安が込み上げる。しかもこのタイミングで、だ。今こそ、何か安心できるもの、ずっと変わらないものがほしいというのに。だが、キャスの友情にこんなひどい形でつけこむことはもうしたくない。

「彼が芝居にのってくれる確率はどれくらいだと思う？」

「かなり高いわね。全世界を騙せるんだもの、きっと面白がるわ。あと、これだけは断言できる。彼は秘密を漏らしたりしない。絶対にね。あなたもあの人のこと、ホント好きになるわ。彼もあなたのことを好きになるはず、もしそれが自分の役に立つってわかればね！」

満面の笑みのキャスにぎゅっと抱きしめられ、ジェイムスもほっと身体が和らぐ。見ず知らずの他人に最大の秘密を打ち明けるのだと思うと、とても恐ろしい。だが、一日中ずっと、とてつもない恐怖の中で過ごしてきたのだ。それと比べたら小さな問題なのかもしれない。

きみは私を傷つけた――ジェイムスは、心の中のベン・ダーハンにそう語りかけた。これから先、ベンとは幾度となくこうして想像上の対話をしていくのだろう——でも、おかげで私は強くなったよ。

＊　＊　＊

クラレンス・ハウスには、大学卒業以来キャス専用の寝室が用意されていたが、その夜、キャスは泊まらずに帰っていった。ふたりとも、スペンサー・ケネディと話ができるまで、タブロイド紙に「復縁か」などと書き立てられたくなかったのだ。

「あなたが友好的な昼食に招いてくれたって、彼に伝えるわ」

部屋を出ていきながら、キャスが言った。階下ではきっと執事のグローヴァーがキャスのレインコートを手に控えていることだろう。

「スペンサーは疑うだろうけど、引っ張ってでも連れてくるから心配しないで。運命の大告白の役目は、あなたにとっておくわね」

「ありがとう、ダーリン」

何年もの間、ふたりは互いのことを「ダーリン」と呼んでいた。最初はジョークで、わざと公の場でそう呼び合っていたのだが、ジェイムスは、いつのまにか本気でそう呼ぶようになっていた。もし自分がストレートだったなら、間違いなくカサンドラと結婚していただろう。まあ、求婚したとしても、イエスの返事がもらえたかどうかは怪しいところだが。

「今夜はありがとう。きみがそばにいてくれて本当に心強いよ」

「これからだってそばにいるわよ。なんたって、あのティアラがもらえるんだから」

そう言ってウインクを残し、カサンドラは出ていった。


ジェイムスはコーギーたちに餌をやり、ベッドに倒れ込んだ。猛烈に疲れていてほかのことを心配する余裕すらない。これであとは遅くまで寝ていられるだろう——それしか頭になかった。犬たちの散歩はグローヴァーがしてくれる。そう、ただ、眠ればいいのだ。

ベンの夢を見たが、ぼんやりとしていて、よい夢なのか悪夢なのかはっきりしなかった。ただ、ベンの顔があり、彼がそこにいるということがわかるだけ。夜更けに何度か目覚めたが、まるで生々しい記憶の力に呼び覚まされたかのようだった。まだ、ベンのことを考えているのか……と思いつつ、再び眠りに落ちる。

もしかしたら、ベンの夢をいくつも見たのかもしれない。

あるいはたったひとつの夢かもしれない。

そしてそれはきっと、目覚めても終わらない夢なのだ。

誰かに肩を優しく——だがきびきびと叩かれた。目を覚ますと、執事のグローヴァーが非の打ちどころのないお仕着せでベッドのそばに立っていた。カーテン越しに差し込んでくる光の加減を見ると、まだようやく夜明けという時分だろう。

「どうした？」もごもごと呟く。こんなふうに起こしにくるなんて、グローヴァーらしくない。主人を起こすのも執事の務めのひとつだが、ジェイムスは自分で目覚ましをかけて起きるほうがよかったので、グローヴァーにも、こちらから特に命じないときは起こさなくてよいと告げてあった。

　ということは——？

　思わず身を起こす。

「まさか。王が亡くなられた？」

「いいえ。大法官から、午前の早めの時間にお目にかかりたいとのお申し入れがございました。首席裁判官と記録長官もご列席されるのではと存じます。ツェンさんからのお言伝では、みなさま、本日の午後には枢密院《すうみついん》のほうへお越しいただきたいと申しておられるとのことです。つきましては、朝食をたっぷりお召し上がりになられたいかと」

　摂政か——すぐにでも事を進めたいのだな。今日にでも。

　今、ジェイムスの胸を占めているのは、深い、心底からの安堵感だった。昨夜は恐怖と疲労ですっかり打ちのめされていたから、ベンが示してくれたささやかな「慈悲」について深く考えられなかった。まあ慈悲というより、事実が明かされたら王位継承権を失うのではないかとずっと思い悩んできたこと、結論をあと延ばしにしてきたことに対し、一時的な猶予をもらっただけなのではあるけれど。

しかし今日、私は摂政皇太子となる。実質的には王だ。リチャードおじがどんな不正を働こうとしても無駄だ。王妃は反対の意向を示すかもしれない。摂政を決めることができる人間は五人いて、王妃はそのひとり。ただ、五人中三人が賛成すればたとえ王妃が反対しようとも、法が適用される。

ようやく父との約束が果たせそうだ。つまり、インディゴを守ること。自分の務めと家族に忠実であるためならどんなことでも永遠に続けていける。家族と務め――それこそが、自分の幸せより、ほかの何より大事なことなのだから。

そして今、ようやく道が開けた。

「殿下?」グローヴァーが眉を上げる。「朝食の準備をいたしますか?」

ジェイムスは大きく息を吐く。「そうだな。ありがとう、グローヴァー」

進むべき道が再びはっきり見えてきた。これまでの人生をこの務めのために費やしてきたのだ。やっと、務めを果たすことが重責ではなく安堵だと思えそうだ。すべてうまく運ぶだろう。

ただ、ベンのことさえ忘れればいいのだ。

＊　＊　＊

英国、摂政皇太子を任命

携帯電話のニュースサイトにそんな見出しが出ていた。ベンは出勤途中で、職場まであと数ブロックのところを急いで歩いていたため、記事まで読むことはできなかった。

だが、見出しだけで充分だった。ジェイムスは、望みを果たしたのだ――王冠の実物を冠る以外は。

ベンはそのことをもっと苦々しく思いたかった。だって、そうだろう？　生まれついての運命をそのまま受け継いだだけなのだから。納税者が汗水たらして納めた金を使って、怠惰で贅沢な生活を送って――。

うん、まったくいただけない。

だが、ジェイムスのことをとてもひどく傷つけてしまった。身も心も蕩《とろ》けるような午後を過ごしたすぐあとに。あんな経験、ジェイムスには初めてだっただろう。俺だってそうだが。あれほど耐え難い恐怖を味わったのだ、少しくらい晴れがましい日を迎えたってバチは当たるまい。

ニュースルームに着くと、いつもどおり自分のデスクに向かう。そのためにはエディターズルームの前を通らなくてはならないのだが、ロジャーの視野に入ったとたん、ロジャーが背筋を伸ばし、指を曲げて合図を送ってきた。鋼をも溶かすような鋭い視線。

「ちょっと寄れ、か」ベンは構わず自分のデスクに行くと使い古した鞄をしまい、それからロジャーの待つ部屋へ向かった。

「ご苦労だったな」ベンが部屋に入るなりロジャーが言った。「ケニアの休日を楽しんでくれたならいいが。どうやらそれがきみの最優先事項だったようだからな。一日中ベッドでゴロゴロか」

ふいに生々しい記憶が押し寄せてくる——ジェイムスが裸でのしかかり、キスをしてくる。唇を開いて。

ベンはなんとか記憶を振り切った。

「もっと気を配っているべきでした。言い訳はしませんが、もう二度とこういうことはないと約束します」

「確かにこれからは気を抜いていられなくなるだろうな。ロンドンの連中はそんなに甘くはないから。俺程度でキツく思ってるならフィオナには太刀打ちできないぞ。鋭い爪でがっつり捕まっちまう。あの爪、ダイヤモンドで研《と》いでるって噂だ。生き残った連中の話だけどな」

ロンドン？　フィオナはロンドン支局を率いる女性だ。ベンは耳を疑った。

「ロンドンに異動させてくれるんですか？」

「今日からひと月後だ。それだけあれば、引っ越しには充分だろう」

ベンには一日あれば充分だが、そんなことはどうでもいい。

「本当ですか？　あんな大失態をしたあとなのに――」

ロジャーが笑う。

「誰でもたまにはヘマするさ。お前さんもそろそろ動いていいころだ。それに、あの記事でだいぶ挽回したぞ、気に入ったよ。ああいうのを書いてくるとは思ってなかった。皮肉は効いてないが、考えなしでもない。それに、ほかにはない内容だ。記事をサイトにあげたのは他社より遅かったが、きみの記事がいちばんだ。アクセス数もどんどん増えている。経済記事だけじゃなくて守備範囲が広いってことを証明したな」

そしてしれっと付け加える。「これでロンドン転勤が決まらなきゃ、サファリリゾートに放火してやらんと」

「ボス、どう感謝したらいいか……」

「そうだなあ、いつか部下たちがめいっぱい感謝の意を表してくれることだけを楽しみに、この仕事をしてる身としては、『いまを生きる』のラストシーンみたいに感動的なやつがいいね。それとも、とっとと出ていってもらうのがいいかな、そうすりゃもっと仕事ができる。うん、それがいい」

「感謝します」

ベンは再びそう言うと、ロジャーの気が変わらないうちに部屋を出た。

その日はずっと仕事にならなかった――少なくとも記事のネタ集めという点では。人事部が異動のために数え切れないほどの書類をメールしてよこし、一日中それに対応しながら、合間を見つけては家主に状況を説明し、ロンドンでの新居の目星をつけた。

ベンの心は喜びとショックの間を行き来していた。何と言ってもロンドンは二大支部のひとつ。これは大躍進だ。それにしてもロンドンの家賃は信じられないほど高くてびっくりだが。

仕事が引けると、同僚たちと軽く祝杯を上げに行った。タクシーで帰宅するときになって初めてようやく冷静に考えられるようになった。

そうか、俺はジェイムスがいる街で暮らすことになるんだな。いや、今では治めているのか。

八百万人が住む街で、ひとりの人間とばったりでくわす可能性など限りなく低い。ましてやその人物が宮殿に住み、護衛に守られ、世界から隔絶されているなら、そんなチャンスはないと言っていい。もう二度とジェイムスの顔を見ることはないだろう。ニュースを除けば。

考えるのも馬鹿げている、本当に。

いや、まだあるか。紙幣だ。ベッドをともにした相手が五ポンド紙幣の中からじっと見つめてくるなんて、どれほど妙な気分だろう。

可笑《おか》しくなって、それ以上考えるのはやめた。だが、その夜、暗闇のなかベッドでまどろんでいるときでさえ、ひとつの考えがずっと頭を離れなかった。

ひょっとしたら——あくまでごく僅かな可能性に過ぎないが——ひょっとしたら、何かの機会にジェイムスと会うことがあるかもしれない。

第三章　38721

ニュースルームはいつもどおりの朝だった。フィオナ・ド・ウィンターが自分のオフィスから顔を覗かせ、口を開くまでは。

「で、誰が行きたいの？　摂政皇太子に会いに」

ジェイムスの呼称を耳にして、はっとベンは頭を上げた。

ロンドンに赴任して二ヵ月。皇太子の顔が街中の至るところにあるという現実に、まだ慣れていなかった。

もちろんジェイムスは世界的な有名人ではあるが、よその国ならよほどのスキャンダルがあったときか、これといったニュースのない日に取り上げられる程度だ。だがこの国では連日のようにタブロイド紙の一面を優雅に飾り、夜のニュースでその日の映像が流される。

ジェイムスの写真を見るたび、稲妻で胸を射抜かれる思いがした。

フィオナと目が合った。彼女がにやりとする。そのときになって初めて気づいた。なんだ、顔を上げたのは俺だけか？

フィオナがぶらぶらとこちらに近づいてきた。鮮やかなネイルの目立つ手に、アイボリー色の大きな封筒を携えて。

「もちろん新入り君に決まってるわね。はい、これが身分証。お招ばれしてきなさい。で、すぐにでも陥《お》ちそうな人を見つけて、うまく誘って寝ちゃいなさい」

封筒がはらりとデスクに落ちた。ベンは見もせず、もちろん触りもしなかった。「洒落たイベントなんですか？」

フィオナは鼻を鳴らして戻っていく（王室にふさわしいとは言いがたい音だ）。派手な柄のラップドレスのせいで、後ろ姿が妙に眩しい。いくつもの仕切りで分けられた小さなスペースで、しかめ面の記者たちがパソコンに向かっている地味なニュースルームの中では、蝶が紛れ込んできたかのように目立つ。

ベンの言葉に応えてくれたのは、隣の席の記者ロベルト・サンティエステバンだ。

「洒落ちゃいるけど、すごく退屈なんだよな。室内楽に、着飾りすぎの客。どうでもいい会話を二時間くらい我慢したら、ようやく五分かそこら、本日のチャリティーについてロイヤルスピーチが聞ける。ま、古きよき時代のパーティーってとこか。だが、いい面もある。食い物はだいたい美味いし、酒は飲み放題だ」

「行ったことがあるのか」

「ああ。ニューヨークから異動してすぐ。話のネタになりそうだろ、お国のジャージーシティに帰省したときにさ。まあ、四百メートルくらい向こうに王妃がいるのを目撃するだけのことなんだけど。でも四百メートルくらいがちょうどいいよな、王妃を眺めるには」

ロベルトはくいと室内を顎で示す。ニュースルームではいつもどおり、みながパソコンに向かっている。

「ここにいる連中はみんな、新入りのときに見物を終えたクチだ。今じゃもうご卒業ってこと」

封筒はリネンのようになめらかで厚みがあり、中には金縁のカードが二枚入っていた。皇太子による教育基金設立を記念したクリムゾンナイト・ディナーへの招待状だ。基金は、子どもたちのアートプロジェクトを支援するものらしい。

そこそこ無難な活動だな。ベンは納得する。ジェイムスは危ない橋は渡らないタイプだ。

「招待状は無作為に送られてくるのか？」

「まさか。テーブル一卓につき最低二千ポンドだよ。うちの会社も節税対策でひと口買ってるんじゃないか。ちょっとしたおしゃべりを楽しむためにお偉方が顔を出すのさ。ま、たまに空席が出たりもする。そんなとき、俺らにお呼びがかかるってとこだな」

「いずれにせよ、見るべきものはありそうだな」

ロベルトが肩をすくめる。「食うべきものが、かな？　そうそう、スーツ着用だぞ。俺にとってはスーツ代ほどの価値はないけどね」

ベンにとっては、それ以上の価値があった。この二ヵ月というもの、どうにかして少なくともあと一度、ジェイムスと話をしなければという思いが募っていたからだ。

もちろん、ジェイムスとまた寝られるなどと虫のいいことを考えているのではない。ケニアであんな別れ方をしたのだ、王子は二度と冒険はしないだろう。だが、話をする必要はある。

ケニアでの、あの夢のような長い午後から三ヵ月。あの日以来、ベンは幾度となくジェイムスと再会するところを想像した。どれもありそうにない想像ばかりだ。たとえば、人里離れた場所（スコットランドのどこかとか？）でばったり会う、あるいはゲイのクラブにお忍びで来ていたジェイムスに気づく（アイライナーとグリッターくらいで英国王位継承者であることが誤魔化せるわけがない）といった具合だ。真夜中にジェイムスの護衛に捕縛され、地下牢のようなところに連れていかれると、そこでジェイムスが待っていた……なんていう妄想までした。

まあ、こうした妄想はもっぱら、手慰みのために生まれたのではあるが。

ジェイムスの手で両手に枷《かせ》をはめられ、お前は私の意のままだとばかりにあの瞳で――眉をくいと上げたあの瞳で見つめられたら――。

「お～い、ベン、戻ってこ～い」

耳元でロベルトの声がして、ベンははっと我に返る。「すまない、何か言ったか？」

「誰を連れてくつもりかって聞いたんだよ」ロベルトの口調が陰謀めいてくる。ロンドン支社はほとんど英国人記者で占められているため、ロベルトはある意味「よそ者」的な存在でもあった。ひょろりとしたアフリカ系アメリカ人で、髪をスーパーショートに刈り込んだ呑気な二十代だ。ベンより一年早くロンドンに移ってきたという理由で、ベンのガイド役を買って出てくれている。イギリス独特のスラングから職場の人間関係に至るまで、すべてにおいてだ。今もまた、何やら始まりそうな雲行きだった。

「噂じゃ校閲部のジョフリーは、あんたに誘われてもノーと言わないんじゃないかって話だ」

ジョフリー。ブロンドでいつも黒ばかり着ているあのハンサムか？　まあ、悪くない話だが……。

「職場の人間とは付き合わないことにしている」

「おいおい俺たちがどんだけここで働いてるか考えてみろって。よそで誰かと知り合うチャンスなんてあるか？」

ロベルトの顔が曇る。確かにそのとおり、労働時間はかなり長い。

「それでも？」

「ああ、付き合わない。ゴタゴタしたくないからな」

職場に色恋を持ち込むと事が複雑になるし、束縛されることにもなる。恋愛特有の感情的なつながりを一切放棄して以来――つまり、ワーナーと別れて以来、ひとり身を愉しんできたのだ。職場の噂で心くすぐられるような話を聞いたからといって、ほいほいと自由を手放すつもりはない。

ロベルトが頷く。「わかった。ってことは、王室行事に同伴者ナシで出かけるってことだな？　怖いもの知らずだねえ」

ジェイムスとの一件以来、誰とも寝ていなかった。それもこれもジェイムスのせいだ。彼が達したときに発した、長く掠れた叫び——あの声がいつまでも忘れられない。思い出すたび腹の底が熱くなる。抑えに抑えていた渇望を一気に解放するような、心からの叫び。あの声を追い払うことができない限り、ほかの誰かに気が向くとは思えなかった。

自分にそれなりの魅力があることはわかっている。しかしジェイムスと付き合おうなどとは考えていなかった。だいたいそんなことは不可能だろう。だが、こうして再会の機会を得た今、その考えをまるきり捨ててしまうのもどうだろうか——。

ベンはロベルトに言った。「実のところ、あてがあるんだ」

＊　＊　＊

ジェイムスは、ケンジントン宮殿内にあるインディゴの居住スペースに向かっているところだった。ドアの側で控えていた従僕に上の空で頷き、中に入る。階段を上ると、執事のハートリーがすっと従い、ジェイムスの少し後ろをついてくる。

少し、歩く速度を緩めた。

ハートリーは七八歳、普通に考えれば、少なくとも一〇年前には引退していていい年齢だろう。まだこうして勤めているのは、インディゴが心を開くことのできるごく僅かな人間のひとりだからだ。ハートリー自身、親が子を慈しむようにインディゴを大切に思っている。今も執事として勤めてはいるものの、インディゴにとっても、彼は単なる召使い以上の存在だった。

「あの娘《こ》の様子は？」ジェイムスが尋ねる。

「あなたさまにご連絡してから、ほとんど変わっておりません」歳のせいでしわがれた声でハートリーが答える。「小康状態といったところです」

「自傷行為は？」

「私どもの知る限りではそういったことには至っておりませんが、ドアに鍵がかかっておりまして」

「わかった。あとは任せてくれ」

ハートリーは不本意そうではあるものの黙諾し、二階のフロアまで上りきる手前で留まった。

ジェイムスはインディゴの住居スペースに向かった。

名義的には、そこはもはやインディゴの住まいではなかったのだが、いくらリチャードおじが性悪でもさすがにインディゴを追い出すほどではなかった。インディゴにとってここは家族と幼少期を過ごした場所であり、心から安全だと感じられる唯一の場所なのだ。とはいえ今日のように、この場所でさえ助けにならないこともある。

応接間を抜け、寝室に入る。

この宮殿に住んでいたとき、両親はジェイムスとインディゴに、自分の部屋を好きなように飾ることを許してくれた。一家がいずれクラレンス・ハウスに移るときは、もっと「保守的」にしないといけないよ――と、やんわり釘を刺されはしたが。

それは、伝統からのちょっとした逸脱行為のひとつだった。父エドマンドは、自分が両親(王と王妃のことだが)と温かな関係を築けなかったのは「伝統」が邪魔をしていたせいだと考えていた。わが子にはもっと自分を身近に感じてほしい――そう思っていたようだった。

というわけで、ジョージ王朝風の上品な応接室を抜けると、ある種の退廃的な輝きに満ちた空間が広がっていた。黒く艶やかに塗られた壁は、天井との境を取り囲む渦巻き模様の白いモールディングとあいまって一層際立っている。ベッドカバーはシルバーのサテンで、その上にこまごまとしたアンティークのレースが縫い付けてあった。もちろんインディゴの手作りだ。壁に掛かっているのは、これもまたインディゴが制作したモザイク画。ガラスのかけらを千近く使って、萎れかけた花々を描いたものだ。大きな窓と窓の間には、映画『ティム・バートンのコープスブライド』のコンセプチュアルアートが飾ってある。そしてきわめて一九世紀的な書き物机の上には、彼女がどこかの宮殿の小部屋から救出してきたノートパソコンが開いたままになっている。ジェイムスは、インディゴがネットで何を読んでいたのか、なぜ、いつもの症状が出たのか知りたい気持ちをどうにか抑えた。インディゴにはプライバシーが必要なのだ、今でも。いや、今だからこそ、か。

クローゼットのドアは閉ざされている。インディゴがティーンエイジャーになってすぐ、内側から掛かる鍵を自分でつけたのだ。

思えばあのころからだ。何かから隠れたいと、しきりに言うようになったのは。

「インディゴ？」

床に腰を下ろし、片側の肩をクローゼットの扉に添わせながら、インディゴに聞こえるよう静かに話しかける。

「私だよ」

沈黙。それから囁く声がする。

「ごめんね」

「何も謝ることなんかない、私にもほかの人にもね」

正直言えば、インディゴを揺すぶってこう言ってやりたくなるときもある。

『こんなことをするのは、ただ注意を引きたいからだろう！』

だが、インディゴの問題はそんな単純なものではなくて、むしろ根深かった。こうして助けを求めてくるなら、そのやり方がたとえジェイムスの意に沿わなくても、まずは妹を助けることに集中しなくては。インディゴが注意を引きたいのであれば、兄としてはそれを受け入れてやるしかない。

「どうしたんだ?」

「水曜日のことが、頭から離れないの」

この間の水曜、久しぶりにインディゴが公式行事に出席した。王の新たな肖像画をお披露目するための記念行事だ。出席しないといけない行事が近づくたび、インディゴは様子がおかしくなる。それで、最近ではジアゼパムを飲むようにしている。薬をのむこと自体、ジェイムスはあまり賛成ではないのだが、インディゴはすでに成人だ。ジェイムスが口出しすべきことではなかった。それに効果もそれなりにあるようだったから、認めてやらざるを得なかった。

しかし今回はよくないパターンが出てしまった。薬を飲む前にほとんど何も食べておらず、おまけに服薬した量が多かったのだ。そのせいで行事の間中クスクス笑いが止まらず、足元もおぼつかない状態になり、タブロイド紙はこぞって〝メリー〟の飲酒癖について書き立てた。

「インディゴ。たかが新聞じゃないか。ただの記事だよ。私とカサンドラのことだってさんざんな書かれようだ」

「兄さんの記事はまだましよ。みんな兄さんのことを好きなんだもの。でも、私のことは馬鹿にしてる」

「みんな、お前のことをわかってないだけだ」ジェイムスが語調を荒げる。「お前はベストを尽くしてる。私にはわかっている。お前もそう思ってるだろう？　何も気にすることはないよ」

「ベストを尽くし切れてないの」

「それは問題じゃない。まったくね。壁に掛かっている忌々しい絵について、あれこれ悩んだり騒ぎ立てるようなものだよ。まったく的外れなうえに、お前が描いたものでもない。それだけのことだ」

「そんなに簡単なことなら、どうして私、乗り越えられないの？」

ジェイムスは罵りの言葉を飲み込んだ。深く息を吐く。

うまく説得できるといいのだが。

「いいかい、私たちはみんなそれぞれ得意なことがある。そもそもお前が王族に生まれたのは、たちの悪い冗談なのかもしれないね。お前には輝かしい才能がたくさんあるんだから。聡明だし独創的だし、他人の気持ちにとても敏感に寄り添える。素晴らしい資質がたくさんある。お前がそばにいなかったら、正直、私はどうすればいいかわからないよ」

クローゼットの扉の向こうで、インディゴは沈黙している。

ジェイムスは続けた。「自分に合わない役目から逃れられないのは、お前のせいじゃない。生まれのせいだよ。でもだからってお前のよさが損なわれるわけじゃない。お前は、ほかのみんなと同じように才能があって素敵だ。それにみんな、お前のことを愛している。わかってるだろ。世界中のタブロイド紙が何を書こうが、その事実は変わらない。私たちは、本当のお前を知っている。いつかお前にもそれがわかるといいのにと思うよ」

沈黙。

ジェイムスは部屋を見回し、血痕がないか確認する。

ないみたいだ——今回は。

いつだったかインディゴが平静なときに話してくれたことだが、ときどき刃物で体を切りつけてしまうのは、心の痛みを麻痺させるためなのだという。幸いなことに、そんなふうに傷をつけることは稀だった。とはいえ、インディゴの太腿にはすでに傷痕がいくつも交錯している。それに今ここに血痕がないからといって、インディゴが自分の手や腕をドアに叩きつけなかったかどうかまではわからない。あるいは全身を壁に打ちつけたかもしれないし、ほかのやり方で自分の体を痛めつけたかもしれない。そう考えるだけでジェイムスの胸が痛む。

両親が、あと少し長く生きていてくれていたら——。

インディゴの状態が深刻になっていく様子を父が見たら、娘のために自ら王位継承権を放棄し、家族全員が継承から外れるようにしただろう。そうしたらリチャードおじは、死ぬほど恋い焦がれてきた王座を手に入れることができただろうし、私たち家族は、少しは普通の家族のように暮らせただろう。間違いなく幸せに。

だが、今となってはもう遅すぎる。ジェイムスが王位継承権を放棄したり、あるいは権利から外されたりでもしたら、君主という重責がインディゴの肩にのしかかってくる。そんな重責に耐えられるはずがない。

インディゴの囁くような声が聞こえる。「鍵を開けるけど……外に出たくないの。一緒に中に入ってくれる？」

「もちろん」

カチリという音がして、鍵が外れた。ジェイムスが体を離すと扉が開いた。クローゼットの中は真っ暗だ。以前、四つん這いで入り込めたので、今度もそうした。インディゴはいつものように床に横たわっている。身を寄せ、黙ってインディゴの体に腕を回すと、しばらくそのままでいた。

インディゴの部屋にはクローゼットがいくつもあったが、この小さなクローゼットには普段よく着る服ばかりしまってあった。左側は、控えめで上品なワンピースやスーツ、ハイヒール。一族で集まるときの装いだ。右側は、格子縞のシャツやジーンズ、風変わりなTシャツ、そしてドクター・マーティンのブーツ。ふたりはその真ん中あたりに横たわっていた。

「みんなが私の顔を見ないでくれたら、ちゃんとできるんじゃないかって思うこともあるの」インディゴが囁く。「仮面とか、ヴェールをつけたらね。みんなが見ていると思うと、たまらなく怖いの」

「わかるよ」ジェイムスは目を閉じ、インディゴの肩に額を乗せる。

インディゴが可笑しくなさそうに笑う。「ねえ、いい方法がある。手始めにブルカをかぶればいいんだわ」

「ブルカをかぶるのはいかがなものだろうね」ジェイムスがわざと厳めしい声で返す。「ムスリムに対して失礼だし、それにタブロイド紙がどれほど気狂いじみているか、わかってるだろ？　虎に生肉を投げてやるようなものだよ」

「冗談よ」インディゴはため息をつき、それからはっと身をこわばらせる。「やだジェイムス、今夜イベントがあるんじゃなかった？　そうよ！　ここにいちゃいけないのに――」

「しぃぃ。まだ数時間先だよ。それにただのチャリティーディナーだ。服をちょっと変えるだけでいい」

「変える――。それこそ私に必要なものだわ。変わるの。姿形すべて、まったくの別人に変身できたら――誰とでも向き合える」

ジェイムスはインディゴをぎゅっと抱きしめる。「お前の顔はとても美しいのに」

「顔は問題じゃない。問題は、本当の私を見せても誰も理解してくれないだろうってこと。誰も受け入れてくれないわ。それがどんなだか、わかるでしょ」

「ああ」ジェイムスは答えた。「わかるよ」

＊　　＊　　＊

クリムゾンナイト・ディナーパーティーは、ジェイムスにとって、寝ながらでもこなせる類《たぐい》の行事だった。実際、一、二度、本当に眠りそうになったくらいだ。

式次第はこんな具合。会場に到着したら、今回のチャリティーの責任者たちと軽く言葉を交わす。ほとんどがよく見知っている者たちばかりだ。仮に相手の名前や肩書きを失念してしまっても、キンバリーが傍らでそっと耳打ちしてくれる。ディナーが始まり、音楽が奏でられ、人々が拍手喝采し、カメラのフラッシュが焚かれる。その間、ただ微笑んでいればいい。プレゼンテーションが長々と続く間も、ずっと座ってさも感心したかのような顔をしているのだ。それからスピーチだ。テーマは今回のチャリティーの意義について。さらなる賞賛の拍手。VIPたちとのおしゃべり。ディナーのあとは、三、四〇分ばかりほかのゲストたちとの歓談。車へと逃れる。胃薬を飲む。そして帰宅。

子どもたちのための芸術教育。とても好ましいチャリティーだ。こうしたことにプリンス・オブ・ウェールズ・トラストという莫大な基金の一部が使われることは非常に喜ばしい。だが反面、苛立たしい気持ちになることもあった。トラストの理念の多くが、自分と深くつながっていないせいだ。どれもみな、何というか……とても無難なのだ。

それでもまあ、少なくとも今夜のイベントは華やかではある。これまで味気ない行事にうんざりするほど参席してきたせいか、こういう優雅な空間は心地よい。ダイニングホールは古き良き時代の雰囲気たっぷりだ。高い天井はチューダー朝時代の装飾だし、大理石の床には美しい紋様が描かれている。クリムゾンナイトという今夜の趣向で、赤い豪華なカーテンが会場を彩っていて、出席している女性たちもみな赤いドレス姿だ。会場がこれほど絵になると、それだけでニュースになるかもしれない。

地方の議員と他愛ない会話をしながら、ジェイムスはふとそう考えた。ニュースになれば、寄付金も少しばかり増えるかもしれないな。

そのうえ、今夜はほかにもちょっとしたお楽しみが待っていた。

そわそわと落ち着かないその人物が、ジェイムスと謁見するために近づいてくる。ここは厳めしい顔を作らなければ――笑いを堪《こら》えるので精一杯ではあったが。

「殿下」スペンサー・ケネディはそう言うと、その場にふさわしくお辞儀をした。隅から隅まで叩き上げのサラリーマンのような出で立ちだ。仕立てのよいスーツを適当に着崩し、ネクタイは曲がり気味。髪は王室基準より長く、おまけにアイルランド人らしく血色のよい頬をしている。そして、よくよくそばまで近寄ってみれば、瞳の奥にいたずらっぽい輝きがあるのがわかるだろう。

「ケネディさん」ジェイムスは冷静さを装って言った。「ケネディ・テレコムは、確かテーブルを二つ取ってくれたのでしたね。非常に大きなご献金だ」

「よいご理念ですからね」

その場のすべての人間がふたりを凝視している。みな、スペンサーがカサンドラの目下の浮気相手だと信じているのだ。

まさかスペンサーと私がこの二ヵ月で友人になったとは、ここにいる誰も想像だにしていないだろう。

そう、あの昼食会で、私は初めて見ず知らずに近い人間に秘密を打ち明けたのだ……。

「冗談でしょう?」

というのが、スペンサーの最初のリアクションだった。「そうに決まってる」信じる気ゼロという感じだ。

「史上最低の悪ふざけに思えるだろう。でも、まったく真面目な話だ。私はゲイなんだ。キャスはそのことをずっと知っていた」

「あなたに嘘をついていて平気だったなんて思わないでね」テーブル越しにキャスが手を伸ばし、スペンサーの手を取る。スペンサーは何の反応も示さなかった。もちろんショックのせいだ。「私は、愛している人には忠実なの。だからジェイムスの秘密を守ってきた。今、こうしてあなたに打ち明けているのも同じ理由よ」

「でも――きみ――その――あんなに細かいことまで話してくれたじゃないか！　ふたりのセックスについて」

スペンサーはキャスとジェイムスの顔を交互に見る。

「細かいこと？」ジェイムスもキャスを見た。

キャスが肩をすくめた。「ほら私、中途半端なことはしたくないたちでしょ。嘘をつくときだって手は抜かないの」

「あの日本式の縄縛り、彼から教わったって言ってたけど……」スペンサーがくいっと親指をジェイムスに向ける。「じゃあ、いったい誰から教わったんだ？」

ジェイムスが両手を上げた。「続きはあとで、ふたりきりのときにでも話したらどうかな？私は遠慮しておくよ」


会場の隅でフラッシュが光った。

出席者の誰かが携帯電話でジェイムスとスペンサーの対決シーンを撮ったのだ。サン紙やデイリーメール紙にでも売れないかと思っているのだろう。明日のタブロイド紙にどんな記事が載るのか、これで想像がつくというものだ。

スペンサーがほんの少しばかりジェイムスのほうに身を寄せた。誰にも聞こえないのをさっと確かめると、表面上は、今にもジェイムスを懲らしめてやるとばかりにしかめっ面を作り、静かな口調で付け加える。

「ガルルル。ブーブー。滅茶苦茶あなたが嫌いだね」

「ああ、私もだよ。腹わたが煮えくり返って、まだ収まらないね」

「キャスのことであなたと争うより、クラレンス・ハウスに行って植え込みに放尿して、マーキングしてやりたいな」

ずるいぞ、スペンサー！

笑いを堪えるために、ジェイムスは必死で頬の内側を噛まなければならなかった。ようやく話せるようになるとジェイムスは言った。「私が衛兵にきみの首を刎《は》ねさせる前に離れたほうがいい。週末会えるのかな？」

「アーセナルがマンUをこてんぱんにするところを見逃すわけないでしょう」

スペンサーとカサンドラは同じアーセナルファンだ。そうでなければ、ふたりの二度目のデートはなかっただろう。

スペンサーが離れていくと、会場の雰囲気は目に見えてホッと緩んだ。キンバリー・ツェンが近づいてきて囁く。

「次の方はイヴァン・キャンベル、ベルファストの事務所と連携して、教育プログラムに貢献して下さっている先生のひとりです。北アイルランドで開催するミュージック・キャンプの調整をされています」

ジェイムスは頷くと、キャンベル氏（イヌ科、ゴールデン・レトリーバー）と丁重に言葉を交わしながら、半ば上の空で会場に視線を泳がせた。ほとんどの男性客は、女性の赤いドレスに合わせて赤いネクタイをしているが、中には黒や白、それに——へえ、紫のタイをしている奴もいる。まあ、趣味のよさそうな色味ではあるが——

ネクタイから徐々に視線を上げていき、その人物の顔を見る。ジェイムスのすべてが止まった。

ベンジャミン・ダーハン。

ベンが、ここにいる。この会場に、今。

ショック、興奮、戸惑い、不安、怒り——。ジェイムスの体内で、感情が一気に噴き上がる。胸に一撃を食らったような衝撃だ。あまりにも激しすぎて肋骨を突き破り、心臓を直接叩きのめされたような気すらする。ベンがこちらを見返している。熱のこもった、物言いたげな黒い瞳で。あんな目でずっと見られていたのだろうか？　すぐに気づかなかったなんて。存在すら感じ取れなかったなんて。

信じられない。

ふたりの目が合ったのは二秒もなかった。

ジェイムスは目を逸《そ》らし、キャンベル氏に話しかける。「素晴らしいご活動をされていますね、キャンベルさん。お会いできて光栄です」握手をしてキャンベル氏が離れていくと、ジェイムスはキンバリーの耳元で囁いた。

「話がしたい客人がいるんだが。あの、紫のタイをつけた男性だ」

に。

「グローバル・メディア社のテーブルの方ですか？」

参席者リストをよく確認しておくのだった。そうすれば前もって多少の警戒もできただろう

「そう、彼だ。名前はベンジャミン・ダーハン。プライベートルームで、少しばかり話ができるよう計らってくれないか」

「承《うけたまわ》りました。ちなみに次にお会いになるご婦人はハリエット・マスグローブ、多大な寄付を頂戴している方です。キツネ狩り問題にご興味がおありのようで」

おぞましいキツネ狩りの慣行について、マスグローブ女史（イヌ科、コーギー）と熱心に語らう間、ジェイムスはベンのほうを一度たりとも見なかった。周囲にいる人たちのことだけに集中しているかのように振る舞い続ける。持ち場を離れていたキンバリーが戻ってくると、ジェイムスの周囲に聞こえるよう、はっきりとこう告げた。

「失礼いたします、殿下。五分ほどお時間を頂戴したいのですが」

ジェイムスはマスグローブ女史に中座を詫び、キンバリーの誘導で奥の部屋へと向かった。そこは小さな控えの間で、プライバシーが保たれている。パーティーの最中に気分が悪くなったり、一息入れたくなったり、あるいは内密の電話がかかってきたときなどに使う部屋だ。

ジェイムスの心臓はどくどくと脈打ち、そのせいで体じゅうが震えているかのようだ。部屋に足を踏み入れると、ベンが部屋の隅に立ち、ジェイムスを待っていた。

この男のことが、ずっと頭から離れなかった。

怒りでどうにかなりそうだというのに、あの官能的な午後は罠だったというのに、ベンのことを考えずにはいられなかった。ベンを求めずにはいられなかった。

まさかこうして再会できるなんて。

黒髪は、少し短くなった。伸びかけてきた髭が角ばった顎のラインを縁取っている。品のいいスーツの両ポケットに手を突っ込み、あたかもどうでもよさそうな佇まいだ。ベンは、このエレガントなパーティー会場では——この文明化された集まりにおいては——あまりにも無骨に見える。非現実的なくらい。

ゆっくりと、ジェイムスは扉を閉める。カチリと鍵が掛かった。ベンが軽く頭を下げた。ぎりぎり礼儀を保つレベルだ。

「殿下。いや、陛下と言ったほうがいいのかな、今は摂政皇太子なんだから」

「王室の儀礼について談義するために、はるばるやって来たとは思えないが」

「ああ」

なぜベンはこんなに落ち着いて、平静を保っていられるんだ?

ふたりの距離は、部屋半分といったところか。堂々として見せてはいるものの、ジェイムスの威勢のよさはうわべだけ。間違いなくベンはお見通しだ。すべて見透かされている。そもそも、そのせいでジェイムスは罠にはまってしまったのだ。それにひきかえベンは無表情で、まったく感情が読めない。唯一ジェイムスにわかることといえば、雨の中、初めて会ったときと同じく、やっぱりベンは魅力的な一匹狼だということだ。

もしかしたら、ベンは恐喝しに来ただけなのかもしれない。

ジェイムスが口を開く。「ここにはどうして？」

「グローバル・メディアがテーブルを一つ押さえていたんでね。ひょいと便乗させてもらった」

「なぜ？」

「もう一度、話したかったからだ」と、ベンが肩をいからせる。そのとき、ようやくジェイムスは気づいた。ベンもまた、気持ちが落ち着かないでいる。

「謝りたかった。ケニアで俺がしたことについては弁解の余地もない。あんたに嘘をついた。だが、普段はそんなことはしないんだ。俺はそういうタイプの人間じゃない。あの日は信条に反することをした。あんたはさぞかし……動揺しただろう。そのうえ王室のほうでも大変なことが起きた。あんたを傷つけてしまったことを心から悔いている」

これまで頭の中でどれだけ想像上のベンと対話したことだろう。だが、これほど満足のいく謝罪はついぞ思いつかなかった。ジェイムスは完全に虚をつかれ、素のままの自分に戻ってしまっていた。それでもどうにかこう尋ねる。

「いつ、考えを変えたんだ？」

「俺のしたことについて?」

「私の記事を書くことについてだ」

ベンは少し黙った。「ネタを手に入れるために嘘をついたんじゃない。まあ、会って五分くらいはそんなふうに考えなくもなかったが」

「ではなぜ？」

ベンはまた少し黙り、それからゆっくりと口を開いた。「なぜって、あんたをベッドに誘いたかったから」

ベンの言葉にくらくらする。ベンは、私をベッドに誘うためなら何でもしようと思ったのだ。それほど私を欲していたのだ——そう考えただけで、うれしさと興奮で舞い上がりそうになる。理性では抑えきれない感情に、眩暈がしてくる。

「あんたは、俺が恐喝者だと匂わせた」ベンの声が強張る。あのときの怒りが、眼差しから熱く伝わってくる。「いくら何でもひどいと思った。今もそう思っている。だが、騙したのは俺だ。あんたがそういう風に考えたとしても仕方ないことだ。反論する権利は俺にはなかった」

「ああ、そのとおりだ」ようやく地に足がついたような感じがする。だが、ベンの目を見たら——そう、ベンもまた抗い難い何かをふたりの間に感じ、驚いているようだ——いや、そんなはずはない。ベンがそう考えるはずはない。「謝罪をありがたく受け取るよ。それ以上に、君の深慮に感謝する」

「秘密が俺の口から漏れることはない」

ありがとう、と言いそうになって、ジェイムスはどうにかとどまった。節度ある行為を示したくらいで礼を言うなんて馬鹿げている。それよりも、今こそベンに背を向け、彼を残して部屋を出ていくタイミングだろう。官能的な思い出にも苦い教訓にも金輪際別れを告げて。

なのに、なぜそうしない？

ベンの言葉にはまだ続きがあった。

「あんたの秘密そのものが安全だという意味じゃないからな。こうしたことを永遠に隠しておけるなんて考えるのは、愚か者だけだ。あんたが愚か者だとは思わないが」

「愚か者のように扱ったじゃないか」ジェイムスは思わずカッとなる。「この問題についてどう対処すべきか、きみに教えてもらう必要はないね」

「じゃあ、誰かに教えてもらうんだな。パパラッチは一日中ずっとあんたを追いかけ回している。今まで秘密を保てていたのは奇跡だよ。ケニアであんたは油断しただろう？　またそういうことがあるはずだ。それが人間だからな。次の男は俺みたいにいい奴じゃないかもしれない」

「何だって？」

なんて厚かましいのだろう。ベンは愉しんでいるようだ。自分が優位にでも立っているかのような冷静さ。それがジェイムスをますます熱くさせる。

「俺はただあんたの服を脱がせただけじゃない。秘密も聞いた。ジェイムス、あんたは孤独だ。そのせいで脆く傷つきやすい。俺よりもっとたちの悪いゲームを仕掛けてくる奴だって出てくるだろう」

そこで少しベンは躊躇し、付け加えた——穏やかな口調で。

「気をつけろ」

説教されるつもりはない。少なくともベンジャミン・ダーハンには。

「忘れないでほしいね。私もきみの秘密を知っている」ジェイムスの眉が上がる。「私が明かしたのと同じくらいにね。きみがそういうルールであのチェスを始めたんだ、そうだろう？　きみの言葉、ひとことでも私が忘れるとは思ってほしくないね」

ふたりはしばらく睨み合う。ともに怒りを漲《みなぎ》らせて。

だが、怒りは表面的な感情でしかなく、室内は別の感情で支配されつつあった。ジェイムスの息は浅く乱れ、ベンの眼差しは深みを増していく。

この男の前で自分の弱さをさらけ出すのは危険だが、ジェイムスはそれを恥だとは感じなかった。今、感じているのは——勝利の喜びだ。ベンを捉えている自分の視線が、自分を捉えているベンの視線と同じくらい力を発揮していることに気づいたからだ。

「気をつけろ」

ベンが再びそう言った。言葉に切れ味が戻ってきていた。「いつか、深みにはまる」

「きみと？」

ベンがにやりと笑う。その表情があまりにも獰猛で、ジェイムスは興奮するとともに怯《ひる》みそうになる。

「あんたは俺とは深みにはまれない。それは立証済みだと思うけどな」

ふたりは今、ぎりぎりのところにいた。ふたりともそれがわかっていた。ジェイムスが少しだけ近づく。「それはどうかな」

「確かめたいか？」

この男は言わない。ベンは決して秘密を洩らさない。ということはつまり――スーツを剝ぎ取っても構わないのだ。それから――。

「私の言うことをよく聞いて」ジェイムスは囁くように言った。耳を傾けながらベンが少し近づいてきた。ベンの肌の匂いがする。この匂いが、ずっと忘れられなかった。

「一一時になったら、モールにあるセントジェイムス宮殿に来てくれ。正面玄関ではない。脇のほうにＲＰのマークがついたドアがある。ドアのそばにセキュリティシステムのパネルがついている。今から言う数字を繰り返してくれ。３８７２１１」

「３８７２１１」とベンが繰り返す。視線はずっとジェイムスを捉えたままだ。

「この番号を入力すれば、バックホールに入れる。そこで待つんだ」

「俺に命令するつもりか？」

ベンがさらに一歩近づく。互いの息がかかるほどの距離だ。キスにも充分なほど。

ジェイムスには、自分の発する声が見知らぬ他人の声のように聞こえた。自分よりずっと大胆な誰かの声のように。

「命令ならあとでたっぷり聞かせてやる」

「承りました、殿下」ベンがつぶやく。「いや、陛下か？　結局どっちなんだ」

「調べてみるんだな」

そう言い放つと、ジェイムスは部屋を出て行き、パーティー会場に戻った。何もなかったかのようにキンバリーの横に並ぶと、一〇時まで客のひとりひとりと挨拶を交わす。

後日、参席者たちは、「いいパーティーだった」とこの夜を振り返った。まあ、あのスペンサー・ケネディが図々しくも顔を見せたせいで、一時はどうなることかとはらはらしたが。摂政皇太子はパーティーの間じゅう、完璧に冷静だった。少なくともそのように振る舞っておられた。類まれな自制力をお持ちだということを広く知らしめた。

人々は、そう噂した。

＊　＊　＊

俺がパーティーに行ったのは、これが目的だったわけじゃない。

ベンはひとり、心の中で言い訳した。

ただ謝罪したかったからだ。良心の痛みをそれで解消したかった。

そりゃ、王子ともう一度ベッドをともにするという妄想をしたことはある。だがそれはあくまでも妄想だ。今夜、ジェイムスと話をしたかったのは罪滅ぼしみたいなもの。それだけだ。

なのに今、こうしてセントジェイムス宮殿の前に立っている。ドラッグストアのレジ袋を手に提げて。

３８７２１１と番号を打つとき、その手が震えた。恐れからではなかった。どんなにジェイムスが高圧的に振る舞おうと、中身はほかの人間と変わらない。それはよくわかっている。この震えはそんなものじゃない。興奮しているからだ。

この数ヵ月、ジェイムスのことばかり考えていた。自分でするときも、ジェイムスの手でイカされていると妄想した。いつかまたそんな機会があればいいと焦がれながら。

そしてその機会が、今訪れたのだ。

鍵が開き、ベンは館内に入った。管理事務室の裏口のようだ。ホールのようになっていてやけに広く、おまけにどこもかしこもぴかぴかだ。すぐにドアを閉め、暗闇の中に佇む。ホールの先に非常用の灯りがひとつ、ぼんやりと見える。

ここで待っていればよかったのか？　それともどこか別の戸口だったか？　もっと詳しく聞いておくんだった。

だが、心配することもなかった。すぐに誰かの足音が近づいてくる。なぜかベンにはわかった——ジェイムスだ。

暗がりから人影が現れる。やはりジェイムスだ。何も言わずどんどん近づいてくる。ベンも何も言わなかった。ジェイムスはすぐそばまで来る。

ふたりの唇が重なった——熱く、激しく。

言葉など必要なかった。ただひたすら互いを貪る。服を剝ぎ合う。そのままジェイムスに壁まで押される。ふたりは固く抱き合った。

ベンは手にしていた袋をジェイムスに渡した。つかの間、ふたりの唇が離れる。ジェイムスが中身を確認する。コンドームとルーベだ。ベンはジェイムスを引き寄せ、囁く。「手でイクのもいいが、今夜はファックされるまでここを動かない」

ジェイムスの舌がベンの頰を這う。「服を脱げ」その顔に笑みはない。

「仰せのままに。殿下」

ベンは服を脱いだ。ジェイムスはただそれを見ている。靴すら脱いでいない。ネクタイがゆるみ、襟元が少しだけはだけているが——そう、それに、仕立てのいいボトムスの股間は、見間違えようがないほど盛り上がっているが。

ベンはそんなジェイムスの前に裸で立っていた。痛いほど固く屹立したものを見せつけて。

ジェイムスの指が、ゆっくりとベンの体を這う。胸から脇——体の向きを変えられ——背中

へ――。戦利品を撫でているかのようだ。ベンとの苦い記憶も忘れ、ひたすらこの瞬間を愉しんでいるようにも思える。ベンは脚を開いた。ジェイムスの手がさらにしなやかに動いていく。胸、そして尻、睾丸へ。

屹立したもののすぐそばに手が触れ、ベンは思わず喘いだ。「いいね、その声」ジェイムスが囁く。ジェイムスに握られ――固く、それから、焦らすように軽く――先端から滴が垂れる。

「気持ちいいのか？　こうしてほしいのか？」

「くそ――わかってるだろう」

「言えよ」

「お前にやってほしい」

「なら懇願しろ」ジェイムスの手に力が入り、上下に動き出す。

まっすぐ立っていることができず、ベンは壁に手をついた。ジェイムスが主導権をとりたがる理由はよくわかる。ケニアの一件であんなに自尊心をずたずたにされたのだ、そのリベンジということだろう。

だが、理由なんかどうでもいい。めちゃくちゃ興奮する。それだけで充分だ。

「頼むジェイムス。ファックしてくれ」

ジェイムスの碧の瞳がまっすぐベンを捉える。

――ああ、その目だ。飢えている目。そうだ、お前は俺が欲しいんだろう？

だが、ジェイムスはまだ動かない。

「ひざまずいて請え」

ベンはすぐさまひざまずき、ジェイムスのボトムスのチャックを下ろした。彼のものを口にくわえ、懇願する。

ジェイムスの先端もすでに滴で濡れていた。もっと深く吸う。ジェイムスの腰にしっかりと手を回して。ジェイムスの口から喘ぎ声が洩れる。ベンが唸るように喉を震わせると、ジェイムスの指がベンの髪をぐっとつかむ。そして深くくわえさせる。ベンはされるがままになった。自分のものも固く痛いほどだが、触らなかった。ジェイムスにしてほしかったからだ。

ジェイムスが喉の奥で言葉にならない声を出し――動きが止まった。あと少しでも舌を滑らせたらこいつは達するだろう。そこまで行ってしまうべきなのか？　こうしてひざまずいていても、主導権を握っているのはこっちだとわからせてやろうか？

だがベンはそのまま動かなかった。ゆっくりとジェイムスの体が離れていく。

そうだ、それがいい。なんたって俺はお前にやってほしいんだからな。死ぬほど。これほど誰かを――気が変になりそうなほど誰かを求めるのは初めてだ。

ジェイムスに体を引っ張り上げられた。もう一度キスをする――といっても唇ではなく、舌と舌が熱く絡まっただけだが。それからベンは背中を向かされた。足を広げる。背後でルーベとコンドームの用意をする音が聞こえる。それからジェイムスの指が――。

――ベンの息が止まる。

ジェイムスの指が、中に入ってきた。

「懇願しないのか？　もういいのか？」

ジェイムスの指がベンの中をくねり――ああ、そうだ。そこだ――恍惚とする。

「してほしくないのか？」

「してほしいね」

「へえ」

なんて冷ややかな声。最高だね。「ああくそ――ファックしてくれ。めちゃくちゃやってほしい」

ジェイムスがのしかかってくる。ふたり分の体重を支えるのはなかなかだ。ジェイムスの固くなったそれが尻に当たる。ぐっと押し付けてきたそれが穴に触れ――

思わず声を上げた。

ジェイムスは容赦なかった。ぐっと一気に中まで押し込まれる。

そうだ、これを望んでいたんだ。めちゃくちゃにな。荒々しく無慈悲で――完璧だ。

ジェイムスが体ごとぶつかってくる。知らず、喘ぎ声が洩れる。ジェイムスもまた、言葉にならない言葉を洩らす。汗で、手のひらが壁から滑る。ジェイムスの動きに合わせて体勢を整える。体が震えてくる。だが、そんなことはどうでもいい。体が芯から燃えそうだ。

「頼む……やってくれ」

ジェイムスの手がベンのものをつかんだ——温かく力強い手。軽く握られただけで、ベンは達した——睾丸から脳天まで一気に電流が走り、目が眩む。ジェイムスの腰の動きが速まり、息もできない。くらくらする。肩に鋭い痛みが走る。ジェイムスが歯を立てたのだ。なんという快感——次の瞬間、ジェイムスの動きが止まる。彼もまた達したのだ。

しばらくの間、ふたりともそのままもたれ合っていた。息を弾ませ、互いに溶け合うように。

ジェイムスが体を離すと、ベンはその場にするすると座り込む。

あまりにも消耗して動けそうにない。しかし目の前のジェイムスを見上げると——服は乱れ、息も荒い——すぐにでも体力を回復させてもう一戦交えたい気になる。

ジェイムスが手の届かぬ男で本当によかった——さもないと、病みつきになってしまう。

＊　＊　＊

これは現実だろうか？

自分がこれをすべてやってのけたということが信じられなかった——ベンをセントジェイムスに呼びつけ、セックスの間じゅうベンを僕《しもべ》のように扱い、玄関ホールでベンをものにしたのだ。今夜が金曜で本当によかった。週末の間にふたりの汗も行為の匂いも消えてくれるだろう。

こんなことをしでかすなんて不謹慎きわまりないが、すぐにでも回復しようものなら、またベンとやりたいくらいだ。

ベンは笑みを浮かべている。傲岸な雰囲気が戻ってきていた。

「謝罪は受け取ってもらえたか」

「それ以上のものをね」ジェイムスは苦笑いする。「フライトの価値があったといいが」

「フライト？」

「結構な距離じゃないか、南アフリカから英国までは。もちろん、私のためだけにここまで来たとは思っていないが」

「ああ」

ベンは身をかがめると、脱ぎ散らかした衣類に手を伸ばした。ショーツより先にアンダーシャツから着始める。だらんと下がったものが丸見えでも気にならないようだ。

「今はここに住んでいる。二ヵ月前にケープタウン支局から異動になった」

ベンが、ロンドンに住んでいる？

下手なプライドなどさっさと捨てるべきだった——ジェイムスは心の中で毒づく。あのさんざんな別れから数週間たったころ、ベンの記事を読むのをやめてしまったのだ。ベンの署名記事をチェックしていたら異動のこともわかっただろうに。状況も、今とはまったく変わっていただろう。

いや、そうなのか？　ベンがどう考えているかはわからない。

ジェイムスはシャツをボトムスにたくし込み、ジッパーを上げて身なりをどうにか整える。ベンはまだボトムスに脚を入れたところだ。ジェイムスがさりげなく切り出した。

「また会えるといいのだが」

ジェイムスが期待していた熱意も、恐れていた冷笑も返ってこなかった。その代わり、ベンが探るような目で見てくる。あの、表情のない顔で。

「つまり、俺とまたやりたいってことか。なら、回りくどい言い方はよせよ」

否定したかったが、できなかった。

実際、誰に対してもきちんとした交際を申し出ることなどできない立場だ。誰かと本当の意味で親密になること――激しい言い合いをしたり、ふたりだけの世界に籠もったりすることなど、夢のまた夢なのだから。

だがセックスだけなら――少なくとも割り切って付き合える。ベンが信頼に足るということは立証済みだし、ありがたいことに、体だけの関係を続けてもいいと仄《ほの》めかしてくれているじゃないか。おまけにそのセックスときたら、信じられないほど素晴らしい――ベンもそう感じてくれていたらいいのだが。

ジェイムスは頷く。

「わかった、はっきり言おう。やりたいってことだ。次はベッドまでたどり着けるかもしれないしね」

　ベンが笑う。「ところで、ここはどこだ？」

「英国王立郵趣協会の管理事務室。王家の切手コレクションがあるところだ。セキュリティーはさほど厳しくないから大丈夫だろうと思ってね。でも心配無用だ。次はここよりも快適な場所で会える。もっと慎重に計らうよ」

　ベンがまた笑ったが、今度は棘のある笑いだった。

「ついこの間まで、誰かさんにとって俺は抹消すべき小さな汚点だったんじゃないのか。俺は全然気にしていなかったけどな」

「ああ」ジェイムスが目に見えてがっくりと気落ちする。「わかったよ」

「早とちりするなよ。ノーとは言ってない」

　獰猛なベンの笑みがさらに鋭くなる。「実を言えば俺も、その……条件つきの関係のほうがありがたい。完璧だよ、本当に」

「何か理由でも？」

「どうでもいいだろう？」

　確かにどうでもよかったが、ジェイムスはもうひと押しする。「きみが私の事情を知っているんだ、私もきみの事情を知りたいね。それに、どんなに安っぽい関係を結んだとしても、私には私なりのルールがある」

ベンが厳しい眼差しを投げてよこす。ジェイムスはきっぱりと言った。

「私は、複数の人間と並行して関係を持ちたくない」

「俺とは逆だな。俺は……いわゆる家庭第一主義じゃない。最近のゲイ社会じゃ、思春期の女子みたいに手の込んだ結婚式やマイホームを夢見る輩も多いようだが、俺には全然ピンとこない。付き合う相手にはいつもそこんところをはっきりさせてはいるんだが、うまく伝わらないこともある。そのせいで傷つく奴が出てくる。修羅場になる。いろいろ面倒なことにもなる」

ベンはパープルのタイを結びながら続けた。

「首輪と鎖でつながれるのは、どうも苦手だ。あんたは俺を拘束はしないだろう？　ただやる相手が必要なだけなんだからな。理想的だよ。そう思わないか？」

ひどい言いようだが、本当のことなのだから仕方ない。それに、欲望にだけ集中すればいいのだ。いい気分転換になる。

「じゃあ、イエスなんだな？」

ベンがジャケットを着込み、再び洗練された男に戻った。パーティー会場で見つけたときのように。

「ああ。イエスだ」

ジェイムスは舞い上がる気持ちをどうにかこらえた。

「じゃあ、手はずを整えなくては」

「手はず？」

「きみが私に会う方法だ」

「考えてなかったな。確かに郵趣協会に毎度ご厄介かけるのも申し訳ない」ベンは少し考え、肩をすくめた。「電話番号を教えてくれたら――」

「携帯電話は絶対だめだ。メールもね」

最初の時点でこれだけははっきりさせておかなくてはならない。ベンが必要な予防措置をとれないようなら、ふたりの計画はここで中止だ。

「携帯電話は数ヵ月に一度、取り替えているし、個人的な用件では決して使わない。私たちの連絡も同様だ」

ベンが眉をひそめる。「どんなときも？」

ジェイムスは壁に寄りかかった。「記者というのはモラルを重んじるものだって、きみは考えているんだろうね。だとしたら、電話の盗聴なんてきっと思いつきもしないだろう」

これは痛いところをついたようだ。ベンが一瞬、返事に詰まる。

「オーライ、わかったよ。じゃあパソコンのメールにするか」

「そっちもハッキングされる。いちばん安全なのは、普通の固定電話なんだ。身近にあるかな？」

「職場になら」

「じゃあ、その番号を教えてくれないか。こちらから電話をかけて、きみをつかまえる。きみがいないときに伝言は残さない。うまく話ができたら日時を決めよう」

「わかった」

「あと、きみが宮殿に来る理由を何か考えておかないとならないな」

ジェイムスは頭をフル回転させる。こういう計画を立てるのは初めてだった。ナイルとのときは、クラレンス・ハウスに出入りするのはとてもたやすかったからだ。幸い、宮殿のセキュリティーについては熟知している。すぐにいいアイデアが浮かんだ。

「セントジェイムス宮殿はクラレンス・ハウスとつながっている。きみはここから入ってくれ。迎えの者を寄越すよ。私の居室まで案内させる」

ベンが鋭く言い返す。「迎えの者？　秘密を漏らすんじゃないのか、そいつ」

「私の執事は決してそんなことはしないよ。なぜ私が夜に客を招くのかと疑問に思うだけでも、職務上最大の規律違反だと考えるだろうからね」

グローヴァーは信頼できる。計画が現実のものとなりつつあるにつれ、ジェイムスの興奮が高まっていく。

「だが、きみが宮殿を出入りしているところを誰かに見られたときのために、ここに来る理由を何か考えておかなくてはならない」

「俺が熱心な切手コレクターだとは誰も信じないだろうしな」

「だろうね。だが、宮殿にはほかのアーカイブもある。きみの仕事で、何か歴史的な資料に当たる必要があるものは？」

「実は、自筆の本を出版することになっている」

ベンはなぜか、はにかむようにそう言った。ジェイムスは気づいた。ベンはそのことをとても誇りに思っている。でも、それを気《け》取られたくないのだ。

「企業の歴史についての本だ」

ひどくつまらなさそうなテーマに思えたが、顔には出さないでおく。「よかった。執筆のため、アーカイブの閉館後に作業をする許可を得ていると言えばいい」

「誰に言うんだ？」

「まあ、特に誰にも言う必要はないが、万一ということもある。答えは前もって用意しておいたほうがいい」

ジェイムスが髪をかき上げる。まだ汗で湿っていた。ベンを壁に押しつけて交わったせいで、全身がまだ痛む。まともにものを考えるのは至難の業だ。

「ここに来るときは、いつも違うルートをとってくれ。交通機関も変えるんだ。クラレンス・ハウスに来たら携帯電話を使わないこと。位置を追跡される恐れがある。そして言わずもがなだが、ここに入るときに入口あたりで誰かがウロウロしていたら、建物をぐるっと回るなどしてから、もう一度トライしてみてくれ」

「何やらスパイみたいだな」

ジェイムスが微笑む。「このほうが興奮するだろう？」

「もう充分興奮している。あんたは気に入らなかったのか？　さっきのが」

「気に入ったさ」

ベンがそっと近づいてくる。ジェイムスは囁くように続ける。

「とてもよかった」

「俺もだ。あんたはすごいやり手だよ」

ベンの手が、ジェイムスの頰にぐっと触れる。その顔は微笑み、瞳の奥には炎が揺らめいている。

「殿下」

ふたりの唇がゆっくりと重なった。それからベンが身を引く。スーツをぴんと整え、ポケットから名刺を取り出すと、ジェイムスに渡した。そして、何も言わずに出ていく。

ドアの閉まる音、続いて鍵のかかる音。ジェイムスは気が抜け、床に座り込んだ。今はとても動けそうにない。

狂気の沙汰、だろうか？

どんな愉しみにも発覚の恐れはつきものだ。摂政皇太子となった今、私の立場は保証されてはいるだろう。しかし、ゆっくりとはいえ、王は着実に回復している。いずれ、再び王冠を冠るときが来るはずだ。私の立場が危うくなるときにセックス・スキャンダルが持ち上がりでもしたら……

いや、そうはなるまい。きっとうまくいく。ふたりとも、ルールから外れたりしないだろう。注意を怠らないはずだ。混乱したりもしない。

ジェイムスは長いことそうやってホールの廊下に座り込んでいた。ふたりの行為の残り香を嗅ぎながら。そして名刺に書かれた「ベンジャミン・ダーハン」の名を何度となく読みながら。

第四章　暗がりで

ジェイムスの一族は、「組織」の中で――平たく言えば、ロイヤルファミリー内で――、定期的にビジネス会議の場を設けている。その集まりでは、「組織」は便宜上「会社」と呼ばれている。

「会社」の会議は、だいたい数ヵ月ごとに行われる。リチャードは今でもこれについては反対の態度を示している――王制は、世論におもねるのではなく世論をリードしていく存在として扱われるべきであり、ロイヤルファミリーはその価値を知らしめるべきであるのに、それに反しているというのが言い分だ。しかし、ジェイムスの父は一五年ほど前に、こうした会議の運営をすんなり始めた。ジェイムス自身、この組織には利点があると考えている。何をおいてもこれを維持するよう努めるつもりだ――たとえ、湧き上がる期待のせいでそわそわと集中できないような日でも。熱を帯びた鼓動が高鳴り、夜になるのを今か今かと待ち望んでいるようなときでさえも――。

「陛下の理解力は完全に回復しました」

会議の席で王妃がそう発言し、ジェイムスは現実に引き戻される。

一族が集まっているのは、大広間の中でもとりわけ広い一室だ。九メートルはゆうにある黄金の大理石の柱と、波模様をあしらった絹張りの壁。そして天井から下がっているのは、この部屋の何よりも古いシャンデリア。

「思うに、王はこちらの言うことをすべて理解しています。発作の前と同じようにね」

リチャードが勝ち誇った笑みを浮かべるが、テーブルには微妙な沈黙が流れた。ジェイムスは隣席のキンバリーと視線を交わすと、口を開いた。

「不躾な質問で申し訳ありませんが、王は、発作前も完璧に明晰であられましたでしょうか」

女王の眼差しは燃えたぎるマグマさえ凍りつくほど冷ややかだった。

「王は八三歳におなりです。少しくらいの物忘れは想定内ですよ」

「お祖父様が王位に戻られるには、こちらの言うことを理解している以上のご回復が必要です」ジェイムスが言った。「理路整然とお話しになれなくては。誤解なさらないでほしいのですが、私は何も必要以上に摂政の地位を長引かせたいわけではないのです。しかしながら、時期尚早な決断をしないよう気を配るのが私の務めかと存じます」

「王は――まだそこまでのご回復ではありません」と王妃が言った。冷静さを取り戻している。あからさまに不快な感情を示しているのはリチャードだけだ。青いレモンを囓ったかのような苦い顔。

「話そうとなさっても、意味のないことばかりです。さらなるご回復の見込みについては、医師たちは、推測すら口にしたがりません」

「さぞやご満悦だろうな、ジェイムス」リチャードが言った。「調子にのるなよ。国民は王の復位を望んでいる。『無能なジェイムス』はもうたくさんだと思っているよ。それとも摂政の座にしがみついて、実の祖父の死を待ち望んでいるのか？　悪鬼《グール》のように。さも心配そうな風を装って」

「まさかおじ上がそんなことをおっしゃるとは。ご自分はといえば、私の父の遺体が発見されもしないうちに議会に摂政法をごり押ししたのでしたよね？」ジェイムスが睨み返す。「あなたは父の死を悼みもしなかった。決して手の届くはずのない王座に、一歩近づいたことのほうが大事だったのですから」

キンバリーも今では充分に一族の内実を理解していたから、ここですかさず口を挟む。

「おそれながら世論調査では、王への多大なる敬意とご回復への希望が示されている一方で、摂政となられた皇太子の人気は実際、急激に高まっております。これは皇太子のご実績と、王制のさらなる現代化を進めておられることを高く評価してのことかと存じます」

「現代化など」王妃が鼻を鳴らす。「私に言わせれば馬鹿げたことですよ。私たちこそが時代の中心であったはずでしょうに」

「時代の流れに適応してきたから王制は生き残れたのです。そうでなければ、私たちは時代遅れになり、気づいたときにはもう、国家の統治体制からすっかり外されてしまう」ジェイムスはここで切り札を使った。「それともモナコ王室のように、通俗的な無用の長物になり下がってもいいとお考えですか？」

王妃があからさまに身を震わせる。「そんな不快きわまりない話を持ち出す必要はありません」

いいところをついたようだ。これでやっと、穏やかに話を進めることができる。

「では、先人たちから学んで、ほんの少しばかり臨機応変にならなければなりません。よく考えてみれば、臨機応変さは王室の伝統でもありますしね」

そこからは、滑らかにそこそこ有用な話題、いつもの議題へと移ることができた。だが、途中で王妃がまたインディゴのお見合い計画を持ち出してくる。インディゴは、誰とも会う気はないに決まっているのに。しかも——。

「ギリシアの王子、ですか？」

「ギリシアとデンマークの王子、です」と、王妃が言い直す。「ゼイル王子はデンマーク王クリスチャン九世の血も引いておられるのですから」

あまりにも遠いつながりなので、デンマーク王子というのは眉唾《まゆつば》ものだが、要点はそこではない。ジェイムスはここでできるだけ慇懃に言った。「失礼ながら、王室同士の婚姻はいささか時代遅れなのでは？　それに、ギリシア王家は四〇年も前に廃されましたよ」

王妃が肩をすくめる。「アメリアもきっとゼイル王子を気に入りますよ。若くて美男子ですし、結婚相手としての資格も備えています。それに、人生の重圧についてもよくわかっていますしね。あの子にはよき理解者となってくれる夫が必要です」

王妃は、インディゴが難しい状態だと暗に仄《ほの》めかしているのだ。ジェイムスはカッとしそうになるのを堪えて返す。

「ではインディゴに話してみましょう。ただし、王子に会うかどうかの判断はインディゴに任せます。強制はさせませんよ」

「あの子を甘やかしすぎだぞ」リチャードが言う。

「社会的な義務に縛られると、適応できなくなるんです」

「まあ、お前が急いで結婚する気がないのは明らかだが、付き合っている女性を見れば、誰もお前のことを責められんな」

しかし、そこまで言うとリチャードは急に黙った。間違いなく、言わなければよかったという顔だ。リチャードは、ジェイムスの人気が高まっていくことを恐れている。たとえカサンドラのように物議をかもすような配偶者であっても、ロイヤルウエディングほど国民の好感度を上げるものはない。

リチャードにとってなお悪いことに、王妃がこの話題にのってきた。

「もしあなたがあの猛烈なスコットランド女性との結婚を考えているのなら――どうやらそのようですけれど――日取りを決めたほうがいいわね。英国皇太子でいる間に結婚したほうがいいと思いますよ。そうすれば王になったとき、王妃も並んで戴冠されるでしょう。国民は、そういうことに敏感に反応するものですから」

キンバリーがちらりとジェイムスを見る。事実を知らせてはいないものの、キンバリーは、ジェイムスとカサンドラの関係が巷で言われているようなものではないことに気づいている節があった。キンバリーが冗談めかして口を挟む。

「本日の議題にロイヤルウエディングは入っていなかったように思いますが？」

ジェイムスはキンバリーに感謝の笑みを返した。

議題はチャリティーイベントの件に戻り、どのイベントに一族の誰を振り当てるかについて検討が進められた。いつもの議題だったので、ジェイムスの心はまたふらふらとさまよい出し、思いは今夜のことへと飛んでいく。

ベンとは一週間ほど前のクリムゾンナイト・パーティー以来会っていないが、なぜか、一瞬一瞬、ベンがそばにいる気がしてならなかった。ベンのことで頭がいっぱいだった。ケニアで別れてからというもの、ジェイムスは数え切れないほどベンとの想像上の会話を交わしてきた。それこそ口論から謝罪まで。この一週間、そうした想像上の言葉は鳴りを潜めた。その代わり、自分の腰にぐっと押しつけたベンの尻の感触、この口で味わったベンの肌がふと蘇ってきたりした。廊下を歩けばベンがすぐそばを歩いているような気がして、閉ざされた扉を見れば、その向こうにベンがいるのではという思いにとらわれた。ジェイムスは集中できなかった。眠ることさえ難しかった。

だが昨日ベンに電話をし、今夜——。

「ジェイムス？」リチャードが眉を上げる。「私の話は退屈かな？」

「いえいえ」ジェイムスがしれっと答える。「ですが、今日の議題はあらかた終わりましたよね」

「そう願いたいものね」その言葉を待ち構えていたかのように、王妃がさっと退席した。会議の記録を整理するのは、あとに残った無口で謙虚な秘書たちだ。王妃はすべて紙ベースで仕事を進めさせている。それはきっと腹立たしいことに違いないのに、秘書たちはカメオの肖像みたいに無表情だった。

対照的に、キンバリーはすでに自分の予定表とジェイムスの予定表をオンラインで共有している。「これで終了でしたら、一時間後にホワイトホールにて、発掘についての考古学協会の会合がございます。すぐにでもここをお出にならないと」

「もう一つ」リチャードが言う。いつだって最後に何かしら一席ぶちたがるのだ。

「お前の妹は、まだあのおかしなあだ名を使いたがっているのか？　それともあの子を子ども扱いする手段として、お前がそれを使い続けているのか？　そのせいで、いつまでも自立できないのではないのかな？」

まったく、おじときたら。

父はリチャードとずっと過ごしてきた長い年月、その顔にパンチをお見舞いせずによくもいられたものだと思う。「インディゴには、自分の好きなように呼んでもらう権利がありますから。ほかの人たちと同様にね」

「あの子の地位にはそぐわない」

「父親の血統ですよ。お祖父様だって、エドワードという名だったのにジョージ九世として戴冠しましたし」

これは痛いところをついた。だが、もうひと押ししたかった。腕時計を見て、わざとらしく付け加える。

「そろそろ失礼します。次の予定まで……ああ、四五分なので」

先に部屋を出ていったのはリチャードのほうだ。怒りも露わに、憤然とした足取りで。ジェイムスの脇にそっと寄り添っていたキンバリーが眉をひそめた。

「私、何か聞き落としたようですね」

「昔からのジョークなんだ。たわいもない冗談なのだけど、時々かましてやりたくなるのさ。覚えているだろうけれど、父とリチャード王子は双子の兄弟だ。運命のなせるわざで、リチャードおじは父のあとに生まれてきた。ほんの四五分遅くね。その四五分のせいで、王座に手が届かない。そのことを片時も忘れたことはないはずだよ、あのおじは」

こんなふうにおじをからかうのは残酷だ。それはそうなのだが、あの性格がそう仕向けるのだから仕方ない。

「さあ、もう行こうか。残りもさっさと終わらせよう」

「まあ、私てっきり考古学者のみなさんとのご歓談を楽しみにされているのかと」

ホールへと歩いていくジェイムスの傍ら、キンバリーが急いでついてくる。

「ああ、そうさ。今のは気にしないでくれ」

今夜のほうが、それより数段楽しみだっていうだけなのだから。

＊　＊　＊

もちろん、ジェイムスは完璧に正気を失っているわけではなかった。ふたりが寝室にたどり着く前に、ベンを裸にしようとは決めていた。録画や録音のできる機器を隠していないか確かめるためだ。その可能性が高いとは思っていなかったが、慎重になる必要がある――極めて慎重に。ナイルから学んだことだ。欲望に目が眩《くら》んで頭が真っ白になってしまってはいけない。苦い教訓だ。ベンがどうしてもと言わない限り、部屋の灯りも点ける気はなかった。

だが、暗闇のせいでこんなに焦《じ》らされるとは、これまで思ってもみなかった。

ベンが到着するまでの何分間か、ジェイムスはクラレンス・ハウスにある居室の暗い廊下で待っていた。Tシャツとボクサーパンツ一枚といういでたちで。露骨すぎるだろうか？　いや、もちろんそんなはずはない。これはセックスのための密会なのだから。ふたりともそれはよくわかっている。むしろ裸で待っているべきかもしれない。

刻一刻と時が過ぎるなか、ジェイムスは今起きていることについて想像した。セントジェイムス宮殿の管理事務室に入るため、ベンがセキュリティーコードを使っている。一方グローヴァーは、まったく異なるコードを入力しながらドアを次々と開け、クラレンス・ハウスの中心からセントジェイムス宮殿につながるセクションまで向かっている。そこで「王子の賓客」を迎え入れるというわけだ。そこからふたりは一緒に従業員専用の階段を上ってくる。ジェイムスの居室と直接つながっている唯一の通路だ。ベンは、グローヴァーのあとについて廊下を歩いてきているだろうか。すぐにでも、ここに着くところだろうか？　グローヴァーはジェイムスの居室のすぐ手前までベンを案内して下がるだろう。それは間違いない。だが、うまくいくのだろうかという懸念はずっと消えなかった。もちろんうまくいくはずだ——いや、どうだろう。本当に？

ノックの音がして、緊張感が高まる。頬が火照り、固くなる。

ベンが来たのだ。

ドアを開ける前、ジェイムスは少しだけためらった。だがそれも一瞬のこと、開いた扉からベンが入ってくる。暗がりの中でもベンの姿は見てとれた。ワイシャツの袖をまくり、襟元がはだけている。

目が合い——それだけでジェイムスは息もできなかった。互いに触れ合うことしか考えられない。

ベンにつかまれ、そのまま壁に押しつけられる。ドアが閉まり、貪るようにキスを交わす。ベンの力強い手に尻をつかまれ、ぐいと体を引き寄せられる。ジェイムスはベンのシャツに手を伸ばし、震える手でボタンを外す——一刻も早く。もう待てない。

ふたりとも、ひとことも言葉を交わさなかった。

ベンに咽喉を舐められ、思わず喘ぐ。Tシャツを脱がされた。ジェイムスもベンのシャツを剝ぎ取る。これで裸の胸に触れ合える。ベンが唸った。ベンの手が、ジェイムスのものをぐいとつかむ。ボクサーショーツの上からでも手の温かさが伝わってきて——それだけで限界に達しそうだ。

ベッドだ。ベッドまで行かなくては――。

ベンの手をつかみ、寝室のほうへと引っ張っていく。ホールに出たところで待ちきれずまたキスを交わす。気づけばペルシア絨毯に倒れ込んでいた。ベンが覆い被さってくる。ふたりの舌は絡み合い、体はもつれ合う。

分厚い絨毯でよかった――。

ジェイムスはベンのベルトを外す。あとはもう、欲望に身を任せるだけだ。

今度こそ寝室までたどり着けそうだ。寝室はベルベットのカーテンのおかげで真っ暗だった。灯りなど必要ない。すでに互いを知っているのだから――匂いも感触も、味わいも。そしてもっと知りたかった。

ベンが下着を脱ぐのをジェイムスも手伝う。それからベンがジェイムスのボクサーを脱がせ、ふたりは裸でベッドに転がった。言葉もなく、ただ、互いに触れながら。

ジェイムスはベンを仰向けにし、その体に舌を這わせた――首元から腹のほうへ。臍を舌でくすぐり、さらに下がっていく。茂みのほうへと。ゆっくり焦らしながら。ベンの先端をぺろりと舐め、睾丸を口に含む。それから鼻を擂り寄せる。ベンが声にならない声で喘いだ。よし、それでいい。ようやくベンを口に含み、吸い始めた。

その味わいまでもが完璧だった。

ゆっくりと力を込めて吸いながら、自分の尻の穴にも指を滑り込ませた。気持ちよくなりたいからというより、あとでベンが入るときのための準備だ。今夜はベンがやりたいはず――ジェイムスも、そうしてほしかった。

ジェイムスの口の動きに合わせるように、ベンの腰が揺れる。これほど力にあふれた男の体を組みしだき、快感で震わせていると思うとそれだけで興奮する。ベンの先端から滴があふれてきて、ジェイムスはスピードをあげたくなった。ベンを限界まで行かせるために。

いや。ここで止めておかなくては。ベンを解放する。息を荒げ、ベンが悪態をついた。思わず笑ってしまう。それからベンの手を取ると、自分の尻のほうへと促す。

ベンはすぐにぴんときた。

ぐい――と、太い指を差し込んでくる。

なんて――なんて気持ちいいんだ。

そのままの体勢でどうにかサイドテーブルまで手を伸ばし、しまってあったコンドームとルーベを取り出す。この間、ベンが買ってきてくれたものだ。ルーベをベンの手に出すと、ベンがそれをもう一方の指に移す。ジェイムスの中に入ってくる指が二本、三本と増えていく。あまりの気持ちよさにどうにかなりそうだ。いや、痛くたって構わない。燃えるほど熱くなっても構わない。この三年、ここには誰も迎え入れていない。そして、ベン以外の男など考えられなかった。

ベンが体勢を変え、ジェイムスは仰向けにさせられた。両膝を胸のほうまで上げられる。

いつの間にかベンはコンドームをつけていた。なんて早業だ。

ベンの太い先端が穴の先に押しつけられ、ゆっくりと入ってくる。それからぐっと――。痛みが走り、ジェイムスは唇を嚙む。だがそれも一瞬のこと、すぐに快感が走る。ベンがしっかりと中まで達し、あまりの快感に声が洩れた。だがまだだ。もっとだ。ジェイムスは貪欲にベンをもっと中まで誘う。

それからベンが動きを増す――激しく、深く、思うがままに。暗闇でのしかかってくるベンは、黒いシルエットでしかなかった。まるで妄想が実体化したみたいだ。ベンにぐいと突かれるたび、ジェイムスはベンの背中に回した指に力をこめた。

ベンはジェイムスのものに触れさえしなかったが、構わなかった。ベンの動きに合わせ、ジェイムスのそれも刺激され、固くなっていき――快感のあまりどうにかなりそうだった。溺れそうなほどの静かな快楽はジェイムスの叫び声で打ち破られた。その達する声に刺激されたのか、ベンの動きもジェイムスの中でやみくもに激しさを増し――ベンも達した。

ベンはジェイムスの隣に転がり、そのままふたりはベッドに横たわった。

どちらもまだ言葉を発していない。でも、ジェイムスは気にしていなかった。

セックスだけなのだから。純粋にそれだけ。私がベンに提供できるのはこの体だけだ。でも、ベンはこんなにも私を求めている――しかも、こんな素晴らしいやりかたで。

これまでの私の人生は、いったい何だったんだ？

ベンは泊まっていくつもりだろうか、それについてはもっと話し合っておくべきだった――ちょうどそんなふうに考えていたとき、ベンが黙ってベッドから起き上がった。そして、何も言わずに服を着始める。ジェイムスも起き上がり、床に落ちていたボクサーショーツを拾い上げた。

ふたりして廊下を歩いているときも、ベンはまだシャツのボタンを留めていた。ジェイムスはベンとともに階段を降り、居住スペースと宮殿をつなぐ戸口でベンを見送った。ここからは、グローヴァーが案内してきた通路を逆に辿っていけばいい。

そこで初めてジェイムスが口を開いた。「じゃあまた」

戸口はほのかに明るかった。ベンが微笑んでいるのがわかる。「すぐにまた」

その夜最後のキスを交わす。

それはある意味、その晩で最高のひとときだった。

＊　＊　＊

至福の街――ロンドン！　世界中を駆け巡るのはもうやめだ。

ベンは百万ポンドほどの収入を得ることになっている。さほどおしゃれな界隈でなければ、スタジオタイプのフラットが充分買える金額だ。ようやく定住する場所ができる――まあ、少なくともしばらくの間、ということだが。

気分がいいせいで、一駅前で降りた。街の喧騒に包まれながら仕事場まで歩きたかったのだ。トラファルガー広場を横切ると、足元にたむろしていた鳩たちが大空目指して飛び立っていき、たちまち風に舞う紙吹雪のようになる。

会社に着くと、ほかの皆が来るより一五分早く仕事にかかった。フィオナがデスクに寄ってくる。今日はグリーンとブルーの鮮やかなラップドレスだ。驚いているのか、眉が弓なりになっている。

「一晩中ここで仕事してた、なんて言わないでよね」

ベンも今ではフィオナの性格を把握していたから、微妙な軽口も平気で言えた。

「それどころか、ゆうべはこれまでで最高のセックスを楽しみましたよ」

「まあ、羨ましい！　でも、浮かれて原稿の提出が遅れるなんてこと、しないでちょうだい」

「締め切り前に提出します」

「そんな、あり得ないこと言わないの。記者っていつも編集者の顔色を読んで、ホントに締め切りギリギリのタイミングを見計らってくるんだから。一秒だって早くなんか出しやしないわよ。それはそうと、原稿が上がったらあなたの恋バナが聞けるのかしら？」

いや、さすがにそれはまずいだろう。ベンは冗談めかして応じた。

「秘密は漏らせませんね」

「あら、つまんない」そう言うと、ようやくフィオナが自室へと入っていった。

フィオナは信じていないようだが、締め切り前に原稿を仕上げる自信があった。エネルギーが体中にみなぎっている。いつもより睡眠時間は短かったが、関係ない。ブラックコーヒーを一杯飲むより、ジェイムスとのセックスのほうが集中を高めてくれるようだ。一分間に百ワード、八時間ぶっ通しでボードを叩けそうな気分。そればかりか、一日中ハイになっていられる気がする。

午後になればエネルギー切れにもなるのだろうが、それまではこの満ち満ちた気分を楽しむとしよう。

ベンはまだ信じられない気持ちだった。英国皇太子とやったということが、ではない。もちろん、それだって充分信じ難い話ではある。なんたって皇太子なのだ。が、それよりははるかに信じ難いのは、まったく想像もつかない展開から、最高の「肉体」関係を掘り当てたという事実だ。皇太子というジェイムスの地位を考えれば危険きわまりない関係ではあるのだが、まさにその地位のおかげで、理想的な状況が生まれたといっていい。

ふたりには絶対に越えられない境界線があり、限界がある。それは、これから関係を続けていくうえでも変わらない。ジェイムスが求めているのは現状の関係だけ。ベンからすれば、何も犠牲にしなくていいということだ。ふたりはクラレンス・ハウスの暗闇の中では恋人同士だが、それ以外の場所では赤の他人だ。ふたりの行動が交わることもなければ、ゴタゴタもない。明快で、完璧に割り切った関係。これこそ、ベンがずっと望んできたことだった。

　ということはつまり、心ゆくまでセックスを楽しんでいいということでもある。ふたりが望む限り、楽しめる。ジェイムスの完璧な口も完璧なものも、完璧な尻も。これからふたりの関係がもっと複雑な状況になるのでは、なんて心配もまったく必要ない。最高だ。

＊　＊　＊

　だが、次の金曜日、状況は少しばかり複雑になった。

　企業の大型合併についての原稿をあと二〇分で書き上げようとしていた矢先、情報源たちから最新の連絡が入ったのだ。まあ、よくあることだ。そのせいで、記事を大幅に書き直す羽目になった。フィオナは締め切りを一時間延ばしてくれた。おかげで、あと一時間半の猶予ができた。

　その代わり、前もってジェイムスに伝えておいたクラレンス・ハウスへの到着時間よりも一時間遅れてしまうことになる。

　クラレンス・ハウスの固定電話の番号は知らされている。暗記していたが、まだかけたことはない。これまでのところ、密会の段取りはジェイムスが仕切っていたからだ。電話をすれば間違いなく執事が出るだろう。それもまたなんとも妙な具合だった。

今だってもう、充分に妙な具合ではあるのだ。セントジェイムス宮殿で執事に引き合わされ、王族の屋敷内をのこのこ連れて行かれたのだから。クラレンス・ハウスのジェイムスのもとへと向かう間、執事はまったくの無反応だった。まるでベンが食料品の配達人かのように思っているみたいだった。だが、あの長身の銀髪の男は何が起きているか承知していながら何も言わないのかも。そう考えるとこれまたなんとも落ち着かない気分だ。

だいたい執事が電話に出たらどう言えばいい？「どうぞ皇太子にお伝えくださいませんか、今夜の密会について予定を変更しなければなりません」とでも？

だが、いざ電話をしてみると、ほんの数回の呼び出し音でジェイムス本人が出た。

「もしもし？」

「ああ。やあ。俺だ」

「やあ」ジェイムスは驚いているようだ。うれしそうにも聞こえる。だが、次の言葉には警戒心が滲んでいた。

「何か問題でも？」

「残業しないといけなくなった、ってだけだが」

「予定を中止したい？」

確かにそうしたいと思っていた。あまりにもキツい一日だったから、セックスするよりもスコッチを軽く飲んで眠りたい気分だった――たとえそのセックスがどんなに素晴らしいとしても。だが、ジェイムスの声を聞いているうちに、疲れた気持ちが温まったカラメルのように溶けていく。

「遅くなってからそっちに行くのでも構わなければ、そうしたいが」

「もちろん構わないよ。都合のいい時間に来てくれ。そちらを出るときに連絡してくれれば、きみが入れるようにしておくよ」

一時間の予定が二時間になった。何日も経ったような気すらする。合併は、プレスリリースで発表があったよりも規模が小さいものだと判明したため、ベンは各社のCFOに直接問い合わせなければならなかった。CFOは、最初はベンに対し非常に不機嫌な態度を取ったが、取材が録音されているとわかると態度を改めた。おかげで記事はどんどんよくなっていき、フィオナの笑みはどんどん大きくなっていった。ベンはといえば、疲れたという段階をはるかに超え、今にもその場に倒れそうだった。

自分のブースで眠ってもいいんじゃないか？

胎児のように丸まれば、充分いけそうだ。

ロベルトが忘れていったフード付きのスウェットを丸めて枕にすれば、ほら、寝床の完成だ。

だが、ベンはジェイムスに連絡し、グリーンパーク駅まで地下鉄に乗った。

通用口までたどり着いたころには、せめてコーヒーでも買ってくるんだったと後悔していた。

だが、ジェイムスを一目見たら、意識がはっきりするだろう。あの唇に触れたらすぐ――

扉が開き、ベンは体を滑り込ませた。建物の中に入ってようやく、扉の背後にいるのが執事ではなく、ジェイムスだとわかった。パジャマのズボンにスウェットシャツというごく普通のいでたちだ。

「グローヴァーをあまり遅くまで拘束したくないんだ」ドアを施錠しながら、ジェイムスが囁く。さまざまなセキュリティーランプが点滅する――緑から赤へ。「奥さんがいるからね」

誰かが外でカメラを構えているとまずいから、ジェイムスはこんなに用心してドアの陰に立っていたのか。

ふたりは黙ったままクラレンス・ハウスに向かった。音声が記録されるせいなのか、警備担当に聞かれないためなのだろうか？　いずれにせよ、ベンが口を開いたのは、ジェイムスの居室に入ってからだった。「えらく遅くなって、すまない」

「まったく問題ないよ。今、こうして会えたのだから」ジェイムスがくいとベンを引き寄せ、キスをする。長く、優しく。そしてベンが疲れも吹き飛ばせそうだと思ったとき――

グルルルルとベンの腹がど派手な音を立てた。

ふたりとも笑い、唇が離れる。ベンが頭を振った。「すまない」

「夕飯は抜きだったのかい？　倒れてしまうよ。ほら、何かつまみに行こう」

ベンは緊張した。また執事のお出ましか？　でなけりゃダイニングルームに連れて行かれる？　ジェイムスが銀のベルを鳴らすと、四品くらいのディナーが出てくるとか？

　だがジェイムスはこう言った。

「冷蔵庫にラザニアがある」

「何だって？」

「ラザニアだよ。きみも好きだろ？」

「嫌いな奴なんていいるか」

　ジェイムスがうれしそうに笑う。

　階段を上り、脇のほうの扉を通る。初めて入る部屋（いつも寝室まで直行するからだ）。そして、クラレンス・ハウスに来て初めて、灯りのともる部屋に通された。ランプがいくつかついている程度ではあったが、部屋を見回すには充分な明るさだった。驚いたことに、そこは壮麗な雰囲気からは程遠い、ごく普通のキッチンだった。もちろん広さはあるし、設備も整っている。カウンターは大理石だし、電化製品は見るからに最新のものだ。雑誌で見るようなセレブの住まい風ではある。だが、面食らったのは、ここがまさにジェイムスのキッチンで、召使いたちが彼に料理を作る場所ではないという事実だ。電子レンジがあり、ワインのコルク抜き、調理用ナイフ一式があり、部屋の隅には犬用の銀色のボウルまで置いてある。そのせいか、キッチンの雰囲気は……なんとも心地よい。

「あんたは屋敷の厨房がどこにあるかも知らないタイプかと思っていたよ」キッチンの端にあ

る、エレガントだがこじんまりしたテーブルのそばの椅子に腰かけ、ベンが言った。

　ジェイムスが冷蔵庫のほうに行きながらベンを見る。

「うちの祖父母ならまず知らないね。リチャードおじもそうだろうな。でも、わが家は違う。一五年前にケンジントンからここに移るときに改築をしたんだけれど、母が主張したんだ。普通の家族のように過ごせる場所が、私たちにも必要だってね。ケンジントン宮殿ほど堅苦しくないところが。母は、料理も教えたがった。実際、公務の合間を見つけては料理の手ほどきをしてくれたよ。父にしてみれば、初めての経験だっただろうけれど、楽しんでいたんじゃないかな」

　座って料理を待ちながら、ベンは妙な心地だった。

　あまりにも普通すぎるキッチンのせいで、逆に落ち着かないのだ。「なんて言うかその、シェフみたいなのはいないのか？」

「下の大厨房にコックたちがいる。夕食はたいていそこから運ばれてくるよ。昼は外食かな。お茶は、頼めばグローヴァーが持ってきてくれる。それに、ここで内輪のパーティーを開くときには、もちろんケイタリングの担当がいる。でも、母は自活するために必要なことはすべて教えてくれた。そういう基本的なことを教えるのを楽しんでもいた。ほら、使用人の世話になるっていうことは、プライバシーを犠牲にすることでもあるだろう？　母は自分のプライバシーを大切にした。私も、プライバシーを大事に思うようになった。朝食はたいてい自分で作るよ」

ジェイムスが、黄色いル・クルーゼのキャセロールを誇らしげにベンに見せる。「それにラザニアもね」

ジェイムスの母親、ローズ妃は誰にでも愛される人だった。皇太子との婚約に始まり、死ぬまでずっとメディアの主役でもあった。ふたりの恋物語はおとぎ話のようだ。学生臨床実習医として、彼女が救急外来の当番にあたっていたとき、ある若者が、サイクリングの事故で負傷した友人を運んできた。その怪我人が皇太子だった。半年後、ふたりは結婚間近であると公表した。以来、タブロイド紙は夢中になってローズ妃のことばかりずっと書き立ててきた。

ベンにしてみれば鼻を鳴らしたくなるような馬鹿騒ぎに思えたが、それでもローズ妃の写真を見るのは好きだったし、テレビにちらっとでも彼女が映ると、つい見入ってしまったりもした。注目したくなるような人だったのだ。栗色の長い髪は柔らかそうで（それは娘が受け継いでいる）、素晴らしく美しい碧の瞳をしていた（これは息子が受け継いだ）。だからといって、女優やモデルのようではなかった。ジェイムスの長い鼻はやはり母親譲り。母親よりも、彼の風貌に合っていた。

だが、こうも言うではないか――完璧さを求めると単にうわべだけの綺麗さにとどまる。真に美しいものは、常にある種の欠陥を内包している、と。少なくとも、ローズ妃に関してはその通りだった。その妃が、キッチンをうろうろしたり、息子にオムレツの作り方を教えているところを想像すると、奇妙な気持ちになってくる。

ジェイムスがラザニアを盛った器を電子レンジに入れた。ドアのあたりで、かすかにコツコツいう音がする。見ると、二匹のコーギー犬がよたよたと入ってくるところだった。腰回りがたっぷりしていて、口のまわりは灰色だ。ベンの靴の匂いを興味深そうに嗅いでいる。

「犬は大丈夫だよね?」とジェイムス。パジャマとスウェットシャツのせいで、イギリスのどここにでもいそうな男に見える。「きみが来るときは、いつも寝室の外に出しているんだけれど」

「大丈夫だ」実のところ、犬は好きだった。引っ越しばかり繰り返しているから、これまで飼うことはできなかったが、もしどこかに定住するようなことがあれば、犬を飼ってもいいなといつも考えていた。ただし、自分に合った犬でないと。ジャーマンシェパードとか、ボーダーコリーとか。少なくとも目の前にいるような、ずんぐりしてちびっこいコーギーはナシだ。それでも二匹がハアハアと息を弾ませて見上げてくると、つい微笑んでしまう。

「名前は?」

「ああ、父がつけたんだけど」ジェイムスの頬が赤くなっている。「ええと、その……ハッピーとグローリアスだ」

名前には冗談めいた逸話があるようだが、ベンには想像もつかなかった。だから、何も聞かずに二匹の耳の後ろあたりを掻いてやった。

電子レンジが音を立て、ジェイムスがラザニアの器をテーブルまで、大げさな身振りで運んできた。

「水？　それともワイン？」

「ワインがいいな。ありがとう」

こういう家庭的なやり取りは、普通ならベンが最も避けたい状況だ。だが、逃げ出すには疲れすぎていたし、腹もぺこぺこだった。それに、ここでリラックスして悪い理由は何もない。ワインが来るのを待ってラザニアを食べたっていいだろう。

ラザニアは、なかなかの逸品だった。ワインはさらに美味しかった。

「シェフにもソムリエにもなれるんじゃないか？」傍らに座ったジェイムスにベンが言った。

「もし王位を継ぐのがご破算になったら」

ジェイムスの顔に笑みが浮かぶ。「当てにできるものがあるっていうのはいいものだね」

「レストランを開くときは教えてくれ。必ず行くよ」ベンはワインをすする。「今日みたいな日のあとじゃ、喜んでウエイター長をやってもいい気になるね。ストレスも少ないだろうし」

「なぜ今日はそんなにひどかったのかい？」

最初、ベンは答えるのをためらった。ふたりの間の取り決めが気に入っていたからだ。

会話は少なく、セックスは多く。

だが思い直した。ジェイムスにはもっと大変なことまでとっくに知られているんだから。

それで、話し始めた——企業合併のこと、情報源からの連絡がぎりぎりだったこと、上司のフィオナには「記事にもっと情報を入れ、なおかつ短く」と何度も書き直しをさせられたこと。書いているうちに話がどんどん大きくなり、簡単にまとめるはずが本格的な記事になってしまったこと。

ジェイムスは話を聞きながら頷き、コーギーたちを構ってやり、ワインをベンのグラスに注ぎ足した。ベンが食べ終わると食器をシンクまで運び、ベンを別の部屋へと案内する。そこは居間で、キッチン同様に気取らず居心地がよい部屋だった。ワイングラスを片手に、ベンはゆったりとした椅子に身を沈める。

「記事はよく書けた。それは満足している。だが、肉挽き機でミンチにされたような気分だ」

「確かに、くたくたに見えるね」ジェイムスはコーギーたちを部屋の外に出す。「ほら、あっちに餌があるぞ」

「いや、犬がいても大丈夫だ」そうつぶやきながらベンはどっと疲れが襲ってくるのを感じていた。この椅子からもう立ち上がれない気がする。

「犬が足元にいると困るだろ」

なぜ足元にいちゃ悪い――と聞こうとしたとき、ジェイムスが身を寄せてきて額にキスをした。それから唇に、そっと。そしてベンの足元で膝をつき、こちらを見上げてくる。目が合った。その手がゆっくりとベンのベルトを外し、ジッパーを下ろす。

「ほら、椅子によりかかったら?」ジェイムスの声がまた、甘いカラメルのようにとろけている。「リラックスして」

ベンはふかふかの背もたれに頭をのせ、脚を開いた――ジェイムスが近くに寄れるように。その手がベンのものにそっと巻きつき、ベンは呻いた。

ジェイムスの頭が垂れ、温かく湿った口がベンのものをしっぽりと包む。その口の動きをリードするかのように、ベンはジェイムスの髪をつかむ。

まるでゆっくりとした潮の流れに身を任せているかのようだ。興奮の波はすぐそこまで来ているものの、体は重く、動くこともままならない。ジェイムスの舌にくるりと舐められ、ベンの先端がぴくぴくと脈打っている。

ジェイムスの動きが速まってきた――ベンの鼓動に合わせるみたいに口が上下する。その刺激、その振動に我を忘れそうになる。もう、すべてを委ねよう、この快楽に――思わず大きな呻きを上げ――そのままジェイムスの口の中で達した。

しばらくは動けなかった。ゆっくりとジェイムスが体を起こし、ベンの唇にキスをする――ああ、セックスの味だ。それからベンのワインをすすった。

「よし、と」なんだかジェイムスは得意げだ。

まあ、それだけのことはあったか。ベンは笑みを浮かべてジェイムスを見上げる。

「旨いラザニアに極上のワイン、そして摂政皇太子の口技か。こんな手厚いもてなしをしてくれるとはな」

「観光振興協会に、おもてなしの一案として提案してみよう、反応が楽しみだな」

「今度は俺の番だ」そうは言ったものの、ベンには手厚いもてなしの返礼ができるか心許なかった。まずは椅子から動かなければ。だが今は心地よいほど骨抜きになっていて、このまま何日も眠れそうなくらいだ。

「横になったら?」ジェイムスが、ベンの髪をかき上げる。

「いや、そうしたら眠ってしまう」

「いいじゃないか」

ベンは返事に詰まった。ジェイムスがきびきびと続ける。「土曜は仕事しないんだろう?それに、きみがここに来たことは誰も知らないんだ、夜中に出て行くより、朝のほうがまだ不自然じゃないよ」

ふうむ。そのほうが適切だというなら――。

ジェイムスの腕に支えられ、ベンは寝室へと向かった。靴を脱いだことは覚えているが、記憶があるのはそこまでだ。あっという間に眠りに落ちた。明け方目覚めたとき、最初は、身支度をして出て行くべきだと考えた。だが、そのときジェイムスが寝返りを打ち、彼にまだ何の返礼もしていないことに気づいた。ベンは口を使ってジェイムスを目覚めさせ、一言も言葉を交わさないままイカせた。ジェイムスはすぐまた眠りに落ち、そんな彼の様子を見て満足しているうちに、ベンもうとうとと眠ってしまった。

そんなこんなでベンは、朝の九時になってもまだ、宮殿内にいるのだった。

朝食の用意をする音がして、ベッドから体を起こす。

心地よい眠気を感じていたのもつかの間、ベンはふと我に返った。

おい、これは俺が最も苦手とする家庭的な雰囲気ってやつじゃないか？

「お腹空いてるひと～」

キッチンからジェイムスの声がする。こんなふうに声をかけられるのはどうもいい気がしない。まるで、学校へ行く子どもを食卓に呼んでいるみたいじゃないか。そう言おうと思ったら、ジェイムスの声がまた聞こえてきた。「ごはん食べたい子はどの子かな～？　お前かな？　お前かな？」

――ま、犬に向かって言ってるのなら、俺が口を挟む筋合いはないか。

下着をつけ、キッチンへと入っていく。ジェイムスは洒落たドレッシングガウンに身を包み、犬用のボウルに餌を用意しているところだった。牛肉をつぶしたものみたいだ。

こういうとき、「おはよう」と言うのが普通だろう。が、ベンの口から別の言葉が飛び出す。

「執事にやらせないのか？」

「まさか。執事が餌やりをしたら、数ヵ月もしないうちに、執事の犬になってしまうよ。動物だからね。現金なものさ」

コーギーたちは脇目も振らず、むしゃむしゃと餌に集中している。

「何を食わせてるんだ？　シャトーブリアンステーキみたいな匂いがするが」

「まあ、そんなものかな。もちろんソースはナシだけど。私のコックが犬の餌も用意するから、だいたいメニューが重なるんだよね。この贅沢な食いしん坊め」

ジェイムスがベンのほうを向き、微笑む。「私たちの朝食は、残念ながらこれよりずっと質素だよ。スクランブルエッグにするかい？　フルーツもあるが」

「トーストとコーヒーでいい」

「わかった」

ジェイムスは、フレンチプレス用らしきコーヒー器具を用意し始める。ベンは手持ち無沙汰で、テーブルのそばに立っていた。ジェイムスに食事の用意までさせるのはやりすぎな気がした。トーストくらいなら自分でできそうだ。

「パンはどこにある？」

だが、そう聞きながら、自分がどツボにはまっていく気がしていた。ジェイムスがセラミック製の器を指さす。焼きたてのパンを保管する器だ。ふたり並んで朝食の用意をしている――これぞアットホーム。それでもとりあえずトーストを焼く。

子どもの遊びみたいだな。ミニチュアの家を使った「おうちごっこ」。こういう方向に行くのはヤバいぞ。いつもの悪いパターンになりかねない。

そこで、テーブルにつくなり言った。

「ずいぶん手馴れているんだな。こういう状況はそんなにないだろうに」

ジェイムスが、優雅な眉をくいと上げる。「何？　コーヒーを淹れることが？」

「宮殿で誰かと一夜を過ごすことが、だ」

「さほど込み入った方法でもないからね」

「俺が朝、ここから出て行くのを誰かに見られても困らないのか？」

「まあ、それは。でも、日中は大勢の人が宮殿を出入りする。誰かがきみのことを特に見張っているのでなければ、出て行くときに人目をひくことはないよ」

ふむ。

ベンはトーストを齧《かじ》った。それならいいか。安全対策の一環として、少しばかり長居する。便宜上。理にかなっている。

だがそのとき、ジェイムスが言った。

「気分はよくなった？」

「え？」

「ゆうべはひどく疲れていただろう。いずれにせよ、来てくれてうれしいよ」

返事の代わりに、ベンは肩をすくめる。いちばん触れて欲しくないところだった――ゆうべは、つい弱みを見せてしまった。だからと言ってあれこれ世話を焼かれるのはどうだろう。もしジェイムスがそういうタイプなら考えものだ。この話題はできればもうしたくない。

感情が滲み出ていたのだろう。ジェイムスが続けた。

「何か問題でも?」

ベンの声が期せず荒くなる。

「カミングアウトについてはおそろしく小心《チキンシット》なわりに、この密会がバレるかどうかについてはずいぶん楽観的なんだな」

ジェイムスは、欲望の火がともると青白い肌が美しく紅潮する。が、怒ったときも同じくらい美しい。ベンは今、それを目の当たりにした。

「これまでずっとマスコミに監視されてきたんだ。彼らのやり方は重々承知の上だよ。それに、今、私のことをチキンシットと言ったか?」

「アメリカのスラングだ」

「それくらいわかる。でも、きみにそう言われるなんてね」

「へえ、俺はあんたが偽りの生活をしていることのほうが信じられないな」

今まで鬱積していたモヤモヤが一気に噴き出す。もうあとへは引けない。

「あんたは世界でも有数の資産家だ。世の中の誰より抑圧されていない。なのに本当の自分を隠している。世間の評判を恐れてね」

「世間の評判を恐れてるだって?」ジェイムスが笑う。「冗談だろう? 軍に入隊できなかったとき、臆病者だとさんざん叩かれたよ。メディカルチェックで弾かれたせいだったのに。今回だって、王が存命中なのに摂政になったせいで腹黒いヤツだと言われてる。国政上、必要な措置だというのにね。それに多分きみも知ってるだろうけど、キャスと別れるガッツもないダメ男だとも言われてる。する事なす事、ちょっとした発言から服の好みまで、何でも話の種になる。これからだってそうだ。私の生活について、不愉快なことが噂されるだろう。私の死後も。私がどう振る舞おうとお構いなしで」

「なのに、カミングアウトはしないんだな」ベンが応戦する。「ホモセクシュアリティが違法じゃなくなって、もう四〇年以上経っているはずだろう？　イギリスでも。ゲイの結婚だって、貴族院が可決すれば合法化される」

「まあ、それはそれとして、私はなにもロンドン塔へ送られるのが怖いんじゃないんだ、ベン。ここ数十年で、世論が劇的に変わってきているのもわかっている。もし私が一般市民なら、カミングアウトしているね。でも、できない話だ」

「あんたは一般市民よりいい立場にあるじゃないか」

「私が？　そうかな？」ジェイムスは席を立ち、ベンによく見えるよう指を折って話し出した。

「まずひとつ。現代における王のいちばんの務めは、世継ぎを残すことだ。ゲイでは世継ぎはできないわけだから、国民は不安に思うだろう。ふたつめ。わが子や友人がゲイだということを受け入れられる人でも、国王がゲイだとしたらどうだろう。ちょっと待てと思うはずだ。王制は伝統と継続の象徴なんだ。そうした考えとホモセクシュアリティはうまくマッチしないよ」

「それがどうした？　国民に現実を見せてやれよ」

「それよりきみに現実を見てもらいたいね。摂政皇太子として、私は目下、英国君主であるだけでなく、英連邦加盟国の首長でもあるんだ。ゲイの首長を容認する国もあるだろうが、断固拒否する国もあるはずだ。ウガンダは脱退するかもしれない。マルタやルワンダ、パキスタンだってわからない。英連邦は解体の危機に陥るかもね。そんなことにでもなれば、現在機能している貿易協定などの取り決めはどうなる？　経済だけじゃない。英国は加盟国に対して、人権問題の面でも強く働きかけている。そうした影響力も失いかねない」

ベンは虚を衝かれた。「そこまでは考えてなかったな」

「ああ、そのようだね」

ジェイムスの瞳は怒りで燃えている。「ついでに言わせてもらおうか、きみが話題にした同性婚のことだ。王室が絶対にしてはならないのは、政治に介入することだ。私もこれまでいかなる政見も述べたことはない。貴族院が同性婚を可決する前に私がカミングアウトしてしまったら、事実上、政見を示したことになり、憲法に違反することになる」

「――わかったよ。俺が想像しているより複雑だってことだな」

だが、ジェイムスはお構いなしで続ける。ベンに聞かせるというより、とことん言わずには収まらないかのようだ。

「貴族院は遅かれ早かれ動きを見せるだろう——多分、早く。それに恐らく、同性婚を支持するだろう。つまり、永久的な障害ではない。そうしたら、私もカミングアウトできる。だが、容易に避けては通れないことがもうひとつある。知ってのとおり、英国王は全世界聖公会《アングリカン・コミュニオン》の首長も務めている。英国国教会はゲイの教区民や聖職者を容認しているが、ほかの多くの国の聖公会系の教会ではそうじゃない。目下のところ、すべての支部が同性婚を完全に是認しているという段階ではないし、系列の教会が、自分たちの首長にゲイの人間を据えることを拒むのは、充分考えられることだ。そうしたらどういうことになる？　想像できるのは、教派が分裂してしまうか、あるいは私が首長として相応しくないからとその座を追われるかもしれない。そうしたら王位も危ういだろうね」

ベンは、今度はジェイムスが話し終えて少し黙るのを見てから用心深く口を開いた。

「なら、王位継承権を放棄したらどうだ？　王座を継ぐというのは、それほど大事なことなのか？」

「ある意味ではね」ジェイムスも平静さを取り戻している。「父は王制についてとても真剣に考えていた。父の遺志を継いで王制を維持していくことは、私にとってとても意義深いものだ。が、それよりも大事なことがある」

「たとえば？」

これ以上大事なことなど、ベンには思い浮かばなかった。

ジェイムスがベンのほうを向く。怒りは消え去っていたが、どこか悲しげで、厳しい顔つきだ。

「君が口外しないと思っていいかな?」

「そう思うしかないんじゃなかったか?」

「私自身の秘密じゃないんだ」

ベンはそろそろと頷く。

「妹なんだが——あまりよくないんだ」そう言うと、ジェイムスは再び腰を下ろす。心の準備をするかのように。「妹が飲酒問題を抱えているってタブロイド紙が書き立てているのは、多分知っているよね」

酒というよりドラッグではないかと考えていたが、何も言わずに頷く。

「記事はまったくのでたらめだ。アルコールどころか、ラプサンスーチョン茶より強いものは飲めないんだから。インディゴが抱えている問題は、アルコールよりもっと深刻なんだ。いや、アルコールだって相当深刻な問題かもしれないが」

「インディゴ?」

「あ、すまない。妹はそう呼ばれるのが好きなのでね」ジェイムスが髪をかき上げる。急に、ずっと老けたような顔になる。ジェイムスの中に残っていた僅かな怒りもすっかり消え去っている。「細かいことはまあ、置いておこう。とにかく妹はあまりいい状態ではなくて、今後もよくなりそうな兆候はない。もし私が王位継承権を放棄したら、王位は妹が継ぐことになる。あの子にはできないよ。今も、おそらくこれからもね。あの子に対して、私がいちばんしてはならないことだ」

「アメリア――じゃない、インディゴも王位を放棄できるんじゃないのか？」

「正式に？　ああ、できる。でも、私ひとり王位を放棄するよりもっと深刻な事態を招くことになるだろう。インディゴにも痛いほどそれがわかっている。あの子は、自分が私の期待を裏切ったと考えるだろう。インディゴにも痛いほどそれがわかっている。あの子は、自分が私の期待を裏切ったと考えるだろう。インディゴが耐えられるとは思えない」ジェイムスがため息をつく。「そういうわけで、私は摂政皇太子でいなければならない。王位を継がなければならない。そのためにも秘密は守り通さなければならないってことさ」

　内心、ベンはジェイムスが少しばかり誇張して話しているのではと感じてはいた。プリンセス・アメリアのことにしても、酒やドラッグの噂以上に、どんな致命的な秘密があるというのだろう？　だが、ジェイムスが妹の身を案じ、どれほど大切に思っているかについては、疑いの余地はなかった。

「悪かった。こんなことを言うなんて、どうかしてたよ」

　ジェイムスがコーヒーをすする。すっかり冷めてしまっただろう。「それはきっと初めてここに泊まったせいで、私がもっと関係を深めたいと言い出すんじゃないかと思ったからだろう?」

ベンは躊躇し、答えた。「そうだ」

「要らぬ心配だね」ジェイムスがあっさりと応じる。「私たちの関係は簡潔明瞭だ。きみと同様、私だって境界線を越えるつもりはない。でも、だからといって、他人行儀に振る舞う必要はないんじゃないかな」

「もちろんだ。俺が子どもじみていたよ」

まったく馬鹿なことを言ったものだ。だいたい、事が済んだからといって夜中に俺を追い出すようなことをどうしてしなくてはいけない？　男娼をこっそり連れ込んだわけじゃあるまいし。ふたりともちゃんとした大人だ。朝まで一緒に過ごすのは実際的だし、心地いい。複雑な関係なしでも友好的ではいられる。

「非礼を許してくれ」

ジェイムスの瞳がキラリと光る。押し殺したような笑みを滲ませて――いや、あれは何か別の、もっと本能的なエネルギーか?

「ふん、なぜ私が許す必要がある?」

ベンはジェイムスをベッドに引きずっていき、その理由を身体の隅々にまで教え込んだ。そんなこんなで、気づけば昼になろうとしていた。迷路のような宮殿内を抜け、外に出たときは一時を回っていた。歩行者で賑わう舗道に合流する。足取りは軽く、笑みまで浮かんでくる。ジェイムスとの理想的な関係が、さらによくなったのだ。

肩ごしに宮殿のほうを振り返る。こうして見てみると、宮殿というより要塞のようだ。要塞ってやつは、人を中に閉じ込めておくのにいいものなんだな。よそ者を近づけないというよりも。

「よお！」

突然声をかけられ、ベンはその場に固まった。

目の前にいるのは、トラックパンツにフード付きフリースという出で立ちのロベルト・サンティエステバンだった。肌に浮かぶ汗を見なくても、ジョギング中だとわかる。

「あ……やあ！　調子はどうだ？」

「まあ悪くはないね。なんでハーフマラソンのトレーニングをしようなんて思い立ったのか、今となってはまったく思い出せないけどな」ロベルトが額の汗を拭う。「それにしても土曜にこんなところで何してるんだ？」

ジェイムスのパラノイアが報われた。というのも、少しの躊躇もなく言葉が出てきたからだ。

「セントジェイムス宮殿の王室記録保管所で作業をする許可を得ているんだ。本を書くのに必要でね」

「へえ、すげえな。そんなのがここにあることすら知らなかったよ」

「ああ。ほら、東インド会社への特許状とか、そういう類のものだ」

あまりやりすぎるのも禁物だ。ロベルトの興味を引きでもしたらまずい。話題を変えよう。

「コーヒーを買いに行こうと思っていたところなんだ。一緒にどうだ?」

「今、コーヒーを体内に入れたら、俺の心臓は多分破裂する」そう言いつつ、ロベルトはニヤリとする。「だからそうだな、オレがボトルの水を買えて、なおかつコーヒーも飲めるところに行くってのはどうだ?」

ふたりは思いのほか楽しい時間を過ごした。ベンはできるだけロベルトから話題を引き出し、自分はあまり話さないよう努めた。妙な質問など出てこないように。

同時に、ベンはこうも思わずにはいられなかった。人口八五〇〇万の大都市にあってさえ、いちばんまずいときに知った顔と遭遇する可能性はあるのだ。ロベルトがここで俺を見つけたくらいだ、鼻のきくタブロイド紙記者なら造作なく嗅ぎつけるだろう。

マジで用心しないとな。

今までの倍くらい気をつけないといけない。

たったひとつの不注意、それがジェイムスの命取りになるのだから。

第五章　首輪と鎖

アメコミのスーパーヒーローには、これまでまったく興味がなかった。

二つの顔を持つということが、ベンにはどうにも解せなかった。スーパーマンのようなパワーを持ち、バットマンみたいなガジェットを持っている者が、なぜそれを隠さなければならない？　ありふれた一般人みたいな顔をして。ベルリンでの少年時代、友だちのアメコミを暇つぶしにパラパラめくりながら、こう思ったものだ――もし俺にこんな力があったら、世界中に見せつけてやるのに。

だが、今こうして二つの顔を使い分ける生活をしてみると、ヒーローたちの気持ちがわからないでもなかった。

日中は、グローバル・メディア社の強面記者として富裕層や権力者らに立ち向かい、彼らがひた隠している金銭上の秘密を暴き出す。ロベルトとは時々ビールを飲みに出かける。ひとりでいるときは、たいてい本の執筆だ。いざ書いてみると、思いのほか大変だとわかったが、とても楽しい挑戦でもあった。今年の秋は、ロンドンにしては驚くほど暖かく、あちこちの公園でランニングをしたり、サウスバンク沿いをぶらつきながら、パブやバーを開拓してまわったりもした。ベンの日常に疑いを持つ者は誰もいなかった。耳ざといフィオナでさえだ。もっともフィオナは、以前一度だけベンが口を滑らせた最高のセックスの相手について、もっと聞きたそうにしていたが。

ベンの振る舞いは、いつも通りだった。物静かだが精力的で自信に満ち、颯爽と仕事をこなす。何の束縛もなく、何事にも動じない。

だが夜の顔はというと――。

宮殿に忍び込み、まったくの別人となる。

もうひとりのベンは愉しむこと、そのためだけに生きていた。ときに激しく求め合い、ときに退廃的に身体を重ね、ジェイムスとギブアンドテイクの関係を築きながら。ジェイムスとなら、何時間でも語り合えた（もちろんセックスのあとでだが）。もうひとりのベンは、ジェイムスに触れられることで命を吹き込まれるといってよかった。

この密かな愉しみのために支払う唯一の代償といえば、毎朝綺麗に髭を剃ることくらいか。これまでは無精髭を伸ばしていることもあったが、英国の摂政皇太子が公の場に出たとき、髭で擦れて顔が赤くなっていたら問題だろう？

今ではベンはいとも簡単にもうひとりの自分へと変化することができた。そうすることで自由な気持ちにすらなれた。

「これだけははっきりさせておきたいんだが」

ある晩のこと、ベンはおもむろに口を開いた。ジェイムスはベンの肩を枕に、傍らで横になっていた。

「俺はネコだからな」

「ライオンだね」ジェイムスが断言する。「君はまさしくあの種族にふさわしいよ」

「誰もがイヌかネコに分類できるのか？」

「誰もがっていうわけじゃないよ。たいていは分類可能だけれど、全員じゃない」ジェイムスが身体を寄せてくる。「カメに出くわすこともあるよ。公の場に出るのが怖くて、誰かと会うなんて重荷でしかないっていうタイプ。なのに王族と面会しなきゃならないなんて、悪夢そのものだよね。だから自分の殻に引きこもってしまう。インディゴはいつも『自分はカメだ』って言ってるけれど、まあ、そうかも。ああ、それにキンギョもいるな」

「……キンギョ？」

「こちらのことをまったく知らないって人もいるからね。そういう人たちはこんなふうにぽかんとして私たちを見る」

ジェイムスがキンギョ族について実演してみせた――目を大きく見開き、口をぽかんとあけて。ベンは思わず笑い出す。

「確かにこの分類名はいただけないよ。キンギョ族に属するのは、だいたい精神的な病を抱えている人か、西洋文化になじみがなくて、こっちが何者かまったく見当がつかないっていう人だからね。なにぶん子ども時代につけた分類名だから、大目に見てほしいな。実際、これまでに遭遇したキンギョ族は、まったくもってクレイジーな人ばかりだったし」

ベンは確かめるように続けた。「イヌとネコにも、もっと細かい分類があるんだよな？　ヒヨウとかシャムネコとか、コーギーとか——もちろんコーギーは外せないだろう」

今ではもう、ジェイムスの二匹のコーギー犬、ハッピーとグローリアスにも慣れた。ベンが泊まっているときでも、たまにベッドのそばで丸くなって眠っていたりする。ただし、セックスのときは例外だ。あの小さな瞳できらきらと見つめられていると、気になって気になってとても集中できたものではない。

「ほかにどんな分類がある？」

「そうだな。トラはネコ科でわたしたちのことを嫌っているのに、政治的配慮からさも好きなような顔をしないといけない連中だ。ビーグルはイヌ科でわたしたちのことを大好きなくせに、政治的配慮からさも嫌っているように振る舞わないといけない人たち」ジェイムスの顔に笑みが浮かぶ。「それからハウンドは、王族と寝たがる」

「なら、俺はライオンじゃないかもな」ベンがジェイムスの身体をそっと転がす。「たぶん、ハウンドだ」

「ふーん。確かめてみる必要があるね」ジェイムスがベンの唇に囁く。

心地よくも濃密な時間が夜通し続き、その雰囲気は朝になってもずっと続いていた――だしぬけに訪問者が現れるまでは。

朝食からまだ一時間も経っていないだろう。ベンもジェイムスもTシャツとスウェットパンツでのんびりしていた。ソファに座り（そのふたりの膝の上ではコーギーたちが寛いでおり）、フィナンシャル・タイムズ紙のウィークエンド版を分け合って読んでいるところだった。すると、ひとりの女性があたかも我が家にいるかのようにすたすたと入ってきたのだ。

「ハロハロー！　やっぱり私たち、スコットランドに行く前に少し顔を合わせておいたほうがいいんじゃない？　もうそろそろほとぼりが冷めて――」

そこまで言うと、女性は急に立ち止まった。ベンに気づいたのだ。

不意打ちを喰らったせいですぐには気づかなかったが、ジーンズにメンズのオックスフォードシャツというこの赤毛の女性は、まさしくレディ・カサンドラ・ロクスバラその人だった。

カサンドラがベンを見返し、こちらを指さす。

「こいつ、誰？」

「ああ、そうだった」ジェイムスが膝からハッピーを下ろし、新聞を脇に置く。「キャス、彼がベンだ。ベン、親友のキャスだ」

カサンドラが目を細める。「ベンって、あのベンジャミン・ダーハン？　ケニアの記者の？」

ベンは頷いた。「そうだ。よろしく――」

と言いかけたところでクッションが飛んできた。カサンドラが投げてきたのだ。

「このくそ野郎が！」キャスの剣幕にベンはたじろいだ。コーギーたちも不安のあまり吠え出す。「あなた、どれだけジェイムスを苦しめたかわかってるの？　それにジェイムスったら！　あなた何考えてるのよ」キャスの怒りの矛先は、「親友」であるジェイムスのほうにくるりと向きを変える。「この男はあなたに嘘をついたのよ。なのにまた寝ちゃったわけ？　これも騙しの続きだったらどうするの？」

「キャス、落ち着いて！」ジェイムスがキャスからクッションを取り上げようとする。ベンもほっとしてソファに座り直す。「ベンは私とのことを暴露しなかった、だろ？　これからもそんなことはしない。あれはひどい誤解だったんだ。もう終わったことだよ」

「ひどい誤解？　へえええ」カサンドラが不満げに短い髪を揺らす。怒ったティンカーベルみたいだ。「じゃ、小説家っていうのもまさかホントのことだったりするのかしら？　ダーハンさん」

ケニアでのことを思い出すと我ながら恥ずかしくなる。安っぽい嘘をついたものだ。

「ジェイムスと俺の間ではもう決着がついている。あんたが口を挟むことじゃないだろう」

ベンの言葉は、カサンドラの怒りをさらに煽った。バナー博士だったら、超人ハルクに変身しているところだ。

「いい？　あなた。私の大事な人を傷つけたら許さないわよ。傷つきやすくてすぐ言いなりになってしまうんだから、ジェイムスは。でしょ、ジェイムス？　ナイルとのこと、忘れたわけじゃないわよね。あのときだって――」

「キャス、頼むから落ち着いてくれ」ジェイムスがカサンドラの肩に触れる。「ベンは暴露しない。本当なんだ。ケニアのことはもうナシだ。わかった？」

「そんなこと言っていられるのも今のうちよ」そう言い捨てたものの、カサンドラの怒りはおさまりつつあるようだった。ふんと鼻を鳴らし、胸を反らすと、ベンを無視して話を続ける。

「この件はまたあとで話しましょ。それよりこれからの予定について話がしたいんだけど」

「もちろんだ、じゃああっちで」ジェイムスがカサンドラの腕をとり、急かすように部屋を出ていく。ふたりは階段を上っていき、ベンだけが残された。

――今、俺はここで過去の振る舞いについてもっと反省すべきなのか？

――それともあの小鬼のような女の振る舞いに怒るべきなのか？

ジェイムスがカサンドラとともにさっさと出て行ったのも気に食わない。あんなに親しげに――まあ、俺を庇うためだし、怒りまくったティンカーベルを部屋から追い出してくれたのはありがたいが。

諍いのことはすぐに頭から消え去った。それよりも気になることがあったからだ。怒ったカサンドラが言っていたこと――。

ジェイムスはひとりで戻ってきた。「すまなかったよ。キャスは本当にいい友だちなんだけれど、短気でね。大事な人を守ると決めたらハンパないし」

「手近にあったのがクッションでよかったね。あれがブロンズのランプだったら殺されてた」

ジェイムスが眉をひそめる。「大げさだな。キャスはそんなことしない。殺《や》るときは素手でいくよ。それはそうと、来週一週間、キャスが階上《うえ》のスイートに来ることになった」

「専用のスイートがあるのか、ここに?」

「もちろん。じゃないとこんな大がかりな嘘、つききれないよ」とジェイムス。「とはいっても多分、幾晩かはスペンサーのところに出かけるだろうから、きみさえよければここで一緒に過ごせる。大丈夫、キャスはもうきみのこと襲ったりしない」

スペンサー? スペンサー・ケネディのことか? 巷の噂は本物だったのか。それも、ジェイムス公認で。馬鹿だな、なぜもっと早く気づかなかったのだろう? いやそれよりも、だ。

「そうだ、レディ・カサンドラと言えば――」

ベンが話し始めるのをジェイムスが遮る。「キャスは私のためにものすごく大きな犠牲を払ってくれている。それはどうかわかってほしい」

ベンが聞きたいのはそんなことではなかった。「さっき彼女、何か言いかけてたよな。『ナイルとのこと』とかなんとか。ナイルって誰だ?」

ジェイムスが怯んだ。まるで切りつけられでもしたかのように——いや、そんな生易しいものじゃない。ジェイムスの瞳に浮かんだ痛みは、もっと深そうだ。

「ナイル・エジャートンは、昔付き合っていた男だ。きみの前に」

「三年前、だったか」ベンはジェイムスの言葉をよく覚えていた。以来ずっとジェイムスには恋人がいなかったのだ。

ジェイムスがゆるゆるとベンの隣に腰を下ろす。読みかけのフィナンシャル・タイムズは床に落ちたままだ。

「ナイルとの関係を清算しようとしたら、脅迫されたんだ」ジェイムスは無理に笑おうとしたが、顔は引きつり、痛々しかった。「自分の馬鹿さ加減を呪ったよ。騙されていた。もっと金を払わないと暴露すると脅された。私も一度は反論した。どうせハッタリだろうって。そうしたら盗み録りした音声を出してきたんだ。ベッドをともにするようになって間もないころのものだった。そもそも最初から、私のことを愛してなどいなかったんだ。はなから私の気持ちを利用するつもりだった。最大限にね」

そうか。ケニアでの一件で、ジェイムスがなぜすぐに最悪のシナリオを思い描いて激昂したのか、今ならよくわかる。

「まだ恐喝されてるのか？」

「いや。死んだからね。二年前に事故で」

沈黙。

ベンは固まった。

「え？　――ああ嫌になるな、もう」ジェイムスがうんざりした顔になる。「スリラー小説じゃあるまいし。王室のシークレットサービスが、私の性の遍歴を隠すために殺人なんか犯すわけないだろう」

「もちろんそんなふうに考えてるわけじゃない。だが、妙に勘ぐりたくなってても仕方ないんじゃないか」

ジェイムスは肩をすくめる。「ナイルは交通事故で死んだ。私が支払った金でオートバイを買ったんだ。最高級品だとか何とか言っていた。実際、ほくそ笑んでいたよ。得意げにね。そんなものが買えるほどの金を私が支払っていなければ、ナイルはそのバイクを買うことはなかった。そうすれば時速一四〇キロで路上をぶっ飛ばすこともなかった。そうすればきっと死ぬこともなかった。ということはつまり、私が彼を殺したようなものかな」

しばらくの間、ふたりは黙って座っていた。

ジェイムスの顔は青ざめ、疲れたように見える。ベンはそっとジェイムスの肩に手を置く。

「そいつのことを、愛していたんだな」

「勝手に相手を美化して、好きだと思っていただけだ。実際、ナイルは全然そんな男じゃなかった。最後の一年はずっと彼を憎み続けていた。なのに――それにもかかわらず、ナイルが死んだと知ったとき――」
ジェイムスが頭を振る。ベンはそんな彼を抱き寄せる。黙ったままふたりはソファに身体を預けた。ジェイムスの呼吸がだんだん穏やかになり、身体がリラックスしてくるのがわかると、ベンは何気ない口調で、新聞記事についてジェイムスに尋ねた。

それにしても、だ。

こういう時間を過ごすというのは、やっぱりいささかまずいのではないか――。

クラレンス・ハウスにいるときはあまりにも自然で何とも思わないのだが、いざ宮殿を離れて思い返すと、ベンはどうにも落ち着かない気になった。何というか、チクチクしてたまらないシャツを着ているような、さもなくば、きつすぎる靴を履いているような気がするのだ。ふたりが互いに優しくしたり、ともに楽しい時間を過ごすことが悪いというわけではない。ただ、今日のように深い話をしたり、古傷を慰めたりするのはどうだろう。シンプルだったはずの関係が危険な方向にもつれてしまいかねない。ジェイムスはずっと自分を抑え込み、孤独に暮らしてきた。そんな彼がベンと過ごす時間を本来以上に意味のあるものとして考え始め、ふたりの関係までも特別なものだと思うようになってしまったら？

その夜、ベンはロンドンに越してきて間もないころのように、ちょっと遠征してみようと決めた。ロンドンでのお愉しみのひとつ――素晴らしきゲイの世界へと足を踏み入れるのだ。クラブに行くための身なりを考えるのなんて、何年ぶりだろう。ぴっちりしたジーンズとTシャツなら、今でも十分通用するはずだ。

一一時ごろ、ナイトクラブへと向かった。確か最高にノリのいいＤＪがいる店だ。記憶に間違いはなかった。店までまだ半ブロックもあるというのにドラムビートが激しく誘うように響いてきて、ベンの身体を心地よく震わせる。

まずは数杯酒を飲んでから、ダンスフロアに出た。誰を誘うわけでもなかったが、眩くカラフルな光の洪水の下、身をよじって踊る男たちとすぐに溶け込んだ。ベンに身体をぶつけ、あるいはもたれかかり、じっと見つめてくる男も何人かいた。ベンは気ままに手を伸ばして男たちに触れ、男たちもベンの体に触れてきた。

その気になれば、誰とでもいける。

近くで踊っていた四人のハンサムな男たちと絡み合いながらベンは考えた。

うまく誘えば、一度に何人かといけそうだ。複数の相手と同時にセックスすることにはこれまで興味がなかったが、何事にも最初はある。そうだろう？

だが、股間に伸びた手が誘うように動きを増してきても、ベンは固くならなかった。たぶん、今朝二度もしたせいだろう。

――ジェイムスの手が俺のものにしっかり巻きつき、その唇が首筋を這い、俺たちは広いベッドで絡まり合っていた。まるで一つの生き物みたいに――

酒のせいで、光と色の洪水がどんどん混じり合い、溶けていく。

にもかかわらず、ベンはこの眩い世界の中に溺れ切ることができないでいた。

＊　＊　＊

「本気なのかい？」ジェイムスは自分の耳が信じられなかった。

インディゴが頷く。ここ数ヵ月、インディゴの調子はよさそうだった。今日はごきげんな笑みまで浮かべている。「お祖母様が言うには、ゼイル王子は喜んでここに来てくれるって。外出しないでいいなら何も悪いことはないわよね」

確かに、インディゴは自分がよく馴染んでいて安心できる場所でなら普通に振る舞えた。ここ数ヵ月は特におかしい言動もない。今のような安定期がしばらく続くことはこれまでもあった。いずれまた落ち込む時期が来るのだろうが、できれば、それを乗り越えて今度こそ気持ちを強く保ってくれたらと願わずにはいられない。

だが、初対面の人間とうまくやれるのだろうか？　これまでインディゴがそうした状況になったことは一度もないから、何ともいえないところだ。だいたい特別な理由がない限り、宮殿に初対面の人間が来ることはまずない。だが、インディゴがその気になっているのであれば、反対する理由はなかった。

「そうか、わかった。なら彼をすぐにでも招待しよう」

「よかった」インディゴは笑い、髪をかきあげる。「それに、もし王子が調子にのるようなことがあれば、ハートリーが守ってくれる。でしょ？　ハートリー」

「ええ、不届き者にはすぐさま鞭をくれてやりますよ」インディゴとジェイムスの紅茶にミルクを注ぎながらハートリーが答えた。それを聞いて、インディゴの顔がうれしげに輝く。

「お祖母様が私にあれこれ言うのに気兼ねして、会うことにしたわけじゃないだろうね？」ジェイムスは尋ねた。「まさか、お前にまであれこれ言ってきているのかい？　この件は、私が対処すると言ったのに」

「そんなんじゃないの。お祖母様とは何週間も話してないわ。ただ、ちょっと思っただけ――面白そうだなって」

世界から隔離されたところで、独り放っておいてもらいたい――それがインディゴの願いではあったが、だからといって孤独に感じることがないわけではないのだ。ジェイムスにもそれはわかっていた。

彼女が心を許せる人たちは限られている――いつも忙しい兄と、今は空軍部隊に従軍している従兄弟、そして年老いた執事。二〇代初めの女性にとっては充分な環境とは言えない。インディゴが何者か知らずにネットでつながっている友だちは、間違いなく毎日の生活に楽しみを与えてくれはするものの、もう少しくらいいたっていい――安心して心を許せる相手が。

ゼイル王子についてはほとんど知らなかったが、ネットで調べてみると、とてもハンサムだとわかった。黒髪に日焼けした肌、どこか獰猛さを匂わせる雰囲気――おそろしくセクシーだ。少なくとも、ジェイムスにはそう思えた。だが、インディゴも同じように魅力的だと感じるのだろうか？　だいたいこれまで世の男性をそういう目で判断したことがあるのか？　妹は。

ジェイムスはさりげなく言った。「王子のこと、気に入るといいね」

インディゴが首をすくめる。格子模様のゆったりとしたシャツに身を隠すみたいに。だが、それほど困惑する風でもなかった。

「王子のほうこそ、私を気にいるといいけれど」

「気にいるさ。王子がまともならね」とジェイムス。

「そして目がちゃんとついておりましたらね」

ティーカップをインディゴに手渡しながら、ハートリーが付け加えた。

その日、ジェイムスはキンバリーを探しにケンジントン宮殿へと赴いた。彼女なら、王子を招待する作法も心得ているだろう。

それにしてもこの会合はうまくいくのだろうか。ゼイル王子が稀に見るタイプで、インディゴの性格も、抱えている問題も理解してくれる、などということはあり得るのか？　いや、それよりも小狡い野心家で、王族とはいえ弱い血筋の身、富も名声もある英国王室に擦り寄りたいのかもしれない。残念なことだが、そちらのほうがよほど可能性が高い。

王族の生活というのは皮肉だらけだ。ジェイムスは目下摂政皇太子として、憲法の許す限り、強大な力を行使できる立場にある――まあ、そこまでの力を行使することはないだろうが。未来の君主として、富も特権も享受している。多くの一般人にしてみれば、夢のまた夢の世界だ。しかし、その一方で、人として望むべき基本的な自由がなかった。自分の好きな職業を選んだり、住む場所を決めたりもできない。それに王族は、まず間違いなく理想の恋愛や結婚相手としてメディアに取り上げられる。ジェイムスなど、ティーンズ女子向けのピンナップ雑誌にも写真が載ったことがある。しかし実際のところ、王族ほど「素敵なロマンス」と縁遠い存在はないのだ（ほとんど政略結婚だし）。不可能とまでは言わないけれども。

その証拠に、ジェイムスの両親の出会いは「素敵なロマンス」だと言われている。

父と母は恋愛結婚だったし、ある意味では――一番大事なことだが――心底愛し合っていた。だが、ジェイムスは亡くなる数年前のふたりの様子をよく覚えている。言葉数が少なくなり、母の眼差しに暗い影がさすようになっていき――。

「プリンセス・ローズ」はメディアの寵児だった。マスコミは母が貴族の仲間入りを果たしたことを祝福し、彼女が医学の道を歩んだのは、他者に対する気高い奉仕の心の表れだと報道した。そして、母の実家が貧しかったことにはほとんど触れなかった。確かに、母の家族は城に住むような身分ではあった。が、城といっても老朽化したまま修理をする余裕はなく、雨漏りなどしょっちゅうだったという。母は、病人を治すためだけに医学を学んだわけではない。生活の糧を得るため、手に職が必要だったのだ。

そして何より、母は本当に頭の切れる人だった、父だって決して馬鹿ではなかったが、ジェイムスとインディゴの頭のよさは、間違いなく母親から受け継いだものだ。医学は、母の有り余る知性を刺激するのにちょうどいい学問だった――「プリンセス」の役目を果たすことでは決して与えられない、知的好奇心を。

ここ数世代というもの、王室の人間たちはほとんど聡明さを発揮してこなかった。従軍しているニコラスは例外だ。おそらく祖母に思慮があったおかげだろう。だがそのほかの王族にとって興味があるのは、馬や美食やファッション、そしていかに自分が偉いかということだけ。しかし、賢さに欠けているというのは、実は幸運なのかもしれない。王族にできることは非常に限られていて、しかもたやすいことばかりなのだ。その単調さときたら絶望的ですらある。愚かでいなければ、とても正気など保てない。

だからジェイムスは、今でも科学誌を読んで最新の知識を蓄える努力をしているし、難解な小説を読んでみたり、インディゴや――今は、ベンともいろいろな話をしている。インディゴはアートの方面で独創的な才能を大いに発揮してもいる。母でさえ芸術面ではインディゴには及ばなかったほどだ。

父は、できるだけ母に協力的であろうとした。でも、あのころ、父よりも、子どもだったジェイムスのほうが母のことをずっと理解していた――ローズ妃は、絶望的なまでに退屈している、と。家族への愛や、大衆からの賛辞などではけっして埋め合わせることができないくらいに。母は時の人であり、女神だともてはやされた。だが、そんなことよりもひとりの医師でいたかったはずだ。歳を経るにつれ、母の知的なきらめきは徐々に消えうせ、二度と戻ることはなかった。近しい人たちはみな、そのことに気づいていた。

父が母のことを、どこかもの悲しげに見つめているのに遭遇すると、ジェイムスもひどく悲しい気持ちになった。父はあまりにも王室の生活に慣れすぎていたから、それがどんなに人間らしさを損なうものか、充分に理解できていなかったのだ。幸い、ジェイムスには理解できた。母がそれを物語ってくれたからだ。

だから、ベンとの関係に制限があることは非常に望ましかった。ジェイムスが今の生活に耐えられなくなって――王族として育てられ、それが自分の定めとわかっているが――これ以上踏み込んだ関係を望むようになれば、今度はベンのほうが耐えられなくなる。ふたりの関係はそうした微妙なバランスの上で成り立っている。それはある意味、ありがたいことだった。

それでも、もっと――と願わずにはいられなかったけれども。

二日後にベンが訪ねてきたときのことだ。ふたりで夕食の準備をした。まあ、シェフが作ったビーフ・ウェリントンを温め直し、ワインのコルクを抜くことが準備といえるかどうかわからないが。ジェイムスがコルクと奮闘していると、ベンが料理をオーブンに入れながら言った。

「忙しい一週間だったようだな。Ｇｏｏｇｌｅアラートからひっきりなしに通知が入った」

　ベンが私をアラートに設定している？　ふうむ、面白い。

「今週は美術館と銀行のオープニングセレモニーがあったし、授賞式にも六、七回出たかな。何の賞だったか覚えていないけど。それから、小児がんの子どもたちを訪ねたよ――胸が張り裂けそうで、ああ、この話はとてもじゃないけどできないよ。あと、有機農場を訪問した。牛がたくさんいて、ローム層が見られて、ちょうど収穫の時期で。なかなかいい感じだった。その日の晩は、盲導犬協会の基金立ち上げのための夕食会。今日は、私の公益信託の委員会で議長を務めた。それから、失読症の子どものために画期的なプログラムを実施している小学校を訪ねた」

「まったくもって忙しかったんだな」

　実のところ、公務としては並みの量だ。いや、並みより少ないくらいか。ロンドンから数マイル以内の場所しか訪ねていないし。ベンがアラートを設定したのはごく最近のことなのだろう。

「そういうきみは？　何か面白いことはあった？」

「それほどは」ベンはオーブンのタイマーをセットしている。「仕事と執筆。あと、クラブに行ったかな」

「クラブ?」

「ああ、ゲイクラブ」

頬にさっと血がのぼるのを感じ、ジェイムスは急いでボトルに視線を落とした。それにしてもどうして抜けないんだ? このコルク。

ゲイバーについてのジェイムスの知識はほとんどネットで仕入れたものだ。あとはナイル・エジャートンが少し教えてくれただけ。ゲイバーでは誰とでも気軽にセックスできる。そこがいちばんのポイントだとナイルは言っていたっけ。関係を解消し、王立郵趣協会のオフィスまで金を請求に来たナイルに対し、ジェイムスが惨めな気持ちで小切手を切っているとき、ナイルはジェイムスの身の上をあざ笑うかのように、そうした気ままな関係を愉しんでいることを匂わせていた。

ベンが何か感づいたようだ。「怒ってるのか?」

「まさか」そう答えたものの、それほど自信はなかった。「だって私たちは――その、きみの自由な時間を監視するつもりはないから。何でも好きなことをすればいい」

「そのつもりだ。だから、お前に嘘をつく必要もない」ワインのボトルとコルク抜きをジェイムスから取り上げると、視線をしっかり合わせてくる。「クラブでは何もなかった。ただ踊っただけだ」

「本当に?」

「ああ。もしほかの奴と寝ることがあれば、ちゃんと言う。最近はそういう風通しのいい関係が主流だろう。もちろん、俺たちにとって危険なことはしないつもりだ。でもまあとにかく、今週は踊っただけだ」

ベンはほかの男と寝なかったのだから、もっと喜んでもいいはずだった。が、ほっとするというよりかえって落ち着かない気持ちになってしまう。今後、ベンがほかの男と寝るようなことがあったとして、そんなこと、知りたいか？　答えはノーだ。ふたりきりでいるときは、ふたりだけの関係が永遠に続くと思っていたい。

「ほら」ポンとコルクが抜ける。こちらを向いたベンの笑みが思いがけずやさしくて、わだかまりが徐々に溶けていく。

もちろん、ベンとの関係が永遠に続くとは思っていない。でも、少なくとも今は、こうして自分を思いやってくれているし、正直に何でも話してくれている。いつかベンに特別な人ができ、自分が傷つくことがあっても、大丈夫、きっと耐えられる。これまでの人生、ずっとそうやって現実と折り合いをつけ、感情を殺して生きてきたのだ。うまくやれる。

今は、ベンは私のもの――私だけのものだ。それで充分だ。

「ゲイバーか」ベンが執事顔負けの優雅さでワインを注ぐ間、ジェイムスはうっとりつぶやいた。「どういう場所なんだろうな」

ベンが信じられないとばかりに首を振る。「そうか。一度も行ったことがないんだな」

「私が行けると思うか？」

「不可能だね」ベンが悲しげな顔になる。ふたりはキッチンで、オー・メドックの年代ものの赤ワインを手に立っていた。「でも、そういう想像はしたことはある。どこかのクラブでお前とばったり出くわす。もちろんあり得ないことだとわかっていたけどな」

「いいね、その状況。もっと詳しく聞きたいな」

ベンがジェイムスの胸を撫でる。「まあ、いつか話すよ」


その「いつか」は案外早く来た。

週末、ふたりはまた会う約束をしていた。金曜か土曜にここに来るとき、ベンは寝泊まり用のちょっとした荷物をカバンに詰めてくるようになっていて、翌日に仕事がないから泊まっていくのだとわかるのが、ジェイムスには何気にうれしかった。だがその週末、ベンがカバンから取り出したのは下着と歯ブラシだけではなかった。別の着替えと、ドラッグストアのレジ袋——コンドームもルーベもたっぷりあるのに、いったい何を買い込んできたんだろう？

「まあ、見てみろって」ベンが意味ありげににやっとする。

袋から出てきたのは、整髪料とアイライナー、ラメのようなものが入ったチューブだ。ラベルを読んでみる。「ボディー・グリッター？」

「ゲイクラブに興味があって、俺の妄想についても知りたいんだろう？　ほら、クラブでばったり出くわすってやつ」ベンがジェイムスの肩にキスをする。「見せてやるよ。今から」

「……でも、外出は無理だよ」

「わかってる。これはまあ、ロールプレイングだ。それでも雰囲気はわかるはず。だろ？」

ロールプレイング？？？

ジェイムスには正直ピンとこなかったし、これまで興味を持ったこともなかった。というか、そもそも皇太子という立場そのものがロールプレイングみたいなものだし。

ベンと目が合う。その瞳が熱く輝いている。

そうか、これはプレゼントなんだな。私が現実にはできないことを埋め合わせしてくれようとしているんだ。そのために、わざわざ小道具まで買い込んできてくれて。

そう考えるだけで、もう身体が熱くなってくる。

ジェイムスは知らず、笑みを浮かべていた。「わかった。やってみよう」

ベンはCDを取り出した。ディスクには何の文字も書いてない。「音楽も念のために焼いてきた。この宮殿でBluetoothが使えるかどうかわからなかったからな」

「一九世紀にできたばかりだよ。中世の暗黒時代からあるわけじゃない。もちろんBluetoothもあるに決まってるじゃないか」

「じゃ、音楽をかけよう」

それからの三〇分は、子どもじみたおふざけタイムだった。クラレンス・ハウスでこれまでかけたことのない類のダンスミュージックが、ホール中に響き渡る。ふざけながら互いの髪をアレンジし合った——ジェイムスはスパイクヘア、ベンはオールバックだ。それから、何を着るべきか、アイライナーはどう入れたらいいか、ベンが教えてくれたが（アイライナーは思ったより扱うのが難しかった）、あとは自分の部屋で着替えるようにと追い払われてしまった。

というわけで今、寝室の鏡の前で上半身裸のまま、チーク代わりにグリッターを塗りたくっているところだった。下はぴったりとしたジーンズで（大学時代のものだが、卒業以来ほとんど穿いていなかった）、ベンのアドバイスどおり下着をつけていないのが丸わかりだ。

思わず苦笑してしまう。

もしこんな写真が流出したら、玉座が粉砕するだろうな。

これまで、ロールプレイングというのは恐ろしく刺激的なものだろう——と想像していたのだが、少し滑稽でもあった。でも愉しいことには違いない。セックスのことを笑い飛ばせるのだから。こんな贅沢な感覚、これまで経験したことがない。

アイライナーを入れた目、つんつんに立った髪——鏡の中の自分に微笑む。なかなか馬鹿げている。うん、上等だ。ＢＢＣのレポーターが真面目くさって報道するところを想像する。

『英国王室一五〇〇年の歴史を揺るがす衝撃の事実です。男娼のような扮装をした皇太子が目撃されたもようです』

鏡の中のジェイムスは輝いていた。その笑みがさらに広がった。

ベンが入ってくる。お遊び気分がとたんにまた熱を帯びたものになる。

ベンの黒いジーンズも、ジェイムスと同じくらいぴっちりしていた。シャツはメッシュだ。正直、メッシュのシャツを着る人間なんかどうかしていると思っていた。が、間違っていた。目の前のベンときたらどうだ――光沢のあるシャツ越しに、透かし模様みたいに見え隠れする腹の筋肉。ローライズのデニムからのぞく、しなやかで力強い腰のライン。

「惚れ惚れするね」

「しぃいいい」ベンがiPodでがんがんに音楽を鳴らす。「いいか、俺たちは知らない者どうし。フロアで踊り始める。そうしたら俺が誘う」

ジェイムスはだだっ広い寝室を見回した。床にはフランス製の豪奢なラグが敷かれ、高い天井には一八世紀の壁画が描かれている。「あんまりナイトクラブっぽくないけれどね」

「想像力を使えよ。こんなアプリもあるし。ほら」

ベンがスマホを操作したとたん、色とりどりの光が瞬きだした。まあ、確かにナイトクラブっぽくなくもないが――ジェイムスはつい笑ってしまう。「ごめん」

ベンは頭を振り、愛情たっぷりの目でジェイムスを睨みつけた。スマホの光を鏡に当て、部屋中に反射するよう向きを整える。「笑っていられるのも今のうちだ。見てろ、マジにさせてやる」ベンはジェイムスの後ろに立つと、そっと身体に手を回す。その手がジェイムスの胸を撫で、耳元で囁く声がする。「踊ろう」

リズムに合わせ、ジェイムスは身体を揺らし始める。が、すぐにベンが注意する。「肩じゃない」

「え？」

「肩から揺らして踊ってる。ヨーロッパじゃみんなそうだ。なんでだ？」

「何度も言っているよね、英国はヨーロッパじゃない」

「ま、それはおいておけ。集中しろよ」ベンが笑う。踊りながら身体をぴったり寄せてくる。ベンのものが半ば固くなってジェイムスの尻に当たる。そうだ、今はお愉しみの最中だ。「いいか、俺のために踊っているんだ。誘ってる。俺に想像させろよ——ああ、お前とやってみたらどんなだろうって」

「うん」ベンに尻を撫でられ、ジェイムスは目を閉じる。

ベンの息が首筋にかかる。「ベッドじゃあんなによく動くじゃないか。たまらないくらいな。あんな感じで踊れよ。俺と一緒に」

そう言われて身体の力が抜けた。ベンの身体の動きに合わせて踊る。ダンスだと思わなければいいのだ。これは前戯だ。それなら簡単。自由に動ける。

あとはもう、身体に任せておけばよかった。ビートに合わせて腰を揺らす。ベンが身体を押し付けてきて、ふたりは一体になる。ベンの両手が乳首にさっと触れ、そのまま股間のほうへとさまよっていく。ジェイムスは両腕を高く上げ、背後のベンへと手を伸ばす。

ベンがジェイムスの身体をくるりと回し、ふたりは向き合って踊りだした。ジェイムスは想像する。目の前にいるのは初めて会う男だ。セクシーでエキゾチックで、アイライナーを入れた瞳がやけにミステリアスで魅力的な男。

踊りながらふたりの身体は重なり合い、脚は絡み合い、その密接な動きにさらに熱がこもっていく。ベンがジェイムスの尻をぎゅっとつかんで囁く。「フロア中の男がお前を欲しがってる」

「きみをだろ？」

「違う。お前のほうをだ。ホットな体じゃないか。お前は今、それをみんなに見せつけている」ベンの手がジェイムスの股間に伸びてくる。ジーンズの上から、固く膨れたものをつかまれる。「だが、いちばんそそられるのは、その瞳だ。どんなに男たちを誘っていようと、どんなにその体がやりたがっていようと、眼差しに無垢な光がある。クラブは初めてなんだってわかる。だからフロア中の男たちが燃えるんだ。こいつにあれを教えてやるのは俺だ——って」

「私が未経験者だと思うのかい？　ならがっかりするだろうね」

「もちろん、みんなお前が未経験者だとは思わない。が、クラブの壁に押し付けられてやったことはないだろう？」

ベンの手に力がこもる。ジェイムスはかろうじて応えた。「ああ」

「俺たちは踊りながら奥の部屋へとしけこむ。うるさいフロアから離れて」ジェイムスの耳たぶに沿ってベンが舌を這わせる。「俺たちふたりきりだが、ドアはない。その気になれば誰でも覗ける。もちろんみんな見たがる、俺がお前をやるところを」

ジェイムスの唇が激しくねっとりとベンを求める。ベンの生み出した空想の世界にどっぷりと浸かりながら。「わかった」ジェイムスの声はかすれている。「わかったよ」

「これまで、やってるところを誰かに見られたことはないだろう？」

「ああ」

ベンに身体をぐっと押され、そのまま後ずさりした。背中が壁につく。ベンは両手でジェイムスのウエストをぐっとつかむと、不敵な笑みを浮かべた。

そうだ。ここはナイトクラブだ。目の前の男は見知らぬ他人。この男に身を任せるのだ、みながが見ている目の前で。

ベンがどれほどそうしたがっているかもわかっている。私が皇太子であることなど、どうでもいいのだ。ただ私の体が欲しいのだ。なんて気分だ。ぞくぞくする。ベンは「ただの私」を求めている――こんなに興奮させられることなんて、ほかにない。

「どうすればいい？」そう言うと、ベンはふっと笑った。「クラブの作法がわかっていないようだな。お前は俺より年下だ。俺よりかわいい」

とんでもないね――と思ったが、ジェイムスは何も言わなかった。

「クラブじゃつまり、お前は勝者への褒美なんだ。お前はしゃぶられ、ファックしてもらえる。

ラッキーボーイだ」

そう言うと、ベンはジェイムスのジーンズのジッパーを下げ始める。気が遠くなるほどゆっくりと。すべて下ろされ、ベンの手でつかみ出されたときにはすでに、限界近くまで来ていた。

「だめだ」ジェイムスが喘ぐ。「待って」

だがベンは待たなかった。すぐさま口の中にジェイムスを含む。熱く湿った口がジェイムスのものを激しく吸った。数秒もしないうちにジェイムスが達する。ベンの髪をぎゅっとつかんだジェイムスの口から、すすり泣くような叫びが上がった。ベンが身体を起こし、すぐさまその唇にキスをする。おかげでジェイムスは床にへなりと座り込まずにすんだ。

唇を合わせながらベンが囁いた。「ずいぶん早いな。よかったか」

「ああ」

「すぐに回復してもらわないとな。まだまだお愉しみはこれからだ」

ベンがジーンズを下ろす。これがクラブの作法なのか？　驚く間もないうちに身体をくるりと回され、壁のほうを向かされる。ベンが体を押しつけてきた。ジェイムスは想像する。クラブ中の男たちが私たちを凝視している。ベンが私を服従させているところを。

ジェイムスの口から喘ぎが洩れる。

なんてそそられるシチュエーションだろう。ひとりでするとき、これからはずっとこのパターンで行こう――。

「ああ…」ベンが中に入ったとたん、息が漏れる。想像の世界などくそ喰らえだ。そこにあるのは恍惚、純粋な喜びだけ。ベンの動きが生み出す興奮がすべてだ。

ベンもまた甘い呻きを洩らしている。動きを早め、ジェイムスに身体をぎゅっと押しつけ、ふたりして壁にべったりとくっつきながら。

「みんなが見てる」ベンが息も絶え絶えに囁く。「フロア中の男がチャックを下ろして、自分でやってるんだ。俺がお前をやっているのを見ながらな。『次は俺がやる番だ』って考えながら。だが次はない。誰もお前には触れさせない。俺だけだ。俺だけ――」

ベンの言葉は途切れ、低い呻きとともに彼は達した。ジェイムスは力なく後ろに倒れ込み、ベンの身体に――その頭に触れた。

そのままふたりはもつれるようにベッドに転がり、長いこと横になっていた。ベンのアイラインは滲んで取れかけ、グリッターがシーツについている。部屋の清掃スタッフが見たらどう思うだろう？　明日の朝、カサンドラの部屋にグリッターを置いておく必要があるな。こうした「工作」は今に始まったことじゃない。トイレのゴミ箱に使用済みのコンドームを捨てて、ふたりの関係をそれらしく見せたりもしている。たいした問題ではない。

「すごくそそられたよ」ジェイムスが口を開いた。「またこうしたゲームをしてみたいな」

「そうだな」ベンがジェイムスの肩に口づける。眠そうな瞳。次の瞬間にはもうベンは眠りに落ちていた。

ジェイムスは思った。ベンが今夜、ナイトクラブの真似事をしようと考えたのは、もしかしたらこの間クラブに行ったとき、誰とも寝なかったせいかもしれない。ジェイムスをクラブの男に見立てて、そのときの欲望を果たしたかったのかもしれない。ベンが自分の役を意図的に選んだのだとしたら、もっとうれしかったのだが。でもまあいずれにせよ、今夜のことには満足していたし、このことでベンと議論するつもりもなかった。完璧な関係になれたのだから。

＊　＊

「完璧？　ジェイムス、あなた自分の言ってることがわかってる？」キャスがテーブルの上にナプキンを投げ捨てた。まるで決闘者が手袋を叩きつけるみたいに。その瞳はらんらんと燃えている。「そんなこと信じるのは馬鹿だけよ。あなた、馬鹿だった？」

ジェイムスはため息をつき、椅子の背もたれに寄りかかった。ふたりはキャスの居室でお茶を飲んでいた。あの、ベンとの刺激的な夜から三日後のことだ。あと数時間で、ふたりはスコットランドへ発つ予定だった。六週間前にもふたりはスコットランドに行ったばかり。かの有名な競技大会、ブレーマー・ギャザリングを見るためだ。ジェイムスは毎年この競技会を楽しみにしていた。おいしいビールに、賑やかなバグパイプ音楽、そして逞《たくま》しいスコットランド人たちがハンマーや丸太を振り回す。気兼ねなくキルトを着られるのも楽しみのひとつ（実はキルトが大好きなのだ)。しかも今年は、初めて首長として迎えられたのだった。

　それとは別に、キャスとジェイムスはいつも秋の終わりごろ、行事もなくのんびりできる時期にスコットランドへ行くことにしていた。ガーネス・ホルムのとある島に、キャスの一族が所有している屋敷があった。岩に囲まれた孤島だから、俗世のことをしばし忘れていられる。乗馬をしたり荒野をひたすら歩いたりしながら、景色や植物、新鮮な空気を楽しんだり、平和で穏やかな時間を味わえたりする。むろん護衛もいるが、ある程度、距離を置いてくれるからありがたい。

　すでにふたりとも厚手のセーターにウエリントンブーツといういでたちだ。早くハイランドに帰りたくてうずうずしているところだった。

　だが、出立前にまずキャスを説得しなければならなかった。

「キャス、ベンは誰にも言わないよ。飲み込みが早いし、プロトコルにも従っている。それにメディアの内情にも通じているから、馬鹿げたミスなど犯したりしないさ。信用できる」

「ベンのことを心配しているんじゃないの。勘違いしないで。ベンが嘘をついたってこと、あなたはもう忘れてるのかもしれないけれど、私は忘れてない。そう簡単に信用するつもりもなかったし」

　そこまで言うと、キャスのしかめ面が少しだけ和らいだ。

「でもま、ベンと会ってわかったわ。なぜあなたがベンのしたことをすぐ忘れちゃったのかね」

「言ったとおりだろ？」

「はいはい、認める。ベンは確かにかっこいい。でも言いたいのはそれじゃない。ベンが何をしようが気にしやしない。あなたのことを心配してるの」

ジェイムスは気持ちを落ち着かせようと、少しお茶を飲んだ。「きみ、私のことをなんて言った？『傷つきやすくて、すぐ人の言いなりになってしまう』？」

「あら、よく覚えてたわね。そのとおりよ」キャスが躊躇なく応える。「あなたは王族としての義務を第一に考えるよう育てられてきた。だからいつも個人的な感情を二の次にしてしまう。ずっとそうしてきたせいでバランス感覚がないのよ」

「私が責務を果たさず、不注意な振る舞いをするとでも？」

「いいえ。そんなことをしたらあなた、死んじゃうわよ。くそ忌々しい『責務』なんかどうでもいい。心配しているのは、またひどく傷つく結果になるんじゃないかってこと」

ジェイムスをカッと怒らせることにかけて、キャスの右に出る者はいないだろう。もちろん愛あればこその言葉なのだが、ときどきそのことを忘れてしまいそうになる。ジェイムスはキャスの手にそっと触れた。「そうなると私が立ち直るまで、きみにまたそばにいてもらわないといけなくなるからね」

「私は何百回だってそばにいるわよ。わかってるでしょ。でも、あなたが傷つくところを見るのは耐えられない」

「ベンと私は取り決めをしたんだ。境界線は引いてある」

カサンドラの顔に悲しげな笑みが浮かんだ。「ベンはたぶん境界線を守れるタイプなんでしょうね。あなたは違う。それにベンの話をしているときのあなたったら――ああ、ダーリン。深入りしちゃだめって言いたいところだけれど、もう遅すぎるのね」

ジェイムスはキャスの指をぎゅっと握ると、慎重に言葉を選んだ。「私たちは互いに思い合っている」

利害の一致した友人――いつかベンはそう言っていた。そう、友人同士、相手のことを大事に思うのがふつうだろう。

「もちろん、現実をわきまえているよ。そこは忘れたりしない」

キャスはしばらく黙ったままだった。唇を噛み、何と言おうかじっと考えている様子だ。

「あなたはいつも、カミングアウトするのは不可能だっていう口調よね。でも、もうそんな時代じゃないのかも。よくわからないけど」

「確かに社会はどんどん変わってきている。カミングアウトできるほどかどうかは、正直わからないけど」ジェイムスはふたりのカップにお茶を注いだ――時間稼ぎのために。それから口を開く。「王位に就いたら……考えてみようかと思う」

「本当？」キャスの顔が笑みで輝く。

「インディゴにしわ寄せが来ないって一〇〇パーセント確信できたらね。大改革になるだろうけれど。憂慮すべきなのはイギリス連邦が──」

「ああ、わかってるって。ウガンダとかの話ね。まったくくそったれだわ、あの国！　英国連邦の首長がゲイだったら、もうゲイのこと死刑にできないわよね？」

「ゲイの首長を受け入れられなかったら、連邦から抜ければいいだけのことだ」

キャスがじっとジェイムスを見る。「あなたがカミングアウトしないのはウガンダのため？」

ジェイムスは言葉に詰まった。そこまで突き詰めて考えたことはなかった。確かに、関係する諸国や教会が持つ選択権を侵害することになる。「たぶんね」

「少なくとも、ようやくカミングアウトについて前向きに考えるようにはなったのね」キャスの顔から笑みが消える。「まあ、やだ。それってベンが関係あるの？　彼を手放したくないからカミングアウトするわけ？」

「違うよ。ベンは極めて個人主義なんだ。独りでいることを何よりも重んじている。メディアに注目されるなんていちばん敬遠したいことだろうね。カミングアウトをしたら、私たちの関係も終わる。まあ、私が王位を継ぐときまでふたりの関係が続いていると仮定しての話だけれど。そんなに長く付き合っていられるか、疑わしいな」

ジェイムスはなるべく気軽にそう言うつもりだった。ふたりの関係が始まってからずっと、言葉には出さないまでもそう納得していたからだ。

納得していると思っていた。

だが、言葉の端に何かにじみ出てしまっていたのだろう。キャスが身を寄せてきて、頬にキスをする。しばらくふたりは微笑み合った。何も言わなくてもわかっている、という暗黙の――悲しい微笑み。それからキャスはフェアアイルのセーターの袖をぐいとたくし上げ、いつものきびきびした口調に戻った。「よし、と。じゃあ出発よ。ガーネス・ホルムでお昼を用意させてるの。遅れたくないわ」

ベンと一週間も会えないと思うと、ジェイムスの胸は少し痛んだ。ベンは少しも動じていなかったが。スコットランド旅行のことを告げたとき、ベンはこう言ったものだ、「本の執筆を進めるのにちょうどいいな」

ふたりの関係について、何をどこまで望んでいいのか、わかっているつもりだった。今この手にしているものを大事にしていけばいい。これ以上を望んだりはせずに。

＊　＊

ジェイムスがスコットランドにいる間、片付けるべき仕事はあったものの、ベンはなぜか心ここにあらず、だった。

『企業――その成り立ち』の執筆が進まなかったということではない。むしろ好調だった。少しでも時間があればどこででも資料本を読みあさった。住まいはリストカードと図書館で借りてきた本と、蛍光色の付箋であふれている。クリスマス休暇までに第一稿を編集者に渡すことになっていた。契約のときには笑ってしまうほど余裕のスケジュールに思えたが、いざ書き始めてみると、無謀なほど短いように思えてくる。

おまけに、ボスはあのフィオナ・ド・ウインターだ。本の執筆があるからといってベンが仕事の手を抜くことなど許そうはずもなかった。そんなことは、フィオナがジーンズとスウェットシャツで出勤するくらいあり得ないことだ。フィオナはいつでもラップドレス。それも目も覚めるほどカラフルな模様つきだ。おしゃれというより偏執的な感じさえする。ダイアン・フォン・ファステンバーグも喜んでいいのか、気味悪く思えばいいのか悩ましいところだろう。

何週間か前、フィオナがこう言ってきた。「綿密な取材記事もいいけれど、たまには軽い読みものも書いてみない？　ほら、皇太子の記事みたいな」ケニアの滞在記のことだ。「あれ、あなたらしくない記事だけど、すごくよかった。ああいう記事こそみんな読みたがるのよね……ちょっと、なんか顔が赤くない？」

「んなわけないですよ」ジェイムスの話題になったくらいで顔に出るとは。気をつけないと。

フィオナが眉をひそめる。

「褒められて赤くなるタイプだとは思わなかった」

ベンは席に逃げ帰ると、フィオナに言われたような軽い読みものを書いてみることにした。

今、ベストセラーリストのトップを飾っているのは、社会病質者《ソシオパス》についての本だ。それによると、ソシオパスはどこにでもいるが、厳密には邪悪な存在というわけでもなく、ただ、人間が本来持っているべき感情に欠けているだけなのだそうだ。ベンは通勤時間を使ってそのベストセラー本を読み、現代ビジネスシーンにおいてはソシオパスでも理想的なCEOとなる可能性はあるのでは、という趣旨の記事を書いた。

ベンの記事は、木曜日にグローバル・メディアのサイトにアップされた。翌日の金曜正午までに、記事についてのメールが山ほど届いた。これまでに書いた記事全部に届いたメールの数より多いくらいだった。抗議のメールもたくさん来た。ベンはそういうメールをもらうとかえって元気が出るたちだったから気にしなかった。もちろん返信はしなかったが。CEOやCEOを目指すエグゼクティブたちからは「あなたは完全に間違っている」というメール。平社員たちからは「100パーセント正しい！」というメールが届いた。件のベストセラー本に異議を唱えている社会学者からは、そもそも社会病質とは何かというご高説が届いた。かのフォーチュン誌のリストにも載っている超一流企業の社長からもメールが届いたが――うむ、まさにソシオパス！――今後この社長に取材する機会があったら、電話にしようと心に決めた。

記事が思いのほか注目を集めたおかげで、フィオナはたいそうごきげんだった。まるで自分が書いたかのようだ。それに乗じてベンは月曜の休暇を願い出た。本の執筆を進めておきたかったのだ。

それに、月曜の午後にはジェイムスも戻ってくる。夜、クラレンス・ハウスに招かれる可能性は高かった。それまでに執筆をできるだけ進めておくのがいい。

その日の作業はあらかた終え、ロベルトと仕事仲間たちと一緒に軽くパブでラガーをひっかけることになっていた。帰宅したら、資料本を少し読むつもりだった。デスクを離れる前に、メールをもう一度確認した。また誰かがソシオパスについて書いてきたようだ。そのまま削除しようとして、送信者のアドレスに目が留まった。

W・クリフトン

そろそろとメールを開く。まさか、あのW・クリフトン——？

そうだった。

私のビューティフル・ボーイへ

記事を読んでどれだけ笑ったと思う？　出来が悪かったからじゃない。きみの記事はいつでも秀逸だ（もちろん、これまで読んだ範囲では、ということだが。たまに、きみの記事が出ているかどうかチェックしている。そう言ったら驚くかな？）。読んでいて思ったよ、きみが私のことを、まさにこのソシオパスにあてはめているってね。少年時代の不安が甦ってきたのではないかな。

私がきみの望むような感情の持ち主ではないからといって、感情のないソシオパスだということにはならないよ。私が首輪と鎖をうまく扱わなかったからといってきみに嫌われているとは考えたくない。

輝かしいキャリアを積んでいるね。おめでとうと言わせてもらおう。バンコクでのことは無駄ではなかった——そう考えれば、あのころのことも優しい気持ちで思い出してくれるのではないかな？

ときどきロンドンには商用で訪れる。会う機会もあるだろう。お互い、酒を一杯奢るくらいの貸し借りはあるしね。

ワーナー

ベンは呆然としてメールの文面を読んでいた。人をいらつかせることにかけては、ワーナーは天才だ。だがほんの数行の文で、ここまで嫌な気持ちにさせるとは——無礼を通り越してある種の「芸術」だといってもいい。胸くそ悪い芸術だが、芸術には変わりない。

「そろそろ出られそうか？」ロベルトが声をかけてくる。「パブが呼んでる。行こう」

「ああ」ベンはメールを削除してパソコンを閉じ、席を離れた。だが、ワーナーの言葉が頭から離れなかった。メールは削除したものの、その言葉はベンの心に深く刻まれてしまっていた。

なかでもいちばんショックだったのは、「首輪と鎖」という言葉だった。

ベンはその言葉を使うとき、自分で思いついた言葉だと思っていた。けれども違った。ワーナーの言葉だったのだ。無意識にそれが頭の中に染み込んでいたのだ……。

第六章　つじつま合わせの作り話

ベンが宮殿付近をうろつく口実として使っていた王室記録保管所で、まさか本当に調べものをする必要が出てくるとは、思ってもみなかった。

東インド会社や南海会社などを誕生させた、当時の重商主義と勅許について語らずして企業の歴史を語ることは不可能だ。つじつま合わせの作り話がまさか本当のことになるなんて――ジェイムスは面白がった。ジェイムスに言われたとおり、ベンが正規のルートで入館申請を出すと、ジェイムスのアシスタント、ツェンがあっという間に手続きを済ませてくれた。

というわけで、雨の降る木曜の午後、ベンはセントジェイムス宮殿のいつもと違う一角にいた。最新鋭モデルのデータベースと歴史香る革製の古書類とが贅沢にマッチした空間。調べものには最高の環境だった。が、ベンの心は別のほうへと彷徨《さまよ》ってしまう。いつもの廊下を歩き、扉をくぐり、ジェイムスの居室へ……。

いやいや、ジェイムスは週末までウェールズだ。

むらむらしているヒマがあったらリサーチに集中しろ。

そう自らをたしなめたものの、すぐにまた気が散ってしまうのだった。

先週ずっと執筆に励んだせいだろうか、集中力が底をついてしまっているようだ。リサーチするためにコンピュータ端末を使っていたはずが、気づけばだらだらと別のサイトを斜め読みしている。

そうだ、南海会社について調べていたのだった。それからこの会社に勅許を与えた王、ジョージ一世に行き着いた。現在も英国を治めているハノーヴァー家を創設した人物だ。

なんだか奇妙な気がする――油絵で描かれているこの肖像画、ウイッグにストッキングにフリル姿の王がジェイムスの先祖だとはな。

ケニアへ取材に赴くときはジェイムスの血筋までは調べる気もなかったが、今は興味があった。最初は、何世代にもわたる王や王妃の肖像画をただ見ているだけだったが、そのうち、彼らの顔つきにどこかジェイムスを思わせるものがあることに気づいた。それに、活字があればつい読んでしまうのが、文筆業者の悲しい性だ。ベンは王家の歴史についてじっくり読み始めた。

記事によると、一九世紀初頭、ハノーヴァー家は存続の危機に見舞われた。ジョージ三世の跡を継ぐ者が、嫡出の孫、シャーロット王女だけだったのだ。最大の危機は、王女が出産で命を落としかけたときだった。だが、鉗子《かんし》を使ったおかげで――当時は新奇な医療道具だとして使用が憚《はばか》られていた――母親も、男の赤ん坊も命が助かった。このふたりこそ、のちのシャーロット女王とジョージ五世である。なかなか興味深いところだ。実質的には、ハノーヴァー家はこの段階で終わったと見なされてもおかしくなかった――王位は男系で継承されてきたからだ。そしてジョージ五世以降、王位に就く者はみな第二の血筋を確保すべきだとされた。シャーロット王女がドイツの王子と結婚したように。まあ、このドイツの王子は息子がまだ小さいうちに亡くなってしまうのだが。シャーロットが女王として王国に君臨することになったとき、英国政府は口を閉ざして状況を受け入れ、ハノーヴァー家の存続を認めたのだった。

皮肉なものだな――ベンは苦笑した。王家の掟や決まりは不可侵のように言われているくせに、ちょっと不都合なことがあれば、いとも簡単に修正されてしまうのだから。

これはつまり、ジェイムスがカミングアウトについて悲観論的になる理由なんかない、ということにもならないか？　それとも、ジェイムスには何世紀にもおよぶ王家の血統に対して絶対的な責任があるということなのか？

ベンはもう、資料のリサーチのふりなどするのはやめ、直近の王室についての情報を検索し始めた。やがて、いちばん記憶に新しい王室情報にたどり着いた。ほかのどの王族よりも情報が多い――英国皇太子エドマンドと、ローズ妃。ジェイムスの両親だ。

一九七〇年代後半、ふたりはおとぎ話が現実になったかのようなゴールデン・カップルだった。最初のツーショットは――ふたりはパパラッチに熱狂的に追い回された――どこかの地方にある屋敷で、花咲き乱れる庭園を歩いているところだった。エドマンドはジェイムスより美男子で、シャンブレーのシャツを肘までまくりあげている。その顔を見れば、ローズに心奪われているのは一目瞭然だった。ローズは繊細で優美で、気品のある子鹿のよう。恥ずかしげな笑みを浮かべている。そよ風が茶色い髪をなびかせ、ピンクのコットンのスカートをひらめかせている。ふたりの背後から夕陽が差してきており、あたかもふたりが輝いているかのようだった。ベンは正直、映画でこういうシーンを見るとあまりにも出来すぎで鼻白んでしまうたちだ。しかし、写真を見ているうちに頬がゆるんできてしまう。というのも、ふたりの顔を見ていると、ジェイムスがふたりの子どもであることがありありとわかるからだ。

世界中がこのふたりに夢中になったのも無理はない。王家の歴史の中でも低迷期が続いたハノーヴァー家にとって、エドマンドとローズは、曇天から差し込むまばゆい陽光のような存在だったに違いない。

結婚式のふたりは、ただただ幸せそうで美しかった。エドマンドは赤い軍服、ローズはうねるようなシルクのドレス。若いふたりの門出、そして第一子の妊娠。驚いたことに、未来の王位継承者は出生前から写真に撮られていた。エコー検査で撮影された、ジェイムスとおぼしきぼんやりとした影が、世界中の新聞や雑誌に掲載されたのだ。

エコー写真をマスコミに売るなんて、いったいどんな看護師なんだ？　ローズ妃はさぞかし傷ついたに違いない。ジェイムスもだ。ものの道理がわかる歳になって、自分が胎児のころからマスコミに追われていたと知ったとき、どんな気持ちだったのだろう。

気づくと、ベンは拳をぎゅっと握りしめていた。少し熱くなっていたようだ。肩の力を抜く。最近コーヒーを飲みすぎているせいだな。

写真をぱらぱらと見ていく。あたかも何でもない資料を見るかのように。公園をよちよち歩く幼いジェイムス、ローズ妃の腕に抱かれたジェイムス、お次はバッキンガム宮殿のバルコニーで両手を振っているシーン、ふっくらした頰に浮かぶ満面の笑顔――オーケイ、認めよう。これは可愛い。それからアメリア――インディゴが加わり、絵に描いたように幸せな家族写真はうんざりするほど甘ったるい――。

そして、おぞましい例の写真。

世界中から非難を浴びせられたタブロイド紙の写真だ。救命ボートに引き上げられた、ふやけた死体。飛行機事故にあったエドマンド皇太子のなれの果て。写真が不鮮明なのが幸いだ。水中を幾日も漂っていた死体の顔がどんなふうになってしまうか――膨れ上がった緑色の肌、魚に喰われた跡――少なくともそこまではジェイムスにはわからなかっただろう。

「恐れ入りますが」ふいに声がして、慌てて顔を上げると、館員がそばに立っていた。一八世紀の会社を調べるために来館しているはずの人間が、王室ゆかりの者なら誰もが嫌悪する写真を、事もあろうに王室専用の資料室で閲覧している。それを見て館員がどう思ったにせよ、態度には表さなかった。「間もなく閉館いたします」

「ああ、そうですね。失礼しました」ベンは急いで閲覧履歴を消し、モニターのスイッチを切った。

鞄を抱えて通りに出ると、外は思いのほか寒く暗かった。気づけば、夜の真っ只中にいた。冬はもう近い。わけもなく腹立たしい気持ちになる。時間を無駄に過ごしたせいか。

意地の悪い声がベンの頭の中で囁く。

無駄な時間？　ジェイムスのことをもっと理解したいと思っているんじゃないのか？

いや、あれは無駄な時間だった。

ベンは自分に言い聞かせた。本の締め切りはヤバいほど近い。早くけりをつけなければ。

＊　＊　＊

金曜の午後遅く、ジェイムスはロンドンに戻った。ウェールズ中の慈善団体に会ってきたような気分だ。かなり過密なスケジュールだったが、思ったほど疲れていない。何ならベンに電話してもいい。夜遅くまで待たず、仕事が終わったらすぐにでも来てほしい、そしてさっさとお愉しみに耽るのだ……。

いや、やめておけ。

ジェイムスは自分に言い聞かせた。

ベンに頼りすぎるようになってはいけない。

どういう意味でベンに頼っているのか——そこは考えないことにする。

「では、明日は本当に何もご予定をお入れにならないのですね」

キンバリー・ツェンが念押しするように言った。土曜日だが、ツェンなら仕事のために喜んで休みを返上するだろう。そんなことはさせたくない。

「ああ、本当だ。週末はゆっくりしてくれ。ぜひそうしてほしい。あなたには随分忙しい思いをさせてしまった」

「あなたほどではございません、殿下」

「ほら、認めたな。やっぱり疲れているじゃないか」

ジェイムスの言葉にツェンが笑った。いつもの儀礼的な作り笑いではない、心からの笑み（まあ、ジェイムスの普段のユーモアのセンスが微妙なせいもあるのだが）。ツェンはあわてて口もとを手で押さえたが、ジェイムスはなんだか元気になった。自分が人を笑わせられるとわかるのはうれしいものだ。ほんのたまにではあっても。

車でツェンとクラレンス・ハウスへ向かう途中で携帯電話が鳴った。ジェイムスは眉をひそめる。「もしもし？」

「ジェイムス……」インディゴだ。声が震えている。「ごめんね、ちょっと来てくれない？」

軽やかだった気分が一瞬にして重くなる。胸を何トンもの錘《おもり》で潰されたみたいに。「何かあったのかい？」

「ああ、そういうことじゃないの。でも、来てほしいの。リチャードおじさまと話して」

いったいどういうわけでインディゴは、リチャードおじなんかと今、一緒にいるんだ？　よりによって金曜の晩に。だが、ジェイムスに選択肢はなかった。

「すぐに向かうよ」それから同乗していたツェンに言った。「予定変更だ。まずケンジントン宮殿に寄ることにする」

宮殿に着いたとき、ジェイムスはインディゴがいつものように自分の部屋のクローゼットに籠《こも》っているのだろうと思っていた。身体をぎゅっと丸め、その身体をカッターで切りつけたくなる気持ちを抑えながら。だが違った。インディゴは、滅多に使わない応接間で、布張りの長いソファの真ん中にちょこんと腰かけていた。うなだれて。おじは説教をする教師よろしくソファの前を行き来している。

「――お前の不注意な行為がどんな結果をもたらすか、考えたこともないようだが――」

「どんな行為です？」従僕がジェイムスの到着を告げるよりも早く、口を開いていた。キンバリーに目で合図する。意を察したキンバリーは、使用人たちを促すと応接室から出ていった。扉が閉まる。ジェイムスは繰り返した。

「どんな行為です？」

「ネットに投稿したの」インディゴが弱々しく答える。だぶだぶのジーンズに着古したＴシャッ。スーツ姿のリチャードやジェイムスの前ではひどく場違いにも見える。「それだけなんだけれど」

「それだけ、で済むことではない」リチャードはジェイムスを見た。摂政皇太子のお出ましにも少しも動じていない。「何年か前、お前がインターネットで使っている偽名をハッカー連中に探り当てられて冷や汗をかいたものだが、それでも『フォーラム』とやらに参加することを認めてやってきた。何といっても引きこもりのお前にとって、唯一の趣味だからな」

「リチャード」ジェイムスがたしなめると、さすがのおじも決まり悪そうに顔を赤らめた。おじはいつも配慮に欠け、了見の狭いことばかり言うが、それでもインディゴの状況を受け入れようとはしていた。ガラスのように脆い人間をわざと傷つけるようなことまではしない。ジェイムスが続けた。「インディゴの投稿内容に問題があったのですか？　身元がわかってしまうような」

「まさか！」とインディゴ。「誰も私だとはわからないわ」

「だがまた『ハッキング』されたら？」おじはここ二〇年ほどで使われるようになった専門用語をあたかも外国語のように発音した。「どうなると思う？」

インディゴがジェイムスを見上げる。今にも泣きそうで目が赤くなっている。「ネットで、自傷行為に悩む人たちのためのフォーラムを見つけたの。私、助言がほしくて」

「その内容がタブロイド紙の一面を飾る可能性もある」リチャードは少し冷静さを取り戻した

ようだ。「お前はいつだって、自分のその……状況の厳しさを人に知られるのを嫌がっているじゃないか。インターネットなどいつ情報が漏れるかわからないのに、そんな重大な秘密をフォーラムで明かしてしまうのは、まったく思慮に欠けるな」

ジェイムスはインディゴの隣に腰を下ろすと、黙ってその肩を抱いた。珍しいことだが、リチャードおじの言い分は的を射ていた。確かにこれまで、インディゴが自分の意思で状況改善のための一歩を踏み出してくれたら——と、幾度となく考えた。だが王室の情報漏洩は深刻なレベルで、気軽に個人情報をネットに曝すなど危険きわまりないことだった。

もしも忌々しいタブロイド紙にインディゴの自傷癖をすっぱ抜かれたら、インディゴにはとうてい耐えられないだろう。最悪の場合、心が完全に壊れてしまいかねない。

ジェイムスは妹にそっと語りかけた。「インディゴ、フォーラムでは同じような経験をしている人たちの投稿があるのかな？」

インディゴは頷く。「そうなの。私と同じような人がたくさんいて——ああ、私、はみ出し者なんかじゃないんだって思えた。こんな気持ち、久しぶり」

リチャードが口を挟もうとするのをジェイムスが制する。

「それじゃあ、こうしよう。フォーラムの書き込みは好きなだけ読んでいい。ただ、書き込みはしないこと。よほど差し迫ったことがない限りね」

インディゴがぐっと身体を寄せてくる。「わかった、ありがとう」

ジェイムスは複雑な心境だった。自分が卑劣で臆病で、いやになる。引きこもりのインディゴが初めて家族以外に心を開こうとしているのに、それをやめさせているんだぞ、私は。しかし、仕方のないことだ。秘密が漏れてしまったら、取り返しのつかない事態になってしまう。

セラピストはどうだろう？　インディゴの話を聞いてくれる専門家を連れてくるというのは？

いや、専門家でも情報漏洩の危険はある。インターネットに比べれば可能性はずっと低いが。それにネットの利点は、相手の顔を見ないですむということだ。インディゴは直接誰かと話をするよりも、ネット環境のように相手と距離を置いた形で接するほうが安心できるのだ。

「非常に理にかなった解決策だな」とリチャードおじ。自論が通ったことで気分がいいようだ。さもなくばジェイムスの判断をこんなふうに褒めたりしない。

「わざわざ来てもらってごめんなさい。いつもありがとうね」インディゴがジェイムスに笑みを向けた。

「お安い御用だ」ジェイムスはぎゅっと妹を抱きしめた。

頼りがいのある兄を演じきれただろうか。たぶん大丈夫だろう。だが内心、複雑な思いだった。こんなことがいつまで続くのだろう？　インディゴの未来に――私たちの将来に希望はあるのだろうか？

＊　＊

ジェイムスとベンの関係が始まって間もないころ、ふたりはベンが宮殿に来る「時間のめやす」について取り決めをした。いつも守れるわけではなかったが、そうした時間設定があると便利だった。宮殿のスタッフたちをそれまでに帰してしまえるし、今回のジェイムスのウェールズ行きのように、前もって連絡がとれないようなときも、あらかじめ時間を決めてあるととてもスムースに事が運ぶ。

今夜もベンは予定どおりの時間に宮殿に着き、いつもどおりの手順で廊下を進んだ。相変わらず執事と目を合わせないようにして。執事のグローヴァーのほうもいつもどおり、かの有名な壁岩に彫られたアメリカ大統領の顔よろしく無表情のまま、ベンをジェイムスの居室まで案内する。

だがジェイムスはいつもどおり——ではなかった。普段ならすぐ出迎えてくれるのに、今夜はその気配がない。ベンはひとり部屋に足を踏み入れた。

「ジェイムス？」そっと声に出す。「いるのか？」執事は何も言わなかったが、帰宅が遅れているのかもしれない。車が渋滞しているとか。いや、飛行機で戻ってくるのか？

ハッピーとグローーがどこからともなく駆け寄ってくる。熱狂的な歓迎ぶりだ。今夜はなぜだか妙に愛らしい。こいつらときたら、ちぎれんばかりに尻尾を振って――知らずベンは微笑んだ。屈み込んでふたりの頭を撫でてやる。と、そのとき、主寝室のほうから水の流れる音がした。

「ジェイムス?」今度はもう少し大きな声で呼んでみる。とはいえ脅かしてはいけない。ジェイムスがあわてて非常ボタンを押しでもしたら、シークレットサービスが窓をぶち破り、マシンガンをぶっ放してくるだろう。

「ジェイムス、俺だ」

「ベン?」ジェイムスの声がシャワーの音と溶け合い、ぼんやり響いてくる。「入って」

そろそろとタイル張りの室内に入る。浴室は、あきれて鼻を鳴らしたくなるほど広かった。まったく。羨ましいにもほどがある。ありとあらゆる洗面用具の揃った部屋に、大きなクローゼット。そしてカギ爪足のついた豪華なバスタブ。ジェイムスの声はシャワールームから聞こえてくる。バスタブの隣に巨大なガラスの間仕切りがあった。車一台ゆうに停められそうな広さだ。ガラスが湯気で曇っているせいで、ジェイムスの裸身がうっすらと見える。

「これはおいしそうな展開だな」ベンはすでにその気になっている。靴を脱ぎ捨てた。

「入ってもっとおいしくしろよ」ジェイムスの声は堅苦しく、張り詰めたように聞こえた。

ベンは服を脱ぎ、きれいにたたんでチーク材の長椅子にのせた。ガラスの扉を開けるとジェイムスの姿が飛び込んでくる。こちらに背を向け、両手を壁について。そうしていないと立っていられないかのようだ。ベンはそっと近づいた。「大丈夫か？」

ジェイムスは首を横に振る。「いや、全然」濡れた髪がいつもより暗く光る。

「何があった？」体調が悪いのだろうか？　王室の記録によると、ジェイムスは持病があるため兵役を免除になっていた。それを読んだときは都合のいい口実だろうと思ったものだが、つき合い始めて間もないころ、ジェイムスの口から持病について聞いたことがある。それがぶり返したのだろうか？

「インディゴのことなんだ」

アメリア王女のこのおかしな呼び名を聞くたび、最初は「いつまでも子どもぶって」と冷ややかな気持ちになったものだが、今は違った。いつの間にかこの呼び名が頭の奥まで浸透している。「何かあったのか」

「いや、そうじゃない。本来なら喜ばしく思うべきなんだが」そう言いかけて、ジェイムスは歯がゆそうに息をつく。「すまない、言っていることが支離滅裂だな」

「構わないさ、支離滅裂でも」

ベンはそっとジェイムスの肩に手を当てた。ストレスのせいだろう、ジェイムスの筋肉は岩のように固くなっている。ベンは拳をつくるとジェイムスの肩をマッサージし始めた。こりがほぐれるように。でも、あまり強すぎないように。

ワーナーにもよく褒められたものだ——気持ちがいい、と。

だ。

「んんんん」

シャワーの湯気のせいでほとんど何も見えなくなる。はっきりわかるのは、ジェイムスの肌を撫でる自分の拳だけ。ジェイムスの肌は青白かった。肩にも頬と同じく、そばかすが散らばっている。ベンも色白なほうだが、ジェイムスの肌を撫でる自分の手が日焼けして見えるほどだ。

「ありがとう」

「礼は必要ない、こうしてお前に触れていられるんだから」

インディゴのことなど聞かなかったふりをしてベンは応じた。さて、これからふたりしてベッドでどんなことをしよう――と考えながら。

だがジェイムスは続けた。「マッサージのことじゃない。あ、もちろんすごく気持ちいいけれど――そうじゃなくて、インディゴのこと。深追いしないでくれている」

「彼女の秘密は話せることじゃないって以前言っていたしな」そう応じた自分をベンは褒めてやりたい気になった。ジャーナリストの好奇心はぎりぎりのところで抑えられた――はずだ。

それに、王立記録保管所でさまざまな記録を見て実感したのだ。「プライバシー」がジェイムスにとってどんな意味を持つのかということを。それは摂政皇太子が決して手に入れることのできない、唯一の「贅沢品」なのだ。

ジェイムスがゆっくりと話し出す。「きみを信じるよ」

ベンの手の動きが一瞬、止まった。「言いたくなければ言わなくていい。だろう？」

「いや、話したいんだ」声がだいぶ穏やかになっている。「インディゴの病状は『不安障害』と言われるものだと思う。あと、『広場恐怖症』でもあるんじゃないかな。公式行事に出るとパニック寸前になってしまうから、いつもおかしな振る舞いをしてしまう。マスコミはそれについてひどいことを書き立てている。公の場に出るだけでもインディゴがどれほど努力しているか知りもしないでね。でも、そうしたおかしな言動をしてしまったとき、誰がいちばんインディゴにつらく当たるかというと、あの娘《こ》自身なんだ。そういう振る舞いをする自分をひどく憎んでいる。それで――自分を傷つける。文字どおり身体に傷をつけるんだ。幸い自殺願望はないけれど、心配だよ。間違って自分を深く傷つけてしまったらと思うと」

　ベンは思わず罵りの声を洩らしたが、シャワーの音でかき消されたようだ。「セラピーは受けていないのか？」

「国王と王妃が許さないだろうな。王家の秘密が漏れては大変だから。今は私が摂政だから、最終決定権は私にある。けれどもインディゴが嫌がっているんだ。セラピストが秘密を守ってくれるか疑わしいってね。さっき知ったことなんだが、あの娘はインターネットで自傷行為に悩む人たちのフォーラムを見つけて、そこに投稿したらしい。自分からそういうアクションを起こしたのは初めてだった――なのに、私はそれをやめさせなければならなかった。マスコミのせいで、そういうことは命取りになりかねないから」

そこまで言うと、ジェイムスは急いで付け加えた。「いや、きみのことを言っているんじゃないよ」

「わかっている」ベンはあまりタブロイド紙を読まないほうだが、こうしてマスコミに追われる相手と寝るようになってからは、いくぶん注目するようになっていた。タブロイド紙の記者のやりくちはあまりに苛烈で、下劣でさえあり、そらおそろしいほどだった。経済関連の記者はここまで醜いことはしない。企業の取材のためにすさまじい追っかけをしようものなら、訴えられてしまうだろう。だがジェイムスは一国の首長だ。そうした事態も受け入れるしかない。

「酷なことだな。インディゴにとっても、お前にとっても」

「ああ、そうだね」

だが、こうして言葉にするだけでも少しは気持ちが楽になったようだ。ジェイムスはベンに身体を預けると、その手をとった。

「きみのおかげで癒されたよ」

これは一方的なものだ——ベンは自分に言い聞かせた。俺には癒しも慰めも必要ない。自分のことは自分で決着をつけてきたし、これからだってそうだ。ジェイムスの存在をあてにするなどまっぴらだ——が、今、気づいた。

ジェイムスにこうやって頼られるのは、嫌じゃない。

だって友人じゃないか。友だちの助けになるのは当然のことだ。

ベンは両手をジェイムスの胸に這わせ、首筋に唇を押しつける。「もっと違うやり方でも癒してやれるんだが」

「うん」ベンに背中を預けたまま、ジェイムスが両手をベンの頬に這わせる。「わかってる」

ベンの指がするりと降りてジェイムスのものをつかむ。柔らかだったそれは、ベンが触れたとたんに固くなり始める。ベンの指が動き出すと、ジェイムスは鋭く息を洩らした。

ベンはジェイムスに身体を寄せ、固く勃《た》った自分のそれをジェイムスの尻に押し付けた。

ああ、それにしてもこいつ、なんて尻をしてるんだ。張りがあって丸みがあって、スーツ姿のときでさえ淫らな尻。裸でおまけに濡れている今はもう——たまらない。すぐにでもここでジェイムスとやりたかったが、ちょっと待て、と自分を制した。水ではルーベの代わりにならないし、コンドームを取りにいくほど悠長にはしていられない。その代わり、ジェイムスの尻の谷間に自分のものを挟み、上下に動き始めた。ジェイムスの中に入っているときのように気持ちがよかった。知らず、呻き声が漏れる。

ベンの動きに合わせ、ジェイムスが尻を突き出し、身体を揺らす。ふたりの動きはシンクロし、絶妙なバランスでしなやかに動きを増していく。しっかりとつながりながら。動くたびにベンは快楽の波に溺れ、ジェイムスはますます固くそそり立つ。シャワーの熱い湯がちくちくとふたりの身体に注ぐ。湯気はふたりを包み込み、世界は完全にふたりだけのものだった。

「ああ……」ジェイムスが囁き、それから声を荒げる。「ああ、ベン——もう——」

ベンは拳に力をこめ、揺れながらその手を上下させた。ジェイムスの首筋を吸うと、その肌に歯を立てる。ジェイムスが声を上げ、ベンの手の中で達した。

ベンはすぐさまジェイムスの身体を壁に押しつけた。ジェイムスはベンが動きを続けられるようにと尻をひねり、突き出してくる。その動きがあまりにも本能的で、獣のようにしなやかで、ベンは今にも暴発しそうだった。

気持ちよすぎて眩暈がする——。

ベンはジェイムスの尻をつかみ、動きを速めた。目を落とすと、動きに合わせ、ジェイムスの両尻の谷間から自分の先端が見え隠れする。こんなに淫らな光景をこれまで見たことはなかった。さらに動きを速める。息が弾む。もっと速く——激しく——

いつもなら、達する時間はあっという間に過ぎる。

だが、今回は違った。興奮の波動が長く長く身体を貫き、絶頂に達する前の甘い期待に満ちた瞬間が、いつもより長く感じられた。そして押し寄せる圧倒的な絶頂感。それはペニスから内臓、心臓、そして脳天まで駆け上り、ベンは知らず声を荒げていた。それは室内にこだまし、その振動が身体をさらに震わせた。

しばらくしてようやく我に返ると、ベンはジェイムスを抱き寄せた。ジェイムスがこちらを向く。ふたりはその夜初めて向き合い、キスを交わした。

「来てくれてうれしいよ」ジェイムスがベンの喉元でつぶやく。「これを望んでいた」

「奇遇だな、俺もだ」ふたりは声を上げて笑った。

だが――。

ベンはなぜか落ち着かない気分だった。

そのあとは、いつもどおりの晩だった。キッチンで鶏肉のワイン煮を食べている間、ハッピーとグローがふたりにまとわりつき、食後はチェスの勝負。ベンの痛恨のミスで、ジェイムスが勝利した。そして、広いベッドでまた交戦。話すことといえば、取るに足らないことばかり。インディゴについてベンに打ち明けたおかげで、ジェイムスも今は少し気分がすっきりしているようだ。

再びセックスをしたあと、ベンはベッドから出て、服を取りに浴室へ向かった。「地下鉄は、夜中はやっていないんだが」と、ジェイムスに声をかける。

「ああ、確かそういうことらしいな」ジェイムスは歴史学上の仮説でも聞いたかのような口調だ。「泊まっていかないほうがいいんだね？」

「ロベルトと、朝、走る約束をしている。うちの前で待ち合わせしたものだから」ベンはセーターを着ながら寝室に戻ってきた。「それに今、こっそり出て行ってもそう人目を引かないことには変わりない」

「充分注意していればね」ジェイムスはまたふかふかの枕とケットの中へと沈み込んだ。眠たげだが、満ち足りた顔。「一緒にいられてうれしかった」

「俺もだ」ベンは本心からそう応じた。

ロベルトに走りに誘われたとき、最初ベンは断った。だが、宮殿へ来る途中で思いなおし、ロベルトに改めてメールをしたのだった。早朝から走るなど、まったくベンの気分ではなかったが、宮殿で一夜を明かすわけにはいかないと思ったのだ。今でさえ充分すぎるくらいのふたりの関係が、さらに深まってしまいそうだから。

たとえば、相手の慰めになること。相手に頼らせてしまうこと。

ジェイムスは誠実に接するに値する人物だ。だからこそ俺たちは、あらかじめ決めておいた境界線を踏み越えることなどあってはならない。

もし仮に踏み越えるような危険があるとしても、もちろん俺のほうじゃない――ジェイムスのほうだろうが。

＊　　＊

翌日から数日というもの、ベンにとってはくねくね曲がったドミノ倒しの連続だった。なんとなく、ドミノ倒しはジェイムスと過ごした晩から始まったように思えた。

半ば義務的にロベルトにメールをし、夜明け前に起き、ふたりして走りに出た。しかしすぐさま雨が降り出し、びしょ濡れになってしまった。走り好きのロベルトでさえ寒さと雨にはお手上げだったようで、仕方なくふたりとも家に帰ってしょんぼり過ごすしかなかった。

週末の間、本の執筆は多少進んだものの、週明けからの本業のほうはまったくいいところがなかった。電気自動車の潜在的市場についてまとめた記事は、「理屈っぽい」という理由でフィオナから却下された。「潜在的」市場の話なんだから仕方ないだろう、とは思ったものの、ボスはフィオナだ。ほかの記事も提出してみたが、どれもボツをくらってしまった。こうなったら、ネタ探しのために社内に送られてくる情報を片端から検索するしかなかった。

「また合併話だ」画面をクリックしながらベンはつぶやいた。「画期的な新製品――そう言えば誰もが飛びつくと思ってるのか？　お、タングステン鉱山だと？　わくわくするな」

「おいおい」ロベルトは笑みを浮かべてはいたものの、ぶつくさ愚痴ばかり吐いているベンにいい加減しびれを切らせている。「それ、ゲームの名前だろ？　誰でも知ってる」

「いいよなお前は、そんなことが言える身分で」

ベンの言葉に、ロベルトが会心の笑みを浮かべる。それもそのはず、暗号技術の画期的進歩についてのスクープを取ってきたばかりなのだから。

「誰だって、たまにはとっておきのネタに出会うんだよ」

「俺は今、出会いたいね」ベンは椅子にもたれ、それでも機械的に検索を続けた。これもボツ、これもボツ、ボツ、ボツ……

と、ベンの手が止まった。

『中国の製薬業界で大収賄スキャンダル』

　記事は真っ当なもののようだった。ベンの手が止まったのは、思い出してしまったからだ――かつてその道のプロから収賄の各国情勢についてレクチャーを受けたときのことを。

「すべての国が、収賄についてドイツやアメリカと同じように考えているわけじゃない」ワーナーがそう言ったのは、ふたりがホテルのベッドに横たわっていたときのことだ。ベンは目をきらきらさせてうなずいたものだ。世界情勢についてよく知る人生の達人と出会えたことにわくわくしながら。「極東では、ビジネスに収賄はつきものだ。たとえて言うなら、レストランでチップを払うような感覚だな」

「でもこれはドイツの企業の話だよ。この国では違法でしょ？　あなたはそれで面倒なことにならないわけ？」

「私はそういうことを巧く切り抜けられるからね」

　ワーナーの含み笑いが記憶によみがえる――ベンにとって初めての男。その手で頬をそっと撫でられた。桃の果実のように柔らかく瑞々しい、まだ少年だったベンの肌を。

　そしてベンの身体を覆っていたシーツが剝ぎ取られ、裸体を曝された。あのときの恥ずかしさと期待がない交ぜになった気持ちを、今でもよく覚えている。あの日のほんの数日前に、ベンはヴァージンを失ったのだ。そしてあのころは愛し合ったあとでも恥ずかしくて、身体をシーツで隠していたものだった。

だが、ワーナーは気にしなかった。その日限りでベンとの関係を終えたりもしなかった。そもそも終わるという感覚があるのだろうか？　これからだってメールをしてきたり、甘い言葉で誘ってきたりするのではないか？

少なくとも、ベッドの中でのテクニック以外にもワーナーから学んだことがある。自由の価値だ。ワーナーの鎖から抜け出した今、ベンは二度と何者にもつながれる気はなかった。

検索、検索。

別の記事がヒットする。明らかにベンの専門外だ。

『摂政皇太子とレディ・カサンドラ・ロクスバラ　今夜のロイヤル・プロムに出席』

プロムだと？　ベンは鼻を鳴らした。もちろん英国で言うプロムがクラシックコンサートのことだとはわかっている。アメリカのプロムとは意味が違う。だがなぜか、ジェイムスとレディ・カサンドラが、メタリックのリボンとバルーンで飾りつけられたアメリカ式プロム会場でポーズをとっているところを想像してしまった。

ジェイムスとレディ・カサンドラの本当の関係については、もちろん英国中の誰よりもよく知っている。ジェイムスがカミングアウトをしないことについては言いたいこともあるが、アメリア王女を守るためにふたりが偽りの関係を続けていることについては、むしろ肯定的な気持ちすらあった。

だが、その日は少し違った。ワーナーにしろ、ジェイムスにしろ、ほかの誰にしろ、偽りに偽りを重ねてばかりいる。ベンは真実を欲していた。

ジェイムスにも真実を求めさせたいと思った。

＊　＊

「サンディ！　こっちに来て！　こっち！」

「こっちを向いて！」

「殿下！　殿下！　結婚式は間近ですか？」

ジェイムスもカサンドラも、パパラッチたちの声が聞こえないふりをした。カサンドラはレッドカーペットに黒い絹のドレスの裾を躍らせながらまっすぐ車へと向かった。ジェイムスは求めに応じ、その場にいた何人かと握手を交わす。彼らはみな顔を輝かせ、それだけでもジェイムスの気持ちが明るくなった。

車に乗り込み、ドアが閉まると、ジェイムスはすぐさまポケットから携帯用の除菌用ローションのチューブを取り出し、手にすり込んだ。「これのおかげで助かっているよ、さもないと一年の半分はインフルエンザに感染してるだろうね」

キャスは座席でもぞもぞと落ち着かない。「私は早くこの忌々しいストラップレス・ブラを外したいわ。これ、中世の拷問器具みたい」

「そこまでひどくないよ」

「なんでわかるわけ?」キャスが言い返す。「女装は趣味じゃないっていつも言ってるけど、もしかしてトランスジェンダーなの?　なら早く言って」

「はいはい、悪かったよ。ストラップレス・ブラのことなんか何も知らない。でも、地下牢にあった拷問器具なら少し見たことがある。間違いなくあっちのほうがひどいよ」

「わかった、もうそれ以上言わないで!」キャスがしかめ面をしたのでジェイムスは思わず笑った。キャスはめったにドレスを着ない。着るとものすごくゴージャスなのに。その夜のキャスは、ハリウッド女優も顔負けの美しさだった。黒い絹のドレスが、陶器のような白い肌を際立たせている。そして妖精のようなショートヘアによく合うエメラルドのイアリング。おばのひとりである伯爵夫人から譲り受けたという見事な宝石だ。キャスはイブニングバッグから携帯電話を取り出した。ふつう、これだけの美人ならここでセルフィーを何十枚も撮るところだろうが、キャスは違う。多分スポーツの結果が見たいのだ。

「泊まっていく?」ジェイムスが声をかけた。「特に来客もないし」運転手とジェイムスたちの座席の間には防音の間仕切りがついていたものの、ジェイムスはクラレンス・ハウスの外では決してベンの名前を口にしなかった。

　キャスは携帯電話に視線を落としたまま答える。「そうね、それがいいかも」

「今夜はアーセナルの試合はないと思ったけど?」

「ああ、違うの。パロディーアカウントを更新してるだけ」カサンドラが携帯電話の画面を見せて寄こす。ツイッターのアカウント名は『超乱痴気サンディ』とある。

「ちょっと待って。きみ本人のパロディーアカウントを持ってるの？」

「ほかの連中にばっかり楽しい思いをさせてはいられないでしょ。あることないこと発信して、陰で大笑いしてやるのよ。それに、私って、私のマネがうまいみたいで」

キャスがにっこり笑ってフォロワー数を指さして見せる。

なんだって？　フォロワー七五万人？　ジェイムスは大笑いした。「すごいよ、キャス」

クラレンス・ハウスに着くと、いつもどおり執事のグローヴァーがふたりを出迎えた。キャスに対しても、ベンに接するのと同じ物腰だ。

カサンドラはハッピーとグローを目にするとかがみこんで二匹に擦り寄った。黒いドレスじゅうに二匹の毛がついてもお構いなしだ。「ジェイムス、明日の朝は早いの？」

「早朝から軍隊の閲兵がある」

「完璧。なら私は日中ずっとここでだらだらして、それからソーホーあたりをうろつくかな。パパラッチたちに格好のネタを提供できる。『今日のご乱行』って」

ジェイムスは戸口によりかかり、わざとらしく腕組みしてみせた。「これまでずっと、きみはあえて悪役を演じてくれる献身的な友人だと思ってたけれど、ようやくわかったよ。『超乱痴気サンディ』のためのネタ作りをしていただけなんだね」

「ようやくわかった？」ジェイムスのからかうような口調にキャスものってくる。脱いだハイヒールを片手にぶらぶら下げながらジェイムスに近づくと、頬にキスをした。「ドアは閉めて寝るから、夜明けにあなたが出て行っても起きないわ」

ひとつ上の階にあるキャスの居室には階段の上下にしっかりドアがついている。恋人同士でもプライバシーは必要だし、逆に恋人だと思われないためにドアが必要な場合もある。

「朝食が必要なときは、遠慮なくグローヴァーに知らせてくれよ」

「これまで私が、食べ物を頼むのに遠慮したことなんかあった？」キャスは頭を振り、居室へ向かう。足元にはハッピーとグローがまとわりついており、キャスは犬に告げ口でもするかのようにつぶやいた。「あの人、私のことホント理解してないんだから」

ジェイムスはくつくつ笑いながらネクタイを外し、ベストを脱ぎ始めた。従者のポールソンに着替えを手伝わせるべきところだが、いつものように王族らしからぬプライバシー優先主義をとったのだった。

室内電話が鳴り、ジェイムスは眉をひそめた。誰だろう？　ああ、多分……。

この電話はよほど親しい人間がかけてくるか、緊急時にしか使われない。この時間だとインディゴにまた何かあったのだ。

急いで電話に出る。「もしもし？」

「ジェイムス」ベンだ。いつもと違う、戯れるような低い声。「そろそろ帰ってくるころだと思ったよ」

「たった今だ。何か問題でも？」

「ああ、大ありだ。俺のあれがお前の口を恋しがってる」

こんなふうに話すベンは初めてだった。

怒っているのかと思うくらい傲岸で、おまけにたまらなくセクシー。別のロールプレイゲームだろうか。うん、気に入った。テレフォンセックスをするつもりかもしれない。私用電話とはいえそんな遊びをするのは危険すぎるが、ぎりぎりのところまで愉しんでみたい気もする。

「本当に残念だ」ジェイムスはできるだけ従順な声で応えた。「きみがここにいればよくしてあげられるのに」

「ああ行ってやる。一五分以内にな」ベンが吼える。「一晩中近くをうろついて待っていたんだ。お前を電話でつかまえたら、準備して待ってろって言うためにな。いいか、裸で待ってるんだぞ。俺の言うことをすぐに何でも聞けるようにな。わかったか？」

ベンの言葉だけで心臓がおかしくなるほど跳ね上がり、ジェイムスのものが固くなる。

「ああ。わかった」

「よし」電話が切れた。

欲望でじりじりする。だが少し戸惑いもあった。キャスが階上にいるからだ。居住スペースにほかの人間がいるときに、誰かとベッドをともにしたことはこれまでなかった。

でも――キャスの居室はプライベート仕様だ。音は漏れない。ベンと私が夜明けまで事に及んでもキャスにはわかるまい。ジェイムスは胸を高鳴らせながら服を脱いだ。

準備して待ってろ――とベンは言っていたな。

ジェイムスはルーベを両手にたっぷりと取り、ベッドに入る。左手で尻の穴を濡らしながら、右手で屹立したものをしごき始める。固さを保っておくためだったが、期待と興奮のせいですでにぎりぎりのところまで来ていた。ほんの少し親指が先端をかすするだけで、気が遠くなりそうだ。

なら、下を握るだけにするか――。だが、触る必要はなさそうだった。情け容赦のないベンの口調、それだけでもうたまらなく欲情してしまう。こんなのは初めてだ。

だから、そのままベッドで待っていた。興奮でくらくらしながら。足音が聞こえ――その興奮は一気に高まる。

ベンはノックもせずに入ってきた。ドアを閉めるなりセーターを脱ぐ。「そこにいろ」ズボンのベルトを外す。「待ってろ」

「うん」

ジェイムスは囁く。魅入られたようにベンを見ながら。ベンはジッパーを下げ、すでにそそり立っているものを出して見せる。ジーンズを腰まで下げながらベンがベッドに近寄ってくる。

そしてジェイムスの髪をつかむ――ジェイムスはベンを口にくわえた。

「ほら。お前が欲しがってたものだ。これをしゃぶりたいんだろう」髪をつかむ力があまりに強くて――痛い。「ほら、そうだろう？　こうしたかったんだろう？」

言葉で応える代わりに、ベンを強く吸う。その先端を舌で刺激する。そうだ。私はこうするのが何より好きなのだ――。

「自分のも触ってるのか？　やめろ。今夜は自分で触るな。俺がやる」

ジェイムスは手を離す。触る必要もなかった。充分に勃っているから。ベンの先端からしたたる滴を吸い、ベンの荒々しい言葉を聞くだけでいい。

ベンがもっと体を寄せてくるのではと思ったとき、反対に、体を離された。

「パーティーの夜に俺をファックしたとき、俺に懇願させたな」

「ああ。そうだ」思い出すだけで、ますます興奮してくる。

「今度はお前の番だ」

ベンがジェイムスのものをつかみ、上下に動かし始めた。

ああ――ベンは私が感じる速さを、強さをよくわかっている。もうじき――達してしまいそうだ――。

そう思ったとき、ベンが手を離した。

「ベン――」ジェイムスの声がかすれる。「手を離さないで」

「懇願しろ。どうして欲しいのか」

「イカせてくれ」

「だめだ」

ベンがまたジェイムスをぎりぎりまで攻める。止める。また攻める。止める。もう一度、ぎりぎりまで刺激する。止められるたびにジェイムスは――気も狂わんばかりに懇願するが、ベンはイカせようとしない。もう一度懇願する。ジェイムスのものはずきずきと痛み、今すぐにでも解放されたがっている。だが、ベンは許さなかった。

これ以上焦らされたら爆発しそうだ――そう思ったとき、ベンに引っ張られ、ベッドから起こされた。そのまま床へと連れていかれる。「ここだ」ベンがジーンズを脱ぎ捨てる。ジェイムスは四つんばいにさせられた。「ここでお前が欲しい」

激しく喘ぎ、汗を垂らしながらジェイムスは頷いた。

ベンはジェイムスにまた懇願させたが、実のところ、懇願そのものを欲しているのではなかった。欲しいのは絶対服従――世界で最も権力のある男を服従させるという贅沢。なんていう快感だろう。ジェイムスもまた、絶対降伏というふだんではあり得ない状況に酔っているはずだ。

「コンドームはつけない。俺がどれだけ気をつけているか知ってるだろう。今夜はこのままやる」

ほんの一瞬、不安がよぎったものの、それより新たな興奮のほうが大きかった。ベンは注意深い男だ。信用していい。

ジェイムスに覆い被さってくるなり、ベンのものがジェイムスを貫いた。快感が一気に走り、思わず声が出る。ベンが来る前にルーベを塗っておいてよかった。ベンが荒々しく突く――もう一度。完全にジェイムスの中に埋まる。そしてジェイムスの髪をつかむと猛烈に突き、突き――突いた。

あまりの激しさ――その快楽に、ジェイムスは気が変になりそうだった。こんな激しい交わりは初めてだ。ナイルのときにこれに近いことがあったが、ナイルが独りよがりの傲慢さを見せただけ。ジェイムスには苦痛でしかなかった。

だが、今のこれはどうだ？

ああ――なんて気持ちよさだ。

ベンのものが、いちばん感じるところに当たる。思わず悦びの声を上げる。

「黙れ」ベンの動きがどんどん凄まじくなる。四つんばいの体を保っていられないほどだ。

ベンとジェイムスの体が激しくぶつかり合い、大きな音を立てる。獣じみた交わり――最高だ。ジェイムスのものが、早く解放されたくてずきずきと脈打っている。

「お願いだ……イカせてくれ」

「イキたいのか？　ならそれなりの働きをしろ」ベンの動きが止まった。両手でジェイムスの尻をつかむ。「ほら、動かせ。俺がやったくらい猛烈にな。俺は少したりとも動かない。俺をイカせることができたら、お前もイカしてやる。できないようなら、お前の手を一晩中縛っておく。自分で触れないようにな」

なんていう物言いだろう——拷問のようで、ぞくぞくする。ベンをイカせなければ。

ジェイムスはベンをぎりぎりまで深く入れ——腰を前後に揺らした。ベンは微動だにしない。ジェイムスがスピードを上げても、激しく腰を動かしても、ぴくりともしない。ジェイムスはベンに体ごとぶつかるが、それでもベンは体勢を崩さなかった。感じているはずなのに、それをおくびにも出さない。ジェイムスにもっと体を使わせるためだ。

そこでいろいろな動きを試した。尻を傾け、ゆっくりとらせんを描くように動かす。するとやっと——ベンが反応した。

「……ああ、これだ」ベンがつぶやく「そうだ……」

よかった。

ベンの息づかいが荒くなる。もうすぐだ。スピードを上げる。頭が真っ白になるくらいに尻を動かす。

急にベンが体を離した。くっと息を詰める音がして——背中じゅうに温かいものが噴きかかる。ああ——達したのだ。ほっとして、これからどうベンに懇願しようかと考えた。

だが、もう懇願はいらなかった。すぐさま手が伸び、ジェイムスのものをつかむ。

「……ああ、これだ」ベンは、まるで自分が手でされているかのような声を出した。満足そうな声。今夜のゲームの余韻にまだ浸っているのだ。

ジェイムスもそうだ。今こうしてベンに握られ、刺激され、興奮がまた一気に駆け巡る。できるだけこうしていたかったけれど、ほんの数分でジェイムスも達し、床のラグと自分の手を派手に濡らした。

ぐったりと力が抜け、そのまま床に転がる。ベンがそばに寄ってくる。ふたりとも汗と白い液とでぐちゃぐちゃだ。

明日、清掃係が来てこのラグを見たらどう思うだろう？

ジェイムスの頭に一瞬そんな考えがよぎる。

でもまあ、今夜はキャスも泊まっている。みな勝手に想像してくれるはず。

「いったい、どうしちゃったんだい？」ベンに頭を寄せながらジェイムスが囁く。

「さあな」あの荒々しさはすっかり消えている。いつものベンだ。本当に、この男はロールプレイングがうまい。「大丈夫か？」

「大丈夫か、だって？　まったくもってすばらしかったよ」

ベンが体の向きを変え、ジェイムスの肩に頭をのせる。「それはいい」ベンが囁く。「ずっといいね」

何よりずっといいのか、ジェイムスにはわからなかった。でも、わからなくてもよかった。だって、これよりもいいものなどあるはずがないのだから。

第七章　不意打ち

人生は、ときおり思いがけない喜びをもたらしてくれる。

たとえばゼイル王子――ギリシアとデンマーク王国の血を引く王族――の来訪もそのひとつだ。

ゼイル王子についてどう判断すべきなのか、正直、ジェイムスは決めかねていた。王子はハンサムで――よく焼けた肌に、少し長めの黒髪――物腰は申し分ない。あまりにも完璧すぎるせいでミステリアスな雰囲気だ。王子を主賓に招いての晩餐会では、インディゴに対してとても献身的で、初対面だというのにインディゴとふたりきりでの会話を楽しみ、人見知りのあの娘《こ》を笑わせまでした。

「これはいい兆候だね」と、ニコラス。この晩餐会のためにわざわざ赴任地のアングリーズ島から戻ってきたのだ。「インディゴは誰にでも打ち解けるわけじゃないから」

「初対面の相手にこんなふうに好意を示すところ、初めて見たよ」ジェイムスは自分の目が信じられなかった。

ゼイル王子については、ひそかに身辺調査をさせてあった。とても世慣れていて、女性関係もそれなりに華やか。だが、複数の女性と浮名を流す遊び人タイプではないようだった。学歴は、王族レベルではまずまずの学位を取っていたものの、これは本人の知性を測るものさしにはならない。ジェイムスのように大学で研究に没頭する王族は稀で、インディゴやニコラスでさえ、美術史や地理学を軽く学んだ程度だった。

王族とはいえジェイムスたちほど注目されていないせいか、タブロイド紙に登場する回数も少なかった。ナイトクラブで撮られた写真以外には、大学時代、モデルと恋仲だったときに少し記事が出た程度だ。写真で見るかぎり、ゼイル王子でなくとも誰もが骨抜きになりそうな女性で、ふたりの関係が終わったときに「わたしたち、今でも友だちです」とコメントを出している。別れは円満だったようだ。

これだけの情報では、まったくもってよくわからない——いったいどういう男なんだ？　インディゴを笑わせるなんて。

晩餐会のあとの数日は過密スケジュールをこなさなければならず、ベンに会う時間もとれなかった。ゼイルはまだ滞在していたものの、直接会うことはできなくて、もっぱらインディゴやほかの者たちから話を聞くだけだった。

「これまでずっと宮殿でしか会ってないけれど、全然気にしてないみたい」夜、インディゴと電話をしているとき、そんな話になった。「今日は、あの人にわたしの作品を見せてあげたの」

「本当？」これはすごい。とんでもなく恥ずかしがりの妹が、自分の作品を他人に見せるなんて。そもそも、ものすごい才能の持ち主なのだ。人に見せないなんてもったいないと思っていた。そんなインディゴがゼイルに作品を見せたということは、それほど彼を信用しているということだ。

「どれを見せたの？　ああ、言わないで――。あれだ、ベッドの上に掛かってるやつ。きっとゼイルも言っただろ？『これ、上下さかさまじゃ――』」

「はいはい」インディゴに遮られる。口調で、笑っているのがわかった。「それじゃないわ、フェアリーテイルの絵。スケッチブックに描きためてあったのを見せたの。あの人、私が意図して描いたところに全部気づいてくれた。誰もわからないと思ったのに」

「感性が合うのかな？　ハートリーはなんて？」

「それがね、ゼイルが背中を向けるたびに私にウインクしてくるのよ」

そうか、あのハートリーまで……。確かにこれはいい兆候だ。

いや、まだわからない。二日後にインディゴとゼイルはふたりで外出する予定になっている――閉館後のテイト・ギャラリーで軽くデートするのだ。どうなることか。

ところがデートも思いのほか順調だった。館員たちはもちろん大喜びで――ニュースになれば来館者も倍増する――ふたりがギャラリーを出るときには写真にも撮られたが、インディゴはカメラマンに向かって笑みを見せすらした。翌日、その写真をネットで見たジェイムスは少なからず驚いた。おまけに、ゼイルのやつ、インディゴの腰にそっと手を回しているじゃないか！

ゼイルはその後数日滞在して帰国したが、その間、多忙でジェイムスはインディゴと話をする余裕がなかった。ようやく自由な時間が取れそうかなというころ、タイミングよくインディゴが電話してきた。「ハウスでちょっと泳がない？」

ジェイムスは——またも驚いた。

「ハウス」というのはバッキンガム宮殿のことだ。

バッキンガムには巨大な室内プールがある。ジェイムスの曾祖母が作らせたものだが、宮殿に住み込んでいるスタッフたちのためにも開放されていて、自由に誰もが泳げた。子どものころ、インディゴやニコラスと大はしゃぎして遊んだものだ。スタッフも一緒になって水かけごっこなんかして、ずいぶんと騒いだっけ。だが、あれ以来、プールには行っていない。もちろん今でも泳げるはずだが。

何より、インディゴがそんな気分になったことがうれしい。ここはのってあげないと。それにプールで話もできそうだ——ゼイルとのロマンスについても。

幸い、宮殿では堅苦しい挨拶も不要だった。王はまだ自室で絶対安静だし、王妃は公務で市外に出かけている。

プールで何往復か泳いだあと、縁につかまって少し休んでいるときにジェイムスは尋ねた。

「ゼイルのこと、どう思う？　どんな奴かわかった？」

「うーん、すごくよくわかったような、全然わからないような……」と、インディゴ。顔にしたたる滴を手で払う。長い髪をすべてたくし込んだ白い水泳帽が目に眩しい。

「やっぱり全然わからないかな。あっという間だったし、ふたりきりになれたわけでもないから。でも、私の絵を見たときの反応——あれは本当だった。ほかのことは、ホントわからない。なんていうか、超イケメンの超完璧な肖像画をそばでじっと見ているみたいな気分だったから。心から素敵な人なのかどうかは、なんとも言えないかな。でも——ゼイルといるとき、全然不安じゃなかった。とっても安心できたの」

これは最高の褒め言葉だ。

インディゴがそんなふうに思うなんて奇跡に近い。何も心配はいらないのかも。

「もう一度招待しようか？　クリスマスのあとにでも」

ところが、なぜかインディゴの笑みが消えた。「それはどうかな」

「なぜためらうの？　ゼイルのこと、もっと知りたくないのかい？」

沈黙。ジェイムスは辛抱強く待った。ようやくインディゴが口を開く。

「ゼイルがまた来たら——まあ、次にすぐってことじゃないけれど、何度も会うようになったら——いつかは言わないといけなくなる。私のこと」

水の中で、インディゴが体をそっと伸ばす。水面に浮き上がってきた両脚、その腿には多数の切り傷が走っている。これまで何度も見てきたが、決して慣れることはない――インディゴの傷。見るたびに、ジェイムスもまた何かに切りつけられたかのような気持ちになる。その傷は、囚人を連想させもした。出所を待ちながら、刃物で壁に印を刻んでいる囚人。

かつて父が言ってくれた言葉を思い出し、ジェイムスはそっと言った。

「お前だけじゃないよ。同じことで苦しんでいる人はたくさんいる」

「タブロイド紙は私の見た目のことしか書かないけど、それってある意味ありがたいわよね。傷のことを知られたら大変だわ」

インディゴは体の傷のことだけ話そうとしている。もっと深い問題には触れたくないのだ。ゼイルがこの傷を見てどう思うかではなく、インディゴの心の問題について理解してくれるかどうか――本当は、そちらのほうがずっと重大だ。

「ゼイルがお前にプロポーズするとしたら、確かにまあ、理由はその傷じゃないだろうけど」

「そうね」インディゴが無理に笑う。「でも、わたしの心の美しさに惹かれてなのかしら？　財産目当てかも」

それに、未来の王の父親になりたいからかも――。

いや、ゼイルはそのあたりの事情は知らないはずだから、それはないか。

ジェイムスは軽く息をつき、いつもの微妙な話題をそっと持ち出してみることにする。

「セラピーを受けてみるかい？　専門医とか」

機嫌が悪いと、インディゴはそう言われるだけでかっとなり、大泣きする。さもなければまったく無視して黙り込んでしまう。

でも今回は違った。ちゃんと耳を傾けている。そして穏やかに口を開いた。

「それも考えてみたの。でも、まだ勇気が持てない。知りもしない人にすべてを話すなんて」

「お前が安心できる人を探せるかも」

「どうやって？　次々と面接して私の秘密を守れるかどうか試すわけ？」

インディゴの口調がピリピリしてくる。

まずい、この話題はこのへんまでにしておこう。

「今すぐにって話じゃない。ゼイル王子のこともね。また彼を招《よ》びたくなったらいつでも教えてくれればいいよ。本当にいつでもいいから」

どうやら危機は免れたらしい。インディゴは水泳帽を直し、気持ちを切り替えたようだ。

「ときどき本気で考えちゃうわ。大昔みたいに生まれたときから結婚相手が決まってたらよかったのに。そうしたらお互い、いろいろ心配しなくて済むでしょ」

思わず笑う。「それはどうかな。少なくとも私の場合、花嫁が気の毒すぎる」

インディゴの暗い気分を吹き飛ばすには、もっと暗い話題を出せばいい。案の定、すぐに表情が和らぐ。「ねえ、やりきれない気分のときは、うんと愚痴るといいわよ」

「それほどでもないけど」

「兄さんにも特別な人ができたらいいのに」

これについては――実は打ち明けたくてたまらない気分だった。だが、慎重に言葉を選ばないと。「実は、いるんだ。特別な人が」

インディゴは驚いたのか、水しぶきをぱしゃんと跳ね上げ――それからジェイムスを見た。驚きが恐れに変わらないといいのだが。「ほんと？」

「誰にも知られないようにする。約束するよ。万全の注意を払う」

インディゴは頷いた。パニックにはなっていないようだが、兄の言葉をどうとらえたらいいか、考えあぐねているようだ。

「誰なの？」

プールの周辺に使用人たちの姿はない。こちらから呼ばないかぎり、ここには決して来ないはず。それはわかってはいるものの、ここはクラレンス・ハウスではない。口に出して言うのは勇気がいった。

「ベンっていうんだ。記者だよ」

「え？　記者⁉」

「そういう記者じゃない。専門は世界経済とか、後進国の産業とか、経済史ってとこかな。すごい教養人なんだ」

あとは何を言えばいい？　言いたいことがたくさんありすぎて迷ってしまう。まあ、言い過ぎても困るか――ほどほどのところをやんわりと。たとえ愛する妹にであっても、そのへんは注意しないと。

「ええと、いろんな国に住んだことがあって、私より少し年上だ。おまけにハンサム。お前が羨ましがるくらいにね」

ここでインディゴが笑った。「まあ――ジェイムスってば。それで――愛してるの？」

「いや、愛とは違う。そんなんじゃない」このせりふ、実は何度も練習してあった。よし、スムースに言えた。「でも、ベンも私も互いに好意を抱いている。友だちみたいにね。ベンは私と同じくらいとても慎重だから、心配いらないよ。要塞の中にいるみたいなものだ。私も――お前もね」

「ならよかった。本当によかったわ。兄さんも少しくらい幸せにならなきゃ」

「お前もだよ」ふたりはそっと笑みを交わした――が、すぐに水かけ遊びが始まる。

やれやれ、人ってなかなか大人になれないものだな。

しかし、宮殿の従者に着替えを手伝わせて午後の準備をする間、ジェイムスは考えずにはいられなかった。果たしてこの小さな幸せはいつまで続くのだろう。これは決してジェイムスとインディゴだけの問題ではなかった。

キャスとスペンサーは互いにぞっこんだ。日に日に愛を深めている。そんなふたりが、あとどれくらい私の大嘘に付き合ってくれる？　偽りの関係に終止符を打とう——そう決めたのは自分だ。なのに、その日が近づくことを考えるだけで不安で震えがくる。カサンドラという隠れ蓑を失ってしまえば、マスコミはもっと執拗に追い回してくるようになるだろう。摂政皇太子のロマンスとなれば誰だってスクープを狙いたくなる。ベンのことをどれだけ隠しおおせておけるのだろう？

まあ、今とやかく悩んでも仕方ないか。

キャスは奥ゆかしい性格などではないから、もう限界だと思えばすぐにそう言ってくるはず。少なくともそれまでは、ベンとの関係を楽しめばいい。おまけにインディゴがようやく前向きになりそうじゃないか。ゼイルと会ったことで、カウンセリングについても真剣に考えようとしている。物事はよい方向へ動いているとも言えるんじゃないか。

そして確かによい方向へ動いていた——その日の午後、駐オランダ大使が予定変更の連絡をしてきたのだ……。

＊　　＊

ベンは会社検索サイト「フーバーズ」をクリックした。目下インド進出を押し進めている企業のひとつについて、もう少し情報を集めておきたかったのだ。

——と電話が鳴り、口にくわえていたペンを手元に置き、受話器をとった。「ダーハンです」

「やあ」

電話の相手がジェイムスだとわかると、なぜかいつも微笑みそうになって困る。

「昼飯前に連絡してくるとは珍しいな」ジェイムスの予定はたいていぎっしり詰まっているので、ぎりぎりの時間になるまでどうなるかわからないのだ。

「今ちょっと時間があってね。それに大ニュースを伝えたくてさ」

「大ニュース？」

ジェイムスはあからさまなほど上機嫌だ。「オランダ行きが延期になった。ベアトリス女王が足を骨折して手術することになったんだ——あ、もちろんそれは大変なことなんだが——幸い小さな手術らしいし、本人はいたって元気なようだ。訪問は春まで持ち越しになったから——ここでドラムロールがほしいね——この週末はまるまるフリーだよ！」

「マジか」ベンはデスクに突っ伏す。「今週末は——」

「そうか、本の執筆か」

「索引作りが残ってるんだ」たぶん索引が簡単に作れるソフトもあるのだろうが、ベンは伝統的なやり方が好きなのだった。なにせカードノートは山ほどこしらえてあるし、資料は電子版ではなくハードカバーの本も多い。ほかにも、自宅に関連資料がどっさりある。

「大変な仕事ってわけじゃないが、とにかく時間がかかる。この週末にやってしまわないと」

「わかっている」ジェイムスの声は穏やかだったが、失望の色は隠せなかった。「本が優先だ」

「うちに来られたらいいのに――」そう言いかけて少し黙る。「そうだよ、来ないか？」

言いながら、そんなこと可能なのか？　と考える。ジェイムスの生活は気の毒なほど制限がかかっている。以前、大学時代の思い出だと言って食料品店で買い物をした話をしていたが、まるで一生に一度の気球旅行に出かけたみたいな興奮ぶりだった。ところがジェイムスの声がとたんに明るくなった。「わあ！　ぜひそうしたいな。充分に注意さえすれば何とかなる気がする。でも、邪魔にならないかい？」

ベンは即決した。週末、ひとりでぶつぶつ呟きながら仕事ばかりしていると妙な気分になるし、何よりすごくさみしいものだ。

「大丈夫だ。ただし、本か何か持ってこいよ。暇つぶしに。それにしてもどうやって――」と言いかけてやめた。電話で事細かに相談するのはまずい。これまでのところ、恋人同士が週末の約束をしている風の会話だったから、周りに聞こえていてもたいして問題はない。これ以上、話を進めるのはやめておかないと――。

だが、ジェイムスのほうは誰に聞かれても大丈夫だった。「セキュリティーチームには『友人』の家を訪ねると言うよ。たぶんみんな、女友だちだと思うだろうね――キャス以外の。チームはきみの住まいの周辺をチェックして、怪しい人間がいないかどうか確かめるだろうけれど、それ以上は踏み込まないはずだ。まずは彼らに言ってみよう。それで——金曜の夜がいいかな？　それとも土曜？」

毒喰らわば皿まで——だ。「週末まるごと来いよ」

「え？　本当に？　大丈夫なのか？」

「ああ、一〇〇パーセントな」


電話を切って考えた。

一〇〇パーセントは言い過ぎたかもしれない——ま、言ってしまったことだ。今さら思い返しても仕方がないのだが。

リスクはたいしてないと思ったものの、いざ考えてみると、落とし穴は無数にありそうな気がしてくる。やっぱり断るか？　だが、ジェイムスはあんなにうれしそうだったじゃないか。それに俺も、長いことあいつに会ってないような気分だし……

「なんだかホットな週末を過ごすみたいだな」隣の席のロベルトだ。やっぱり聞こえていたのか。言葉に気をつけていてよかった。

「本を仕上げないといけないんだが。それでもいいっていうんでね」

「そうか。俺はてっきり週末は宮殿でご執筆なのかと思ったよ」

ベンは——リアクションをしないよう息を止めた。

いいか、顔にも出すんじゃないぞ、俺。

何食わぬ風を装ってロベルトを見る。「なんで宮殿が出てくる？　そういえば一度あの辺で会ったな。それでか？」

「いや。犬の毛だよ。お前、犬は飼ってないよな。なのにときどきスラックスにたくさん犬の毛をつけてくるだろ」ロベルトが笑う。「で、考えたわけさ。もしかしたら王室のコーギー犬かもって」

くそっ、くそっ、くそっ！　なんて迂闊《うかつ》だったんだ。

だが——待て。ロベルトが笑い転げている。まるで気の利いたジョークでも言ったみたいに。いや、笑えない。全然笑えないが、仕方なく笑ってみせる。まったく。腹も立ったのでその辺の紙を丸めてロベルトの頭に投げつけてやる。「つまらんぞ」

「はいはい」とロベルト。「でも、お前が秘密主義をやめて、俺たちに犬の飼い主氏を紹介してくれたらいいのにって思うよ。一緒に飲んだりしたいしさ」

「いつかな」

一億年たっても無理だろう。

ふたりとも仕事に戻ったが、ベンはしばらくの間、放心状態でパソコンの画面を見つめていた。

——埃取りのローラーを買わないと。

パニック気分がおさまると、ようやく実際的な考えが頭に浮かんできた。セキュリティーについてはもちろんジェイムスのほうがよくわかっている。誰にも見られずに俺の住まいまで来ることができるというなら、本当にできるのだろう。だが、来てからどうなる？　考えてみろ、週末まるごとだ。俺には仕事が山ほどある。ジェイムスはきっと邪魔にならないようひっそりしているだろう――が、きっと気が散ってしまうはず。なんたって俺の部屋は宮殿みたいに広くない。隙あらばすぐにでも絡み合ってしまいそうだ。

待て。それのどこが悪い？

知らず、にやけ顔になる。

ああ、もういい！　考えるのはやめだ。もし互いに気に障ることがあったら、ジェイムスは予定を変更してさっさと帰ればいいだけのことだ。クラレンス・ハウスでだって、これまで何をするでもなく一緒に過ごしてきたじゃないか。場所が俺の部屋に移ったからといって、そうは変わるまい。それに、ようやく自分のベッドでセックスできる。

これまでこっそりと注意を払って密会してきた。たまには大きなリスクを楽しむのもありだろう。それにしたって充分セキュリティーが働くわけだけれども。

何か新しいことに挑戦するのはいい気分だ。

いつ、どこで、どうやってふたりが会うか、いちいち指図を受けるのにも飽きてきた。この週末は俺がルールを作ってやろう。

＊　＊

ロンドン市内をさっと移動する、それだけなのに、ジェイムスには大冒険だった。

いつものセダンではなく、警護担当者の車でベンのフラットまで向かう。服装だっていつものぱりっとしたスーツではない。カーキ色のパンツにチャコールグレイのセーター、そして警護スタッフから借りた、ぶかぶかでよれよれのアノラック。サングラスは自前のブランドものだが、この身なりなら偽物だと思われるだろう。おまけに今朝は髭も剃らなかった。無精髭のおかげでますます身元がわからない——はず。

「もう間もなく到着します」と声をかけられる。

「ありがとう、ロバーツ。入り口でよく知る友人が待っていてくれている。中に入れてくれるはずだ。建物の安全は確認済みなのだったな？」

「はい」警護スタッフにはいつものような緊張感がなかった。それもそのはず、イズリントンまでのお忍びなのだからテンションも上がるまい。警護スタッフもシークレットサービスも、公の場で体を張って要人を守ることに大きなやりがいを感じるものなのだ。月曜になれば、いつもの公務に戻る。そうすればみんな機嫌を直してくれるだろう。

日暮れどきで、サングラスはいらない時分だが、していても怪しまれはしないはず。車が歩道に寄って速度を落とす。建物のドアのそばにベンが立っている。ジェイムスと密会相手を取り持つ「わけ知り」の友人っぽい雰囲気で。凍えるような寒さだというのに、ヒップハングのジーンズに水色のヘンリーシャツという軽装だ。ジェイムスはダッフルバッグを担ぎ（これもまた借り物だ）、不恰好なニット帽（これはインディゴのお手製。幸い編み物熱はすぐ冷めた）をかぶった。

「よし、あとは彼が中に入れてくれるはずだ」

「警備は怠りませんので」つまり、ジェイムスを拉致して建物から連れ出そうという輩がいようものなら、直ちに捕縛されるということだ。その可能性は極めて低いと思うが、もしもそんなことになったら、なぜジェイムスがよりによってイズリントンなんかにいるのか、説明が大変だろう。

ジェイムスは再びベンを見た。どうしても目がいってしまう——あのシャツ、ぴったりしていて腹筋が丸わかりじゃないか。思わず手に力が入る。あの腰に早く指をすべらせたい。

自分で車のドアを開けるのも何年ぶりだろう。ベンは緊張の面持ちだが、誰かに気づかれるとは思えなかった。

ドアまで歩いていく。「やあ」とベン。

「こんちは～」ばりばりのスコットランド訛りで返す。毎年スコットランドで夏の休暇を過ごしているのだ、訛りは完璧。その証拠にベンが必死で笑いをこらえている。

それからの二分間はジェットコースターにでも乗っているみたいにスリル満点だった。

ああ、まずいぞ、エントランスホールに人がいる！　ピンクのコートを着た女性。だがメールを打つのに忙しそうだ、こちらを見もしない。階段を使って上がる。階段の狭さときたら……合法なのか、これは？　条例か何かでサイズとか決まっていないのか？　ベンが鍵を指してドアを開ける。私は鍵など持ったことがないな。胸がどきどきしてくる。部屋に入る。ベンがドアを閉める――やった。やったぞ！

「簡単だったな。ようこそ」ベンが言った。

「拍子抜けするね。信じられないくらいだ」さっきすれ違った女性も、まさか摂政皇太子が自分のすぐそばにいるとは夢にも思わなかったはず。ジェイムスはすぐさま携帯電話で警護スタッフに合図を送る。無事入室、と。それからサングラスを外し、部屋を見回した。

ベンの住まいはこじんまりしている。驚くほど――狭い。廊下を少し進むとすぐに居間だ。キッチンとつながっている。部屋の隅にダイニングテーブルがきれいに収まっているが、皿が二枚置けるかどうかという大きさだ。淡いウッド調や金属製の家具に、白い壁。なめし革のソファと椅子は壁にぴったりと寄せてあって、人が動けるスペースを少しばかり稼いでいる。

没個性的な部屋といえるかもしれない。唯一、ベンらしさを感じさせるのは、壁に下がっている二枚の布――鮮やかな花柄の、とても美しい模様。

「タイで買った」ジェイムスの視線を追っていたのだろう、ベンが言った。「持ち運びも便利だ」

「とてもいいね」応えながら部屋を探索して回る。

ああ、ここが寝室か。よかった、ダブルベッドだ。部屋いっぱいだな。

ネイビーブルーのベッドカバーの上にダッフルバッグを置く。「素晴らしいね」

「素晴らしい？　これが？」ベンが笑い出す。

ジェイムスは慌ててつけ加える。「ほら、私はふだんやたらと広い場所にいるだろう。公務では貧困地区を訪問することも多い。なんていうか、いわゆる普通の生活の場を見る機会はほとんどないんだ」

「普通の生活を見たいなら、ここは最適かもな」

「それに――」ジェイムスはベンを見た。「笑われるかもしれないけど、こんなに小さいトイレ、生まれて初めてだ」

「笑わないね。俺だって生まれて初めてだ。こんな小さいやつ」

ふたりして笑う。ベンが近づきキスをしてくる。抱き合ううちにジェイムスはリラックスしてきた。

ああ、これは現実なんだ。

まる二日間、普通の人みたいに過ごせるんだ。

ようやくふたりの唇が離れる。ベンが言った。「ま、ゆっくりしてろよ。夕飯の支度はできている。俺ができる唯一のもんだが」

そう言うとベンがキッチンに行ったので、ジェイムスは荷ほどきを始めた。大学時代以来だ。こういうことのひとつひとつが特別めいていて、わくわくする。

＊　＊　＊

ジェイムスが俺の部屋にいる。何がいちばん奇妙かといえば、ジェイムスがここにいることが奇妙に思えないことだ。

夕食が済むと、ジェイムスは「洗い物は私がする」と言い張った。「だから仕事をしていてくれ」と。なので、本と資料の山に埋もれて仕事をしていたわけだが、ジェイムスの存在がまったく気にならなかった。約束どおり、ジェイムスはただの一度もベンを煩わせることなく、椅子に座って本を読んでいた。ときおり動き回る音や息遣いが聞こえてきたりもしたが、気が散ることもなかった。それよりむしろ、心地よくすら思えた。

おかげでものすごく仕事に集中できた気がする。ふと気づくと、ジェイムスは本を傍らに置き、テーブルにあったＤＭのカタログ類を見ていた。

「なんでそんなものを見てる？」

「いや、初めてだからさ、こういうの」

それもそうか、宮殿にはＤＭなど来ないだろうから。

「なんていうか、すごいね」

「すごい？　カタログが？」

「ひとつお願いなのだけれど——君のクレジットカードを貸してはもらえないかな？」

ベンは仕事の手を止めた。「持ってないのか？　クレジットカード」

「必要ないからね」ジェイムスは当然のごとく言い放った。当然だ。「たしかデビットカードの類は持っている。多分。でも、使ったことはないな」

「何を買いたいんだ？」

「これ」顔を輝かせ、ジェイムスがカタログを広げてみせた。スランケット。

思わず笑ってしまう。「買ってどうする？」

「これ、へんてこだよね。ブランケットに袖がついているんだよ。いつの間にこんなものができたんだ？　枢機卿の着るローブみたいだし。でも暖かそうだ。クラレンス・ハウスはすきま風がひどくてさ」

「そういうのを衝動買いって言うんだぞ。誘惑に負けるのか。それこそＤＭの思うツボだ」

ジェイムスからさっとカタログを取り上げるとベンは聞いた。「だいたい買ったところで一度も使わないいんじゃないのか？」

「はいはい、わかったよ」ジェイムスはふくれっ面をしてみせたが、顔が笑っている。また本を読み始めた。

真夜中を過ぎると、仕事のほうはそろそろ限界だった。肩が凝り、疲れてもいた。今夜はジェイムスを愉しませてやれるだろうか。だがジェイムスはあっさりしたもので、寝室に入ると淡々と服を脱ぎ始める。それからおもむろに口を開いた。「あれは何?」

「何って何が?」ジェイムスが耳を澄ますのを見て、ようやく何のことか思い至る。「ああ、水道管の音だ」

「あんな音を立てるものなの?」

「こんなの序の口だ。この辺は集合住宅だからいろんな音が聴こえてくる。宮殿とは大違いだろうな。朝はもっとすごいぞ」

ベンはばったりとベッドに倒れ込んだ。

もしかしたらジェイムスは、ただ眠るだけのつもりかもしれないな。お楽しみは明日まで取っておくか。

そのとき、ジェイムスがベンの背中にそっと体を押しつけてきた。ベンの肩に、ジェイムスの温かな胸が当たる。そして尻にはジェイムスの固くなりつつあるものが。ベンの体に力がみなぎってくる――ゆっくりとだが、どんどん強くなっていく。鼓動も少し速まる。背後ではジェイムスが手を伸ばしてサイドテールのルーベを探している。ああ、見つけたようだ。

「私のこと、とんだお馬鹿だと思っているだろうね」ジェイムスがベンのうなじに唇を這わせる。その手がベンの体を滑り降りていく。滑らかなその指がベンのものをそっと握る。「きみには当たり前のことが、すべて驚きなんだから」

「お馬鹿だなんて思ってない」それどころか愛おしいくらいだ。本物のルノアールの絵を持っているのに何とも思わず、ジャンクメールのカタログに目を輝かせているんだから。いや、このこみ上げてくる愛おしさは、別のところから来るのかも。俺に触れるジェイムスの手とか。

「疲れてるだろうね。きみに運動させるのはひと苦労だろうな」

ベンは枕で笑みを隠した。「ああ、まったくそのとおりだね」

「やれやれ」ジェイムスがしなやかに征服するかのようにのしかかってくる。ジェイムスの手の中で彼のものが固くなる。

「私がひとりで励まないとならないんだろうな」

「お願いできるか?」

ジェイムスが笑った。「わかった」そして指を尻の山に滑らせ――中に差し入れる。

それから数分後、ジェイムスは息を荒げ、ベンの中に入っていた。ベンのものを手に抱きながら。

ベンはできるだけジェイムスにされるがままでいようとしたが、ジェイムスの動きはあまりに強く、熱情的だった。知らず、ベンの体も動きに合わせ、激しく反応していく。シーツをつかみ、汗にまみれ、喘ぎ、ジェイムスの動きに屈伏する。

なぜこんなに感じる？　ジェイムスとこうしていると頭の中がスパークし、体は燃えるようだ。ある意味、これまでクラブで出会った男たちよりもワイルドで、ぐっとくる。なぜだ？

ベンにはわからなかった。わからなくてもいいと思った。考えるのもやめだ。ジェイムスの動きをもっと体中で深く感じたい。「もっとだ、ジェイムス、もっと――」

ジェイムスの動きが激しさを増す。マットに体をきつく押しつけられ、征服され、ベンは絶頂感に我を忘れる。

＊　＊

翌朝。ベンはコーヒーが飲みたくてたまらなかった。ジェイムスは傍らで乱れたシーツに絡まっている。「ローラーつきの椅子の音かな？　これ」声を抑えて笑っている。

「椅子にしちゃ煩《うるさ》すぎる。待て、また来るぞ」

ふたりはそのままベッドに転がり、耳を澄ませた。階上で、何か大きなものが振動音を響かせ、ゆっくり移動して――壁にどしんと当たる。

「何だろう？　これ。樽でも転がしているのかな？　でも自分の部屋で樽を転がす人なんているか？」ジェイムスがそう囁くので、ベンは笑ってしまう。

「樽だとしたら中身は何だ？　セメント詰めの死体だったりしてな」

「セメント詰めの死体を、なぜ部屋で転がす必要がある？」

「死体にせよ何にせよ、部屋で転がす意味がわからないね」

「これ、毎朝聞こえるのかい？」

「ああ、一日も欠かさず。週末なんか、ひどいときは一時間かそこら続く。たぶん平日もなんだろうが、幸い早く家を出るからな。たまに午後にも聞こえるものの、そんなに長くない。今のところわかっているのはそれだけだ」

音がまた聞こえてくる。ジェイムスは感心して頭を振った。「階上にも人が住んでいるってこういうことなんだな。会ったことは？」

「何回か。大柄で、真面目そうなやつだ。話したことはない」

「じゃあ、あの音が何か聞いたこともない？」

壁に何かを叩きつけてるんだぞ——。ベンは首を横に振る。「知りたくもないね。本当に死体だったらヤバいしな」

今日は人生で最良の日だ——。ベンに笑われそうで言葉にこそしなかったが、ジェイムスは、ベンとここで過ごす時間の一瞬一瞬を心からいとおしんでいた。小さなダイニングテーブルで食べるシリアル、公務のための時間を気にせずに過ごせること。そして何より誰にも邪魔されずにベンとこうしてずっといられる。

ベンはだいたい仕事に没頭していた。ジェイムスもだ。読書用の小説も持ってきていたが、クリスマスのスピーチ原稿も練っておきたかった。スピーチライターが草稿を作り、ジェイムスとキンバリーがそれを読んで修正するのだが、自分自身の考えを少しばかり加えるのもいいだろうと思ったのだ。スピーチは動画で撮影する予定だ。まだ日はあるものの、早めにかかっておくのがいいだろう。

ベンがそばにいる、それだけで心地よかった。ときおりわずかに言葉を交わすだけ――その空気感がちょうどいい。

昼少し前のこと。「ジェイムス」

「ん？」

「作業していてちょっと思い出したんだが――前に当たった資料で、皇太子の軍隊記録のことがあって」

ジェイムスは顔を上げる。ベンはなぜか心配げな顔だ。「うん、それが？」

「確か、お前は軍隊には行かなかったんだよな。病歴があるから」

「そうだ」ジェイムスはため息をつく。「従軍するのを楽しみにしていたんだけれど。なんたって、一般人のような生活を送る唯一の機会だからね。父もイギリス空軍での経験をとても懐かしがっていたよ」

「その病歴って何だ？　もう大丈夫なのか？　その——病気は」

「おかげさまでね。学生時代、サッカーで怪我をしたんだ。いいところを見せたくてヘディングをしたんだけれど、そのせいで網膜剝離になっちゃってね」ジェイムスは左のこめかみを叩いてみせる。今ではもう遠い昔のことだ。「両親はそりゃあもう、大げさなくらい心配したよ。幸い医者の処置がよかった。それ以来、生活には何も支障がない。でも、軍隊では記録を重く見たんだろうね。片目を失明する可能性が少しでもある人間は入隊させられないって」

「じゃあ、もう大丈夫なんだな」

ベンの口調はあくまでもさりげなかった。でも、そこに込められた思いがじんわりとジェイムスに伝わってきて、胸が——少し詰まる。「うん。大丈夫だ」

ふたりともめいめいの作業に戻ったが、沈黙の色が少しだけ変わった気がした。

昼食はハムのサンドイッチだ。マスタードの黄色が信じがたいほど黄色くてジェイムスは驚いた。

「それにしても、どうして私たちはヘミングウェイを好きなのかな？　あんなに同性愛嫌悪者《ホモフォビア》だったのに」

ベンは肩をすくめる。マスタードの色については何も感じていないようだ。

「素晴らしい作家だからかな。それは疑いようがない。向こうが俺たちを愛していなくとも、いいものはいい、ってことか」

「彼は世界をシンプルに見せてくれるよね。とてもわかりやすい。なのにロマンにあふれていて、深みがある。ほかの人にはないバランス感覚だ」

「作品を読み終えてしまうと、彼の言葉を信じる気になれないのに、読んでいる間は完璧に信じているんだよな」

「私もだ」ジェイムスはおそるおそるサンドイッチを齧ってみる。お、このマスタード、美味しいじゃないか。


午後も三時を過ぎると、ジェイムスは少し落ち着かなくなってきた。ベンの住まいも、こうして一緒にいることもとても素晴らしいのだけれど——狭いのだ。ふだんは毎日動き回っているし、もともと乗馬や山歩き、アウトドアスポーツが好きなたちだ。二四時間以上、狭苦しいスペースに閉じこもっていると、精神的にというより肉体的に感覚がおかしくなってくる。

「外はいい天気だな」窓を見やりながら、ふとそんな言葉が口をついた。ブラインドのおかげで外から覗かれる心配はないが、部屋から外はよく見えた。「寒いけれど日差しがある。こういう日は好きなんだ。冬もそれほど悪くないって思えるからね」

少し間をおいてベンが言った。「散歩でもするか？」

「はは、いいジョークだ」

「真面目に言ってるんだ。ちょうど少し休憩したかったたし。どうだ？」

ジェイムスはベンをじっと見つめ、それから黙って自分の顔を指さした。

だが、ジェイムスのジェスチャーの意味はあまりよく伝わらなかったようだ。ベンが言う。

「お前、今、髭面になりかけてるだろ――ものすごくいいぞ、それ――。あとはサングラスと帽子があればばっちりだ。それにな、人ってのは自分の見たいものしか見ない。皇太子が土曜の午後、イズリントン界隈をぶらついてるなんて想定外もいいとこだよ。例のスコットランド訛りも加わりゃ完璧だ。気づくヤツなんか誰もいないね」

待て待て、そんなに簡単にいく……ものなのか？

ベンの瞳が悪ガキのように輝いている。やってみたくてたまらないという顔だ。その熱意がジェイムスにも飛び火する。

不可能なことなんて、何もないのかも。

「警護班のメンバーにはメールしておく必要があるな」言いながら、わくわくしてくる。「外に出るって伝えておかなきゃ。でないときみは誘拐犯だと思われて、ひどい目に遭うだろうから」

「許可してくれないかもな」

「許可だって？　おいおい、私を誰だを思っている？　摂政皇太子だぞ」そう言ってからジェイムスは少し考えた。「でもまあ、距離をとってついてくるだろうけれどね」

一〇分後。

例のおそろしく狭い階段を下りていた。心臓がばくばくいっている。ロビーを抜ける――よかった、今度は誰もいない。そして次の瞬間――ジェイムスは舗道を歩いていた。普通に。当たり前のように。ベンの言ったことは本当だった。誰もちらとも見もしない。

「いちばん近い公園に行こう」とベン。「それほど遠くない。緑もわりとあるぞ」

ジェイムスは黙って頷いた。スコットランド訛りには自信があったが、言葉が出てこなかったのだ。

通りに並ぶ店のウインドウを覗きながら歩く。わあ、趣味の悪い服。青果店の特売品――この値段は高いのか？　安いのか？　マンガ本屋の前にはダンボール製のワンダーウーマンが立てかけてある。それから携帯電話ショップに、コーヒーショップ、慈善団体の店。見るものすべてが新鮮だ。大学時代にも同じような経験をしたはずなのに、遠い記憶はすっかり色あせてしまっていた。

公園では子どもたちがラグビーをしていて、ベンとふたりでしばらく見物した。横目でちらりと確認すると、ボディガードは三〇ヤードほど離れたところにいる。まだ誰も気づいていないようだが、黒いジャケットをボタンを留めずに着ているその姿は、見る人が見れば、明らかに何者かわかってしまう。ボタンを留めていないのは、万一のときにすぐさま銃を取り出すためなのだ。

彼らに比べれば、私など全然目立つまい。ジェイムスはそれで少し気をよくした。

ぶらぶらしていると、ふたりの男が目に入った。明らかにゲイだ。肩に腕を回し、歩いている。ふたりが当たり前のように、幸せそうに自分たちの関係をさらしているのを見て、ジェイムスは息をのんだ。

私もベンの手を握っていいだろうか？　全世界の前でベンの手を握ることができたら、どれだけ素晴らしいだろう――。

いや、だめだ。

ボディガードたちが見ている。もちろん守秘義務は絶対だから口外することはないはず。だが、過去にも秘密が漏れたことはある。今回だって漏れない保証はない。手を握るなんて危険すぎる。今、この状態であっても。

「大丈夫か？」ベンが聞いてくる。

「おう。ちいとばかり考えごとしとった」訛り満載で返事をすると、ベンが輝くような笑みを見せた。それだけで、気持ちがふっと軽くなる。暗くなりかけていた気分が明るくなる。少なくとも今のところは。

＊　＊

サスペンスほど気持ちを高揚させるものはない——いつだったかベンはそんな話を聞いたことがあるが、今日の午後ほどそれを実感したことはなかった。

「やったね」住まいに戻ってベンがドアを閉めるなり、ジェイムスが息を弾ませた。「本当にやったんだ」

「ああ、本当にな」ベンはにやにやする。ジェイムスは興奮して狭い部屋をぐるぐる回っている。まるで舞台で大喝采を受けた俳優が踊っているみたいだ。

「ピザ・エクスプレスの店の前を通ったぞ。コインランドリーの店にだって入れそうだった。あれほど大勢の人とすれ違ったのに、誰も疑いもしないなんて！」

ベンはまだにやにやしている。「まったくお見事だったよ」

「馬鹿にしてるな」ジェイムスと目が合う。何を考えているのかすぐわかった。「おい、こっちに来い」

ベンはすぐさま壁に押しつけられ、寝室へと引きずり込まれた。ふざけながらキスを交わす。ジェイムスに服を脱がされ、ベッドに押し倒される——願ってもないことだ。自分も服を脱ぐと、ジェイムスは茶目っ気のある笑みを浮かべてベンの腰あたりにまたがる。

「さてと」ジェイムスはルーベを手に塗り、ベンのものをつかむ。すでにそれは固く屹立していた。「好きなだけクールをきどっていろよ。きみだって同じくらい散歩を愉しんだくせに」

ベンは固く勃ったものをジェイムスの指の中にゆっくり押し込む。その感触がたまらない。

破ってしまった」

「これのほうがずっと愉しいね」

「作業のほうはどうしたんだい？　はかどってないじゃないか。邪魔しない約束だったのに破ってしまった」

「作業をどうとらえるかによるね。これからお前のためにうんと作業するつもりだから」

「へえ、本当」

「まあな」ベンもジェイムスのものをつかむ。

「それは——いいね——ああ、こうしよう」

ジェイムスはベンの指を押しのけ、ふたりのものを合わせて握った。ルーペでぬらりとした手をゆっくり上下に動かす。ベンの口から喘ぎが漏れる。

ベンは興奮すると同時に気持ちがとても浮き立った。目の前でジェイムスが俺にまたがっていて——ふたりとも完璧に裸だ。カーテン越しにさしてくる午後の光がふたりの体を黄金色に染めている。ジェイムスの筋肉の浮き出た腹から視線を下げると、ジェイムスの体の揺れ、手の動きに合わせて黒い陰毛が撥ね上がる。ぎゅっと握った手の中で生き生きと赤く輝くふたりのもの——先端からすでにあふれている滴で光るそれはぎゅっと押し出されては戻っていく。

なんて淫らな光景——。ジェイムスはこれを望んでいたのか。

それは思いがけない恵みのようだった。ふたりの体がどんどんヒートアップする。

「私の中に何か無垢なものを感じると前に言っていたな」ジェイムスは手の動きを速め、息を荒げている。ふたりともそろそろ限界に近づいていた。「まだそう思っているか?」

「皇太子にしておくのがもったいないね」ベンははちきれんばかりの笑顔で応じた。「ポルノ俳優になるべきだったよ」

ジェイムスも笑い、スピードをさらに速めた。あまりの快楽に目がくらくらし、喘ぎ、頭に血がのぼる。ふたり同時に達した。ベンの胸にふたりの液がほとばしる。

こんなに心酔わせる光景はこれまで見たことがなかった。

＊　＊

「見えないところに隠れて」配達人の足音が階段から響いてきて、ベンは再度ジェイムスに声をかけた。

「隠れてるってば!」ジェイムスは、居間とキッチンを分けているカウンターの陰に身を潜めていた。おかしくて笑いそうだ――天下の摂政皇太子が、チキンティッカマサラの宅配人に見つからないよう隠れているなんて。だが笑ったら存在がばれてしまう。

それにしてもなんていい匂いだ。笑うなんて話、どうでもいい。ジェイムスは信じがたいほどの空腹に襲われていた。午後に歩いたせいもある。そのあとの「作業」のせいもある。だが、いちばんの理由は、ケンブリッジ以来チキンティッカを食べていなかったせいだ。こんなに恋しがっていたなんて、今日初めて気づいた。

ふたりはインド料理をワインで流し込んだ。どの年代のワインなのかよくわからなかったが、今のジェイムスにはロマネ・コンティにも匹敵する旨さに思えた。ベンと一緒なら何でも美味しいのだ。

愉しい気分はそのあともずっと続いた。ベンは作業を再開し、ジェイムスもクリスマス・スピーチの第一稿をまとめあげ、読書に戻る。ふたりは同じ空間を共有し、同じ夜を共有していた。英国中の恋人たちがそうしているように。

こんなふうに生活することは難しいことじゃないのかも。

私もきっと徐々に慣れていける。

こういう生活がまったく望めないわけではない――王位相続権から外れさえすればいいのだ。ただし、「一般人」になれるということではない。王座を放棄することは可能だが、王族であることは変えられないからだ。王にならない場合、別の称号を与えられ、それに見合った地所を得て、公式行事では冷遇されるような身分になるだろう。そして今、享受しているような楽しみごとはほとんど失ってしまう。

しかし、だ。貴族院の決議で英国でも来年からゲイの婚姻が法的に認められることになる。そうなれば、私にも世襲の道から外れる方法が見出せるのではないか？

いいや、それが何になる？　私が望んでいるのはそんなことじゃない。きっと不可能なこと

──。


そのときベンが作業の手を止め、顔を上げた。「これは何だ？　ステレオでかかってるやつ」

「自由に音楽をかけていいと言ったよね」

「言ったが──これはスコットランドの民族主義的音楽だろう」

「ケルトロックを民族主義的音楽と言うかどうかはわからないけど。そうなのかな？　どっちでもいいよ。キャスがこればっかり聞いているせいで、すっかりはまってしまって」

「スコットランドのケルトロックバンドにはまってる英国王だなんて、どう考えたらいい？　世の中にごまんとミュージシャンがいるのに、よりによってまあ」

「ヘミングウェイと同じさ。私はケルトロックを愛せるけれど、彼らが私を愛してくれなくたっていい」


この公式には、世の中の多くのことがあてはまりそうだった。

＊　＊

ジェイムスの傍らで目を覚まし、シャワーをしながら互いのものに触れ合い、朝食をさっとすませて仕事にとりかかる。なんていう理想の生活。

いつだって精力的に作業を進めてはいるが、ジェイムスがそばにいるほうが生産性が上がるのだから不思議だ。気が散って仕事が手につかないということもなく、たまに言葉を交わし、少しキスなどして、作業に戻る。それに、ふだん長いこと仕事ばかりしていると奇妙に現実離れしたような感覚に陥るのだが、今はとても充実感があった。とてもリラックスできている。

午後早い時間にはあらかた作業は終え、ダブルチェックを残すのみとなった。

「お祝いに少し昼寝でもするか」

「このパーティー好きめ」本から顔を上げずにジェイムスが応じる。

「来いよ、ほら」ジェイムスを椅子から引っ張り上げるとベッドへ連れて行く。服は脱がず、ふたりしてそのまま横になる。ジェイムスはベンの傍らで丸まっている。起きているような眠っているような、心地よいまどろみの時間が過ぎていく。

——待て。待てよ。

ふいにベンは我に返った。ジェイムスをベッドに連れてくる必要があったのか？　セックスするつもりがないのに、なぜこんなことをしている？　ジェイムスにそばにいてほしいのか？　これ以上、突き詰めて考えないほうがよさそうだ。

頭の中の疑問とは裏腹に、ジェイムスの栗色の髪を撫でてしまう。そっと自分のほうに引き寄せてしまう。ジェイムスもお返しに両手をベンの腰に巻きつけてくる。しばらくそうやって黙って抱き合っていた。心地よさを味わいながら。次に熱情が湧いてくるまでのパワーチャージみたいに。

しばらくしてジェイムスが口を開く。「ベン」とても静かで、こころもとなげな声。

「ん?」

「これだけは言わせてくれ——この二日間、最高だ。本当に夢みたいだ」

「ああ。俺もだ」

ジェイムスの声に強さが増す。「今回のことにはとても感謝している。この週末もだけれど、それだけじゃなくて、一緒にいられる時間すべてに関してだ。人生でこんな幸せを感じたのは久しぶりだ。それが私にとってどんなに得がたいことか、きみにはわかってほしいと思って」

今こそ急ブレーキをかけるときだ。ベンにはそれが痛いほどよくわかった。この展開はまずい。回避すべきあれだぞ、おい。

だが、いくら自分にそう言い聞かせても、いつもの危険回避モードのスイッチは入らなかった。少しだけジェイムスから離れたが、それはジェイムスの目を覗き込むためだった。ああ、こいつ、とてもナーバスになっている。それでも俺の目をしっかり見返している。何を言われてもいい覚悟なんだ。ケニアでのことを思い出す。チェスのゲームが終わって、ふたりがまだキスも交わしていないあの瞬間を。

ジェイムスが微笑んだ。かすかだが希望のさすような笑み。それから顔を傾け——ベンの唇にそっと口づける。

ふたりは長いことそうやって並んで横たわっていた。ときおりキスも交わしたが、だいたいはただ寄り添っているだけだった。お互いがそばにいる――それだけで充分だった。ベンはジェイムスの背中を撫で、腹に指を滑らせ、互いの足首を絡み合わせた。今はただ、こうしてジェイムスに触れ、ジェイムスのすべてをしっかりと焼きつけたかった。それは熱情からくるものではなく、心の底から彼を知りたいという気持ちからだった。ふたりの呼吸は静かに合い、ふたりは蜘蛛の巣のように繊細で入り組んだ沈黙の世界に搦《から》めとられていった。ジェイムスの唇が、ベンの鎖骨に押しつけられる。首元にジェイムスの鼻が押しつけられる。

ときおり、ベンは考えた――これはまずいぞ、よくないぞ、と。

だがその警鐘はどこか遠いところで響いているようだ。ガラスケースの中で鳴っている目覚まし時計みたいに。むかし理科の実験で確認したよな。音は真空では鳴らない。

だからここでも警鐘は鳴らないのだ。

あとで――だ。いろいろ考えるのはあとにしよう。今、この瞬間、ここは世界から切り離されている。俺とジェイムス、ふたりだけだ。

ベンは目を閉じ、ジェイムスの額に口づける――と、そのときあの音が響いてきた。

ごろごろごろごろ、どすん。

壁が震える。ベンもジェイムスも笑い出す。「また始まった」ジェイムスは肘をつき、天井を見上げた。「彼、死人を安らかに眠らせてやる気はないのかな?」

「絶対ないな」ベンはそう言うと起き上がり、紅茶を淹れに行った。戸棚にビスケットがあったはずだ。がさごそ探す。

今のこの気分は何だろう？　あの永遠のような瞬間があっさり終わってしまってほっとしているのか？　それともがっかりしているのだろうか？

＊　＊　＊

日曜の夜にベンのアパートメントを去るとき、ジェイムスはとてもさみしく思うだろうと思っていた。だが、愉しいこの二日間の思い出に包まれて気分は舞い上がり、ブルーな気分などどこかに行ってしまった。

「素晴らしい時間だった」戸口でベンにキスをしながら囁く。あの借り物のアノラックを着込んでいる。今にも警護チームが到着するというときだった。もう出ないといけない。「完璧だった」

「ああ、本当にな」ベンがジェイムスを引き寄せ、腕に抱く。ジェイムスは目を閉じ、ふたりはまた口づけを交わした。

ふわふわとした気分は、ベンのアパートを出るときにベンの隣人とすれ違い、無関心そうな会釈を返されたときも続いていた。フィアットに乗り込んでからもシャンパンの泡にでもなったような気分だった。警護チームはそんなジェイムスを黙ってクラレンス・ハウスまで送り届けてくれた。

自室に戻り、借り物のダッフルバッグから荷物を取り出しているときも、コーギーたちに鼻唄を聞かせてやったくらいだ。

その幸せな気分は、ｉＰａｄを開いたときに萎んだ。その日のニュースをチェックしようと思ったのだ。ニュースの見出しはこうだった。

マンチェスターの少年　いじめの暴力で入院

それはゲイの少年についての記事だった。読んでいくうちに苦痛で胸がよじれそうになる。少年は中学生にもかかわらず、ゲイの権利について自ら声を上げて主張した。その勇気のせいで、ひどい代償を払うことになってしまったのだ。同級生らに暴行を受け、金曜の夜に病院へ運ばれた。幸い怪我は軽症で、明日には退院できる見込みだという。ジェイムスはほっと安堵したものの、すぐにそんな自分を恥じた。

まだ子どもといってもいい少年が、自分が何者か、真実を告げただけでこんなひどい仕打ちを受けていたのだ。そのころ自分は何をしていた？　情熱的な時間を密かに楽しみ、安全で心地よいところでぬくぬくとしていた。自分を偽ることにすっかり慣れきって。

これは、両親がサンゴ海で命を落としかけているときに、ギネスをがんがんに飲んで前後不覚になっていた未熟な自分とはわけが違う。

ジェイムスはこみ上げてくるものを飲み込みながら、被害にあった少年の学校写真を見た。すぐさまキンバリーにメールし、少年の病室に花束と、個人的な見舞いの言葉を届けるよう指示した。だが、こんなことは小さなアクションにすぎないし、何の役にも立たない。傷を癒す助けになりはしないし、少年が学校に復帰したときの安全も保証できない。

これまで、カミングアウトのことを考えるとき、心のうちでいつもふたりの声が聞こえていた。ベンに言われた「臆病者」と、キャスの「ウガンダの同性愛者」だ。

そして今、もうひとつ加わった。自分自身の声だ。

真実に立ち向かっている者たちがいるなかで、お前はいつまで隠れているつもりなんだ？　いつまで偽りの人生を送るんだ？

＊　＊

ベンは夕食後、作業をもう一度見直し、片づけ、寝床に入った。階上からまたあの「ごろごろどすん」の音が響いてきて、思わず微笑みかける。

ほとんど反射的に顔を横に向ける。ジェイムスがそこにいるかのように。

もちろん、いなかった。それを淋しく思う自分がいた。認めざるを得なかった――深入りしすぎている。

　ふたりの関係は、ベンが設定した境界線を越えてしまった。ワーナー以来初めてのことだ。鎖でつながれたような気になる。もし明日フィオナにブエノスアイレスかニューヨークへの長期出向を命じられたら、今の俺は受けるのをためらうだろう。これまで、そうしたためらいの入る余地のない人生を積み上げてきた。それをぶち壊しにするのか？

　ふたりの関係には限界がある。それは確かだ。だが、つながりが深くなるにつれ、限界の形が変わりつつある。俺の「自由」に影響を及ぼしつつある。この「自由」こそ、俺の唯一の絶対的な財産、俺がこれまでの人生をかけて必死に守り続けてきたものではなかったか？

　もし、ふたりの間に限界がなかったら――ジェイムスが摂政皇太子ではなかったら――別の可能性も見出せただろう。いや、それについて深く考えるのはやめよう。だが、ぼんやりとしたイメージが頭の中にふっと浮かんできてしまう。ニューヨークでふたり手をつなぎながら、一緒にいるところが。

　俺たちの関係は普通じゃない。そのことはふたりとも一瞬たりとも忘れてはいない。新たな可能性など――考えないほうがいい。

　今すぐ関係を解消するつもりはない。それはジェイムスにとってあまりに酷だろう。それでも俺が――俺らしくあるためには、少しずつジェイムスから身を引く方法を見つけないといけない。
ふたりの関係に終止符を打つ方法を見つけなければいけない。

第八章　鏡は横にひび割れて

クリスマスの時期、多くの人間はロマンチックな気分になる。ユダヤ系のベンにとってはどうということもないが、ジェイムスは休日を迎え、すっかりはしゃいでいる。まあ、ふだんの忙しさを考えれば、こんなときくらい大いに愉しむべきだろう。だから、この時期にことを荒立てるのはやめよう――そうベンは自分に言い聞かせた。

クラレンス・ハウスを訪れたのはクリスマスイブのことだ。クリスマス当日は間違いなくジェイムスは忙しいだろう。ディナーはいつもより豪華だった。チーズスフレにローストダック、サラダにはシャンパンと芽キャベツ、ナッツのドレッシングが添えてある。居心地のよいキッチンでの食事だったが、それにしてもなかなかのものだった。ジェイムスは真紅のセーターがよく似合っていて、ベンもまた、いつもよりめかしこんでいた。ふたりとも、ふだんとは少し違う雰囲気を演出する必要を感じていた。

食事のあと、暖炉のそばに落ち着くとベンは尋ねた。「スピーチのことで緊張しているのか？　確か、『ドクター・フー』の前に放送されるんだよな」

ジェイムスはまじまじとベンを見た。「そういうことになってるのか？　運が悪いにもほどがある」そう言ってため息をつくと、マルド・ワイン《温ワイン》のグラスをベンに手渡す。「いいや。緊張していない。先週録画したし」

「じゃあ、明日は何をするんだ？」

「今年はちょっと勝手が違うんだ。例年、サンドリンガムで過ごすんだけれど、王が病気なのでロンドンに残っていないといけない。だからクリスマスの朝は宮殿でプレゼント交換をして、夜はロイヤル・アルバート・ホールのコンサートに出かける」ジェイムスは悲しげに首を振った。「つまり、一日中カメラに追いかけ回されるっていうことさ。ってことは私たちは明日は会えない。ってことは、プレゼント交換は今夜しないといけない」

ジェイムスの居室のツリーは飾りつけをしていなかったが、暖炉の炉棚の上にはヒイラギとツタで作られた大きなリースが飾ってあり、あちらこちらに白いキャンドルがともされている。間違いなく執事の手によるものだろうが、キャンドルの灯りはなかなかムードがある。ジェイムスが包みをふたつ抱えて戻ってきた。明らかに自分で包んだらしく、包装紙には皺が寄っている。わざわざハヌーカの紙を使って包んであって、それを見たとき、ベンは思わず胸が詰まった。

「それはそうと」ベンはくたびれかけた鞄に手を入れた。「値段の上限は守るべきじゃないか？　俺はそうしたぞ」だいたい王子にどんな贈り物を買えばいい？　こんなに悩んだ買い物は初めてだ。

「上限は超えていない。本当だ」そう言いながらも、ジェイムスの目は挙動不審になっている。嘘をついているのかもしれない。包みを開けてみたら、ばかでかい不動産の譲渡証書だったりして。たとえばサセックス州まるごと、とか。

ベンはまず「噛み噛みおやつ」の箱を出した。おやつはすぐさまハッピーとグローに進呈される。犬にまでプレゼントを用意するなんて馬鹿げていると思ったが、たまたま安売りをしていたのだ。それに、ジェイムスを笑わせることができた。

ふたりは前もってプレゼントはふたつ――ひとつは大きなもの、もうひとつは小さなもの――と決めていた。そして大きなほうから交換する。

包みを開けてみて、鞄が出てきたときベンは驚かなかった。さっきジェイムスが古い鞄をちらちら見ていたからだ。何しろ一〇年近く使い込んでいるからすっかりくたびれ果てている。それにしてもジェイムスの選んだ鞄をこんなに気に入るとは自分でも思っていなかった。コニャック色の革、ゆったりとしたポケット、大きなバックル。男性的でクラシカルで、まさにベンの好みそのものだ。そう告げると、ジェイムスは心からうれしそうだった。「白状すると、ほんの少し上限を超えてしまったんだけど、きみにぴったりだと思って。ヘミングウェイ的だろ」

　ジェイムスがそう言ったのと、彼がベンからの贈り物を開けたのは同じタイミングだった。『誰がために鐘は鳴る』の初版。

「サインはない」ベンは急いで言い添えた。というのもジェイムスが昔風の本の装丁をじっくり見ていたからだ。本は新品同様だった。「そういう蔵書はたっぷり持ってるんだろうが」

「いいや」ジェイムスはベンをくいっと引き寄せ軽くキスをする。「もし持っていたとしても、そんなの意味はない。博物館の所蔵本と同じだ。これとは全然比べものにならないよ。これは私のためのものだ。ありがとう。これ以上の贈り物はないね」

「お、言ったな。もうひとつのほうも開けてみろよ」

　ジェイムスは眉をひそめ、ふたつめのプレゼントを開ける。わあ、と歓声が上がった。「覚えていてくれたのか！　完璧だよ！」ジェイムスが青いスランケットを引っ張り出し、さっそく袖を通して羽織って見せる。ベンは愉快で笑わずにはいられなかった。コーギーたちもよたよた寄ってきて裾の匂いをかいでいる。オーガニックじゃないことだけは確かだ。

　ジェイムスは胸のあたりですっと手を滑らせた。「即位式の衣裳はこれで決まりだな」

「国民がひっくり返るぞ」

「まあ、仰天するだろうね。それにしても着心地がいいね。暖炉のそばだと暖かすぎるけれど、すきま風の入ってくる奥の部屋ならちょうどいい」

ジェイムスはスランケットを脱ぐとカウチにかけた。それからベンにもうひとつの贈り物を開けるよう急《せ》かす。ブリキの缶の中に、小さなものがたくさん入っているようだ。チョコレートかキャンディだろうか。ブルーとシルバーの包み紙を破くと、出てきたのは小さなチェスセットだった。メタル製のボードに、マグネット付きの駒。小さなポーンをひとつつまみ上げるとベンは微笑んだ。「秘密をネタに、また一戦するか？」

「きみが望むもの、何を賭けてもいい」ジェイムスの口調が少し改まる。「それは旅行用なんだ。きみが——きみが世界のあちこちで暮らしてきたことは知っている。これからもきっとまたあちこち巡るんだろう。いつでも持ち歩けるものをあげたかったんだ。そうすればいつだってチェスを楽しめる」ジェイムスの碧の瞳がベンを見すえる。「そして、私のことを思い出してもらえる」

ジェイムスもわかっているのだ——ふたりの関係はずっとは続かないということを。

おそらく、別れが近いということも。

ベンはジェイムスをぐっと抱き寄せた。

そう。別れが近いからこそ、俺は惜しみなくこいつを愉しませてやれる。ふたりの関係が短いとわかっていれば、ベンは安心していられた。ジェイムスもいいクリスマスを過ごせるはずだ。

暖炉の前で、ふたりはしばし抱き合ったままだった。長く濃密なキスを交わす。ふたりの唇が離れると、ジェイムスが微笑んだ。「プレゼント、本当に気に入ってくれたのかな?」

「ものすごく」ベンが囁く。「さて、と。さっき言ったよな。チェスの勝負で俺の好きなものを何でも賭けていいって」

眉を優雅にくいと上げ、ジェイムスが応じる。「何を賭けたいんだ?」

「駒ひとつにつき、服を一枚脱ぐ。全部お前を脱がせたら——」

「きっときみのほうが早く裸になるね」

「脱がせたら、もっと美味しいペナルティを考える」

暖炉の前で、ふたりはストリップ式チェスの勝負を始めた。ルールはざっくり設定する。たとえばポーンひとつにつき、靴は両方脱ぐ、靴下も同様、という具合だ。服を脱いだ先のペナルティに早くたどり着きたかったのだ。

「はい、きみのナイトが陥ちた」とジェイムスが言い、駒をさっと取った。ジェイムスはまだボクサーパンツをはいていた。

ベンがチェス盤のほうに身を乗り出す。「ご要望は?」

「口でイカせろ」

「王を取るまでイクのはなしだ」

「いつそんなルールを決めた?」ジェイムスが唇を尖らせる。突き出した下唇が、なんとも肉感的だ。

「これは俺のチェス盤だからな」とベン。「決定権は俺にある」

ジェイムスの視線がひらりと艶めく。「じゃあ、こっちに来て私のものを……そうだな、二分吸うっていうのは？」

ベンは頭を垂れ、要望に応えた。唾液でジェイムスのものをよく滑らせる。手も一緒に使えるように。二分でもジェイムスの息は荒くなる。だがベンは時計を見ながら厳密に二分計っていた。時間きっかりになるとベンは止めた。「さあ、続けよう」

「ベン――それはないだろう――」

「勝負の世界は厳しいんだよ。栄《は》えある高貴なお方殿」

「馬鹿馬鹿しい」ジェイムスはかき集められるだけの威厳をもって応じた。ボクサーパンツから固くそそり立つものを突き出しながら。

次はベンが駒を取った。ジェイムスのボクサーパンツが脱がされる。次もベンが勝ち、ジェイムスはふたりが濃密なキスを交わしている間、両手でベンのものをしごいた。交渉は深夜まで及び、ひと駒ごとにさまざまな要求が飛び交う。

互いへの欲望を募らせながらも、ベンには深いところである種の駆け引きが進んでいることに気づいていた。どれだけ長いこと互いに触れてきた？　どんな限界を俺たちは設定してきた？　その境界線は、ここのところすっかり曖昧になっている。境界線をきっちり引き直す――それこそ今の俺たちに必要なことだ。厳密なルール。ゲームの形に落とし込んだ関係。黒と白のエリアの中でだけの決められた動き。今夜のことでもわかるとおり、こうした厳しいルールに則ったセックスでさえ、我を忘れるほどの気持ちよさじゃないか。これはベンにとってしっくり来る感覚だった。少なくとも、興奮と欲望で朦朧《もうろう》としている今は。

ようやく――暖炉の薪のひとつが燃えさしとなって崩れたころ――ベンはナイトを移動させて囁いた。「三手でチェックだ」

ジェイムスは盤をじっくり眺めた。まだ諦めたくないというように。だがすぐに頷くとゲームが終わった。ジェイムスはベンの前で体を広げて言った。「要求は？」

ベンは鞄からコンドームを取り出すと仰向けに体を横たえた――暖炉の近く、熱を感じるくらいのところで。彼のものはすでに固く太くそそり立っている。コンドームをつけている間、ベンはジェイムスの瞳が欲望で昏《くら》く光るのを見て楽しんだ。ベンの声も低くかすれている。

「ここに来て俺に乗れ」

ベンはビショップを取ったときにジェイムスの中を滑らかにし、クイーンを落としたとき、奥までしっかり開かせてあったから、ジェイムスはただベンにまたがればよかった。ベンのウエストあたりで、ジェイムスが、よく筋肉のついた両脚を開く。脚の付け根がベンの骨盤に当たり、温かい。ゆっくりとジェイムスが腰を下げていく。ベンのものを中に沈めると、ふたりとも喘ぎ声が漏れる。むっちりとした温かさにベンは目を閉じ、激しく息をひくつかせる。それからジェイムスが腰を動かし始めた。激しく速く――なんて気持ちよさだ。ベンは自分が抑えられず、快感に任せて声を上げた。まるで体が二つに引き裂かれそうだ——。

「ベン——」ジェイムスの息も上がっている。「頼む——」ベンはすぐさまジェイムスのものをつかんだ。いまやふたりは限界に向かって動きをともにしていた。リズムを合わせ、圧倒的な快楽に溺れながら。

ベンは思った——全身ばらばらになるような感覚の中で——俺はジェイムスを手放す必要はない。付き合って、離れて、また付き合えばいい。それがいい。ああ、なんて気持ちよさだ。止めるな。止めるな。止めるな——。

ベンの手の中でジェイムスが達した。温かくぬらりとした感触。ジェイムスは純粋な悦びで顔を歪め、口が開いている。それを見るだけでもうベンも限界だった。一瞬、呼吸も鼓動も、すべての思考も停止した。次の瞬間、ジェイムスの中で激しく達する。熱さで気が遠くなる。


しばらく暖炉の前で体を横たえていた。ジェイムスがつぶやく。「こんなにすてきなクリスマスは初めてだ」

「それは俺のせりふだね。もちろん、クリスマスを祝うこと自体初めてだが」ジェイムスに肘で小突かれ、ベンはにやっと笑う。「もっとじっくり確かめてみないとな。ま、きわめて不信心なやりかたになるだろうが。どうやら俺もこの休暇が気に入ったようだから」

「これからはクリスマス・キャロルも新鮮に聞こえるはずだよ」と、ジェイムスがベンの鎖骨にキスをする。それからベンの肩に頭をのせる。

この睦まじさ、このひととき――これがいけないんだ。

親密さをこれ以上深めてはいけないと思い、前回ジェイムスが電話をしてきたときには「忙しい」と言って断りまでした。だが今、俺の傍らには旅行用のチェスセットがある。ベンが勝利したゲームの名残りとともに。これは近い将来の旅立ちを予期しての贈り物だ。自由の身でい続けることの証。そして、感傷的になるときもあるものの、ジェイムスがふたりの取り決めをちゃんと理解していることの証。

扉はすぐそこにあって、開かれている。

いつでも好きなときに出て行けるのだ。急ぐ必要はない。まだ。

＊　　＊

いかなる宗教も特に持たず、キリスト教的なものとは無縁なベンにとって、この時期のお祭り騒ぎには毎年うんざりしてしまう。クリスマスの晩はさほど親しくもない社の同僚たちと過ごすはめになった。フィオナのフラットに招かれたのだ。

フィオナの住まいはジェイムスの住まいよりも華やかだった。広さでは太刀打ちできないものの、スタイリッシュだ。シルクのクッションカバーや、手の込んだ幾何学模様の蠟燭立てはモロッコ風で、細長い窓にはドレープたっぷりの分厚い真紅のカーテンがかかっている。実際に人が住むスペースというよりは、洒落た雑誌に出てくる部屋みたいだ。クリスマスの飾りもテーマが決まっているようで、フィオナが好んで身に着けそうな宝石類をイメージさせる星形や金のオーナメントが光を放っている。

みんなよく飲み、つまらないジョークを交わし、それからロベルトを元気づけた。というのも、感謝祭の時期にアメリカに帰国できなかったせいで、ひどいホームシックにかかっていたのだ。だが、夜も深まってくると誰かが言い出した。「テレビをつけてよ。クリスマス・スピーチが始まるわ」

フィオナが不服そうな声を上げる。「それ本気?」

こんなリアクションは、どこにでもある。だが、ちょっと失礼じゃないか? ベンは自分のフラットでともに過ごしたあの週末のジェイムスを思い出す。スピーチの内容を一語一語、国民のために考えていたっけ。同じころ、当の国民たちは新しいビデオゲームに興じていたかもしれないのに。フィオナのひどい言い草に反論しようとしたとき、誰かの声が上がった。「クリスマスの伝統ですから」そのひと声で決まった。

ベンはそろそろと場所を移動して、部屋のコーナーにおさまった。そこからテレビがよく見えるのだ。BBCのアナウンサーが厳かに「では……摂政皇太子です」と言ったとき、なぜか脈が速くなった。

ジェイムスが優雅なスーツ姿でスクリーンに登場する。ベンには覚えのない部屋に立っている。背後には、巨大なクリスマスツリー。バッキンガム宮殿か？　それともセットか？　今度聞いてみなければ。

「このスピーチの場に王が立つことができないのは、この五〇年なかったことですが、ここにおらずとも、王の心はみなさんとともにあります」ジェイムスの声は温かく人を引きつける。ベンと言葉を交わすときと同じ響きだ。「私たち家族、そして私は、王のさらなる繁栄を祈念し、王が病気に立ち向かい、回復へと務めているその勇気を賞賛することによって国家がひとつにまとまっていると信じています。逆境の時代にあって個人やコミュニティが強さを見つけていこうとするなか、私はこの勇気と同じものを、英国国民、イギリス連邦、そして世界のみなさんの中に見てまいりました」

カメラの前で、言葉が自然と口から出てくるように見えるのは、おそらく長年の訓練のたまものなのだろう。ベンは感心した。

ほかの連中も、少なくとも好意的ではあった。「ジョージ国王より見てくれはいいわよね」ジェイムスが国民の勇敢さの例について述べている間に、女性社員のひとりが言った。「国王は本当に回復してるのかしら？」

それに答えたのはフィオナだった。「宮殿に情報源を持ってるけど、国王は少し言葉を喋れるようになったみたいよ。まだ少しだけれど、この調子でいけば、あと数ヵ月で摂政はいらなくなるんじゃないかしら」

まさにジェイムスも同じことを言っていたが、フィオナの偉そうな物言いについ微笑みそうになる。宮殿内の情報源ねえ。俺の情報源のほうがはるかに強力だ。

「おいおい、聞けって」ロベルトが口を挟む。

ジェイムスの話は続いていた。「――マンチェスターのグレゴリー・マシューくんはカミングアウトしたせいでいじめに遭い、暴力をふるわれましたが、彼は退院後に同じ学校へ戻り、ゲイの権利を守るための発言を続けました。その結果、今では多くのクラスメイトたちが彼の考えに賛同し、この世のすべての人たちは法のもとに平等であり、神の庇護のもとであまねく愛されているという理解を深めました」

「政治的発言ぎりぎりの線だな」とロベルト。「へえ、皇太子は少しばかり危険人物になりそうだ」

「王室も変わっていかないと、ただのつまらない存在よ」とフィオナが応じる。

ベンは思った――ジェイムスは今、ゲイの少年を擁護する発言をしたことで満足しているだろうか。それとも偽善的だと恥じているだろうか。確かに以前、俺はジェイムスを批判した。ゲイの権利を認めるようなことを言っておいて自分はストレートのふりをするのか、と。だが、今ならそんなことは言わない。そんなに単純な問題じゃないとわかってきたからだ。ジェイムスその人についても、どれだけ繊細でいろいろな面を持ち合わせているか、今ではよく知っている。単純明快なものなどないのだ。それでもジェイムスは、一瞬の迷いもないかのような顔をして、今の自分を貫いていくしかない。

「この休暇に際して私が祈念するのは、私たちがみな、苦しんでいる方々に手を差し伸べ、愛と援助を差し出すことです。そうすることで、悩み苦しんでいる人たちが勇気を持つ助けになり、私たち自身の勇気もそこに見出すことができるでしょう」ジェイムスが画面で微笑む。「みなさまに、すばらしいクリスマスを」

続いて『ドクター・フー』が始まり、みなワインを手に歓談に戻った。ロベルトが何か言っている。「今のは生放送？　ナマであれだけ言えるとしたらすごいな」

「録画だよ」ワインのお代わりをグラスに注ぎながらベンは言った。「一、二週間前に収録するんだ」

フィオナが驚いたような顔をする。「この間イギリスに来たばかりなのに、王室のこと、よく知ってるのね」

ベンは微笑んでみせる――俺にもジェイムスばりの演技力があるといいのだが。「いろいろ情報収集しているんですよ」

「ってことは、今ごろ王族は超豪華なお祝いでお忙しいわけだな」とロベルト。「今ごろ摂政皇太子は、でっかいツリーの下のプレゼントを開けてるところかも。誰かがくれたマセラッティが出てきたりしてな」

＊　＊

ちょうどそのころ、噂の摂政皇太子はインディゴの寝室の床に座っていた。妹をしっかり腕に抱きかかえ、血まみれになりながら。

「それをこっちに渡してくれないかな。お願いだから」

「持っていかないで！　約束したでしょ！」

インディゴがしまい込んでいる刃物やピン類をそのまま放置しておくのは危険すぎるとわかっていた。が、これまでの経験から、取り上げてしまうのもよくないとわかってはいる。近くに刃物がないと、よけい心が不安定になってしまうのだ。

「持っていかないよ。ただ、しばらくの間、私が持っていていいかな……？」

「今夜はもう使ったりしないから」インディゴがすすり泣く。血だらけの両脚をベッドの支柱に絡ませ、ドレスは皺くちゃ、髪も乱れ、マスカラが黒い涙となって頬を流れている。「でも、ここにないとだめなの。必要なの」

「それはどうだろう」そんなことをしていても、状況の改善にはならない――ジェイムスにはよくわかっていた。わかっていたけれども――インディゴがこんなふうに自分を切りつけるのを目の当たりにしたのは初めてだった。こんなに血まみれで――ああ、なんてすごい血の量だ

――。死ぬつもりはないと思うが、誤って死んでしまう危険がないとは言えない。

「持っていかないで」インディゴはぼろぼろに傷ついている。泣いているせいで体は波打ち、恥ずかしさと苦痛からか、肌が赤らんでいる。「お願い」

「わかった。わかったよ。気持ちが落ち着くまで持っていていい」

「ものすごく、痛いの」

それは脚に刻まれた新たな傷のことではない。ジェイムスを、部屋中を血染めにしたこの傷のことではない。心の傷のことだ。心の痛みを麻痺させるために、インディゴは肉体に傷をつける。だが今夜は、生身の体にこれだけ傷をつけてもまだ足りないようだった。

私は――こんなにも無力だ。

愛する者が目の前でこんなに苦しんでいるのに、助けることができないなんて。目の前で溺れていく者を助けられないときにもこんな気持ちになるのだろうか。燃えさかる火にのまれようとする人を助けられないときにも……

汗でべったりと額についたインディゴの髪を、そっとかきあげてやる。

「それじゃあ、ちょっと横に置いておいたら？　引き出しの中とか、箱みたいなところにしまっておくのはどうかな？　まずは着替えよう。私はここにいるから。それを持っていていい。取り上げたりしないよ。でも、しばらく見ないでおきたいな。どうだろう？　できるかい？」

しばらくの沈黙。それからインディゴが頷く。「持っていかないって約束してくれるなら」

「命、賭けるよ」

インディゴがよろよろと立ち上がる。アドレナリンが急に増えたせいで、がたがた震えている。それから手にしていたカッターを自分で引き出しにしまった。

そんな妹を見守りながら、ジェイムスはひそかに考えていた。ケンジントン宮殿中のスタッフについて、徹底捜査する必要がありそうだ。インディゴの目につきそうなところにカッターを置きっぱなしにするなんて、いったいどんな不注意者なんだ？

——だが。

思い直す。

インディゴが食事にステーキを望めば、給仕係はステーキナイフを持ってこなければならない。メイドの裁縫道具にはもちろん針もある。ガラスの破片が欲しいからと、インディゴが窓ガラスを壊したこともある。自分を傷つけたいと思えば、いくらだって方法はあるのだ。たまたま刃物を放置してしまった運の悪いスタッフをくびにしたところで、何の解決にもならない。

インディゴの問題についてよく承知している従業員の誰かが、今夜もドアの外に救急箱を置いておいてくれた。血の滲み込んだカーペットにふたりして座り、ジェイムスが傷口を消毒し、包帯を巻く。傷のひとつひとつを消毒するたび、インディゴは痛みで顔をしかめたが、この痛みもまた、インディゴの心の痛みを麻痺させるのに必要なのだ。自傷行為が実際どんなメカニズムで起きるのか、心理学的な面においてはジェイムスにもわからない。いや、わかりたくもない。今は、目の前の傷に集中することだ。幸いどの傷も縫合するほどのものではなさそうだ――いくつか、深いものもあるけれど。出血が止まったら、傷口を塞ぐための薬を塗ってあげればいいだろう。

だが、これ以上深い傷をつけるようになったら？　いずれそのような事態になれば、看護師をつける必要が出てくる。そうしたら、インディゴの秘密は遅かれ早かれ外に漏れてしまう。

インディゴが小さな声を上げた。ジェイムスのグレイのスーツ――かなり血まみれだ――にようやく気づいたようだ。「服をだいなしにしちゃった」

自分の脚にこれだけ傷をつけておいて、人の服を心配している場合なのか？　もちろんそんなことは言いはしなかった。「サヴィル・ロウでまたすぐ作らせるさ。それに、ヘンデルを聴きに行くのもそんなに楽しみじゃなかったんだ」

これは嘘だった。クラシック音楽を聴くのは好きなのだ。ただ、王妃とともにロイヤルボックスで鑑賞するのは疲れる。今夜は、同席できなくなったジェイムスの代わりにニコラスが「従順な王妃の孫」の役をかってくれている。

「これ以上、自分を偽るのは無理」

インディゴの言葉が何を意味しているのか、聞く必要はなかった。聞かなくてもよくわかるからだ。ふたりとも「こうあるべき」という姿と「本来の自分」との間にズレがある――それはズレというようなレベルではなく、深い淵のようなものかもしれない。だから時々、インディゴはその淵に落ちてしまう。

「しぃぃぃ。大丈夫だから」

インディゴの顔が歪む。もちろん「大丈夫」じゃないとわかっているのだ。全然大丈夫じゃない。だが静かにこう言った。

「眠るための薬をもらえる?」

妹に睡眠薬を与えるのはあまりよくないと思っていたが、今夜は特別だ。

「もちろん」

ハートリーが薬を持ってきた。それを飲んで落ち着いたインディゴの手を、そっと握る。もう片方の手をジェイムスが握る。

インディゴは疲れ果てた様子だ。「クリスマスを台無しにしちゃってごめんなさい」

「台無しになんかしていないよ」ジェイムスがインディゴの手をきゅっと握る。「明日は明日の風が吹くさ」

ジェイムスは励ますつもりでそう言ったのだが、インディゴは呻いた。明日はボクシング・デー。まだまだ祝日は続くのだ。

一〇分もしないうちに、インディゴは眠りに落ちた。とてもよく眠っているようなので、その間にメイドたちがそっと部屋に入り、カーペットに滲み込んだ血の掃除を始めた。洗剤の香りとともにジェイムスは階下へ降りていく。ハートリーも従った。

めったにないことだが、ハートリーが先に口を開いた。「殿下。お話ししたいことがございます」

「何だい？　ハートリー」

「ご無礼をお許しください、殿下。私、いろいろと考えまして、これを入手いたしました」

皺だらけの震える手で、ハートリーがパンフレットを差し出す。わけがわからないまま受け取ったジェイムスは、パンフレットに目を落とす。精神病患者のための入院施設で、特に不安障害や自傷に苦しむ人たちのためのプログラムがあるところだった。

「差し出がましいことは重々承知でございます」ハートリーは続けた。「どうぞ失礼をお許しください。ですが、姫さまはあんなに苦しんでおられます。何か助けがあればきっと――」

「それで、最新の事件は解決したのか？」

リチャードがずかずかと部屋に入ってくる。召使いが来訪を告げるのも待たずに。ふだん、あれほど他人には王室作法について厳しいくせに、自分の都合しだいで勝手に振る舞う人なのだ。

「ルビーのブレスレットを受け取ったくらいでこんな騒ぎを起こすなんて、私には理解しがたいね。ゼイル王子からのクリスマス・プレゼントがそんなに気に入らなかったのかね？」

「インディゴはとても気に入っていましたよ」ジェイムスが応じた。贈り物は、ハノーヴァー王家のレベルから見てもかなり豪華な品だった。それだけゼイル王子が、インディゴのことを真剣に考えているということだ。そしてその事実が、インディゴの不安に火をつけてしまった。

「王子との関係が深まるかもしれないと考えて、パニックになってしまったんです。誰かと親密になって、自分の生活が変わっていくと考えたら不安になってしまって。誰にだってそういう気持ちはあるものでしょう」

「いいや、私はないね。アメリアはよい結婚をして落ち着くのがいちばんだ」

リチャードは男尊女卑でこんなことを言っているのではない――まあ、少しはあるかもだが。こんな頑固で高慢なおじでも、スウェーデンの王女だったアルバーテと結婚することができた。アルバーテは優しく寛容で、その性格は息子のニコラスにも受け継がれている。正直、アルバーテがおじのどこを気に入って結婚したのか、ジェイムスにはわからないが、ふたりが結婚によって深く結ばれていることは否定できなかった。リチャードにとって、もしかしたらこのふたりの絆こそが唯一の、心から信頼できる絆なのかもしれない。そうだとしたら、結婚ですべて解決すると彼が思っているのも頷ける。

だが、リチャードはジェイムスが手にしているパンフレットに気づいたようだ。さっとひったくると目を通し、青ざめる。「なんてことだ。よりによってこんなおそろしいことを考えているのか？」

「まだ私は何も考えていませんが」ジェイムスの怒りにも火がつく。「この話はあとにしましょう」

「召使いがこれを持ってきたのか?」リチャードが冷ややかにハートリーを睨む。「ハートリー。立場をわきまえられんのか」

ハートリーは頭を下げる。「お許しくださいませ、殿下」

ジェイムスがぴしゃりと言う。「もうたくさんです!」

リチャードの怒りは今や、最悪のレベルにまで達していた。ここまで深い怒りに震えているおじを見るのは初めてだった。「お前は妹と同じくらい気が変になっているのか?」

おじが言いたいのは、ジェイムスが使用人であるハートリーの側に立っているということだ。王室の典礼にのっとって考えれば、そうした行為は想定外のことだった。おじの言い分にも一理ある。一介の使用人が、聞かれもしないのにインディゴの症状について意見するのは、実のところ不適切な振る舞いなのだ。専門施設で療養することになれば、スキャンダルとなるのは避けられないかもしれない。施設にはどんな人間でも収容される可能性があるのだから。

だが、ハートリーは典礼については骨の髄までよく理解している。これまで五〇年近く何の落ち度もなく王族に仕えてきたのだから。今回、あえてその境界線を踏み越えたのは、インディゴを心から慈しみ、その身を案じているからこそなのだ。だから、ジェイムスにはハートリーを叱責することはできなかった。

「この件についてはあとでハートリーと話をします」ジェイムスはそうリチャードに言い、ハートリーには厳しく頷いてみせた。

ふたりともこちらの思うとおりに受け取ってくれるといいのだが。おじには「あとでハートリーには厳しく解雇警告をします」、ハートリーには「隙を見つけてこの場から下がるように」と。

ふたりとも、そのように受け取ってくれたらしい。ハートリーはさっと退出し、リチャードの怒りも少しおさまった――ほんの少し、だが。

ジェイムスは続けた。「この件についてもっと話し合いが必要でしたら、おじ上、あなたのお住まいにうかがいますよ。インディゴはようやく眠ったところです。安静にさせておきたい」

「話し合うことなど何もない」その場を動こうともせずにおじが応じた。ただ、声は幾分ひそめている。「もちろん、お前はこんな考えになどのらんだろう」

ジェイムスは手にしていたパンフレットを見た。インディゴをこうした施設に入れるなど、考えたこともなかった。あの娘も、恐ろしがるはず。だが、可能性を一〇〇パーセント捨てるのはどうだろう？

「あの娘を助けるため、最善の方法を探す必要はあります。今夜のように、何か起きてからそれに対処していても何の解決にもならない」

「お前が甘やかすからだ。そのせいでこんな精神的不具者のようになってしまった。今度はその妹を施設に丸投げして、一族に恥をかかせるという。お前の中ではそれが合理的な考えなのか」

　軽蔑したようなおじの言葉が、容赦なくジェイムスを打つ。

「だいたいふだんの生活ぶりからしてそうだ。王族としての誇りがない。だからといって我々をお前のレベルにまで堕落させる必要があるのか？」

「私が使用人を極力置かないから、王族としての誇りがないとおっしゃりたいのですか？」

　皇太子という立場を思えば、ジェイムスの使用人の数は本当に少ない。これは母の教えだ。プライバシーを尊重するためには多少の自給自足は必要なのだ。それにひきかえリチャードの使用人は一〇〇人に近い。身の回りのことはすべて使用人任せ、歯ブラシに歯磨き粉をつける係までいる。だがもう一度、ジェイムスはおじをなだめようとした。「インディゴを施設に入れるつもりはありません。それを気にしているのでしたらご心配は無用。このへんでおしまいにしましょう」

　だがリチャードは引き下がらない。「王は決してこのようなことはお許しにならないぞ」

　根気強く、おじをなだめる。「今、判断を下すのは王ではありません。私です」

「今だけだ」とリチャードが応じる。その当然そうな口ぶりからすると、王の回復はようやく確実となったのだろう。ふたりの間に漂う敵意のせいで、インディゴの問題が薄れていく。自分が愚かで小さな存在になっていく気がする。「そう、今だけだぞ。復帰された王が何も変えられないなどと思っているのであれば、お前は愚か者だ」

「変わらないことというのはあるのですよ、おじ上」たとえば、王位相続権とか。

「変わるものだってある」そういい捨てると、リチャードは来たとき同様ずかずかと部屋を出て行った。

ジェイムスは近くの椅子に倒れ込んだ。まだ、手にパンフを握り締めている。「回復」「プライバシー」「家族的」といった言葉が断片的に目に飛び込んでくるが、頭の中で何の意味もなさない。シャツもスーツも、ズボンも靴も、髪や肌までも――血まみれだ。階上では、妹が薬の助けを借りて眠っている。できれば妹にも贈ってやりたかった――幸せなクリスマスを。この冬、私が初めて味わったような――ハッピーな、クリスマスを。

＊　＊

新年。

新しいことを始めるのによい時期だ。

いや、俺の場合、地図を描き直す――というのが正しいのか。

ベンは、もうジェイムスと会うのはやめにしようと思っているわけではなかった。考えれば考えるほど、正式に別れる必要はないのかも、と思えてくる。ジェイムスだって、境界線のことはしっかりわかっていたじゃないか。だろ？　ふたりはほんの少しばかり――関係を前の段階まで戻せばいいのだ。週末は一緒に過ごさない。宮殿に泊まっていかない。「早朝にアポが入っていて」とかなんとか言い訳すればいい。そうやって少しずつ、関係を浅くしていくことで、最初の境界線あたりまで戻れそうな気がする。

そこまでたどり着けば、あのころみたいに、電話一本でセックスの約束をするという気軽な関係で、しばらくまたやっていけるだろう。それが可能だと信じたかった。長い目で見れば、ジェイムスだって、これくらいの軽い関係がベストなのだと理解してくれるだろう。

旅行。

新しい鞄を下げてオフィスに向かいながら、ベンの心は浮き立った。

ヨーロッパの休日をこれまでまだ充分に堪能する機会がなかった。航空券も安いし。ドイツに住んでいた少年時代、少しはあちこち出かけたものだ。一度ワーナーとスイスで週末を過ごしたこともある。今思えば、とても愉しい週末だった。ワーナーとの思い出で唯一の愉しい思い出といってもいいかもしれない。行ったことのない場所はたくさんある。たとえば、ギリシア。真冬でも夏のような日差しが味わえる。暑い季節にはスカンジナビアへ行けばいい。そうだ。こうやってあちこち出かけるようになれば、ジェイムスとの境界線を引き直すにもちょうどいいだろう。

通勤ラッシュ前に家を出たので、オフィスに早く着いた。休憩室で皆が「コーヒー」と呼んでがぶ飲みしているものをカップに注ぐ。紅茶好きの国民にはコーヒーの何たるかがまったくわかっていない。

デスクに戻ってメールを確認する。ワーナーからまた一件来ていた。

おそるおそる——マウスが暴発するのを恐れるかのようにそっと——クリックする。

わたしのビューティフル・ボーイへ

二週間後にロンドンへ行く。ほんの一、二日だが、それくらいで充分な街だ。ワインでも飲みながら、会話を楽しみ、お互いがどう変わったか——あるいは変わっていないか——確かめようじゃないか。

以前、私のことを「ぼくの運命の相手」だと言っていたね。私は全然そんなふうに思わない。だが、まだそう言いたいなら試してみるといい。

遠回しなことは省いて、きみのフラットを直接訪ねるのがいいかな。きみはまだ壁の後ろに隠れているんだろう？　そうやって私から逃げているといい。あるいは勇気をふりしぼって私の前に現れてくれてもいい。戦場で——つまり、ナイトクラブでもバーでも、きみの望むところで会うのでもいいよ。きみに任せる。

きみはいつだって、こういう決闘が好きだったね。

ワーナー

ベンは両手で顔を覆った。

なぜだろう、いつだってワーナーがカギなのだ。心の奥底に閉じ込めておいた感情が湧き上がってきてしまう。

こんなに時が過ぎたのに。こんなに俺は変わったはずなのに。

——変わった、と思いたいだけなのか？

だがありがたいことに、湧き上がってきた感情は、ワーナーが意図していたものとは違っていた。ワーナーの言葉は「欲望」ではなく「怒り」を、そして「愛」ではなく「憎しみ」を呼び覚ました。とはいえ、その感情の強さは並みのものではない。ベンは激しく打ちのめされた。

ワーナーがこんなふうに関係の再開を誘ってくるのは初めてでもあった。これまでも、ほのめかしたりからかったり、といったメールはあったけれども、ベンを誘っているというよりは混乱させて楽しんでいるふうだった。ワーナーの人生にも何か劇的な変化があったのだろうか？　わからない。単に南アフリカよりもロンドンのほうが面白そうだから訪ねてみたいと考えたのかもしれない。充分にありうることだ。

ここ数年、ワーナーのメールには返信しないことにしていた。削除キーに手を伸ばす——が、押さなかった。

頭の中で想像する。ワーナーの挑戦を受けるのだ。クラブで彼に会い、自分がどんな男になったか見せてやる。それからワーナーのホテルへ行き、今度はこっちが攻める側になってやる。ワーナーを四つんばいにさせ、その口でもやり、意気揚々と部屋を出て行く。そうだ、俺だってできるのだと見せつけてやる――

いや、違う。

俺が自分を証明する相手はワーナーなんかじゃない。

ベンはさっとメールを削除した。

そのままじっと座っていた。ワーナーのこともジェイムスのことも、ほかの何も考えたくなかった。

「よお」ロベルトの声がする。デスクに近づくなり言った。「信じられるか、あの女?」

「どの女だ?」ベンは眉をひそめた。

ロベルトが少し決まり悪げに続けた。「いかん、俺もすっかりイギリスのゴシップ通になっちゃったよな。そのうち、サッカー選手の女房の素行にまで詳しくなっちまいそうだ」

「何のゴシップだって?」

返事をする代わりに、ロベルトがデイリミラー紙をぽんと寄こす。見出しを見るなり、気持ちが沈んだ。

またやった!

写真は不鮮明ではあったけれども、そこに写っているのはカサンドラ・ロクスバラ。スペンサー・ケネディと熱烈なキスをしている。
ジェイムスの——そしてふたりの——秘密を守るためのファサードが崩れ去ってしまった。

＊　＊

何がいちばん堪《こた》えるかといって、キャスがこうして電話ですすり泣いていることほど堪えるものはない。

「大丈夫だから」ジェイムスは言った。「本当に。遅かれ早かれ決着をつけるはずだったじゃないか、それが早まっただけさ」

「自分に腹が立ってしかたない」キャスが言った。「またあなたに泥を塗ってしまった。うちの家族にも、それからスペンサーにも——あの人、こういうことに慣れていないの。タブロイド紙の一面を飾ったり、『王室ＯＭＧ』サイトで叩かれたり、家の前でパパラッチが野宿していたり——そういう地獄にね。彼、うまく対処できないわ」

「本当にすまないと思っている。すぐにでも会おう、内密に。スペンサーとも直接話をしたい」

「彼、今、カッカしているからどうかしら。あなたのことも私のことも怒ってる。もちろん盗撮したカメラマンのことも、世界中のことも。ああ、どうして家の中に入るまでがまんできなかったんだろう？　ホルモンのせいね」

「もういいからさ」やさしくキャスをなだめる。正直、キャスのために気丈に振る舞ってはいるが、ジェイムスもまた不安と困惑で胸がざわついていた。キャスが惜しみなくサポートしてくれていたおかげで、長いことクローゼットの中に隠れていられたのだ。もう、これ以上、キャスの助けは望めない。だが私の問題は二の次だ。

「もういいんだよ。数日したら共同声明を出そう。それで決着だ。それから数ヵ月して、私たちは公の場でも友人関係を取り戻す。悪くない方法だ」

キャスは疲れて――いや、そんなものじゃない、心から疲れ果てているようだ。これ以上、一歩も進めない人みたいに。「これまで、私たちの関係を早く終えるのがいちばんいいって思ってた。でも、いざそうなると、なんだかあなたを陥れているような気がする」

「そんなこと、二度と言わないでくれ。きみはこんなにも私を助けてくれた。とてもお願いできないことまでもだ。それに、誰かと本気の恋に落ちるなんてことは、誰も予想できないよ」

それは、私がよくわかっている。

ジェイムスはキャスをどうにか落ち着かせて電話を切った。それからブランディを飲み、深呼吸をし、ベンに電話をした。ラッキーなことにまだ夕方近かったせいか、職場にいるベンをつかまえることができた。

　――少なくとも、最初はラッキーだと思えた。

「数週間は会えなくなりそうだ」ジェイムスが申し訳なさそうに切り出した。「マスコミが執拗にかぎまわるだろうから」

「了解した」ベンの声には怒りはない。どちらかというと無関心な感じだ。「たぶんそのほうがいい。俺も校正の作業があるし。ちょっと旅行したい気もする。イタリアとか、ポルトガルとか、その辺をね」

　冬でも暖かく、ビーチに美しい男たちがいる国。ベンはそこまでは言わなかったけれども、それくらいわかる。

「いろいろ決着がついたら電話しようか？」とだけジェイムスは言った。

「ああ、もちろんそうしてくれ」ベンの声が少しだけ和らぐ。「大丈夫か？」

「大変だけど……でも、もう頃合いだったんだ。キャスには自由になる権利がある」

「へこたれるなよ。こんな騒ぎ、いつまでも続かない」

いや、続くのだ。ベンにはわかるまい。ベンだけではない。誰にもわかるまい。私の立場になってみなければ。誰も。

　ベンとの電話を終えると、暖炉でまたブランディを飲んだ。この火の前でふたりで過ごしたクリスマスイブ、あの熱情的な夜のことを思うと、いつも安心できた。だが、今は違う。ベンが、ふたりの関係から距離を置こうとしている。皮肉なことに、ベンのフラットで素晴らしい週末を過ごしてからだ。ジェイムスにはなぜだかわかっていた。彼自身、あの週末の親密さはあまりにも危険すぎて、これからのふたりの関係に支障をきたすのではと考えずにいられなかったからだ。それは、つらい事実だった。ベンは、誰とも深い関係を望んでいない。あのとき、ふたりの関係を清算したほうがいいと思い始めたのだとしてもおかしくない。

ああ。だが——ベン。まだだ。

もう少しだけそばにいてくれ。

いつか去っていくとはわかっている。だが、もう少しだけ——。

ジェイムスはふっと我に返る。そのことを考えている場合ではない。もっと切迫した問題がある。

ジェイムスの傍らではコーギーのハッピーが眠っている。背中をジェイムスの腿に押しつけて。無防備な腹を撫でてやると、ハッピーの脚がもぞもぞと動く。こうして生き物の温かさを感じていると気持ちが落ち着く。よし、対策開始だ。ジェイムスはｉＰａｄを開いてネットを検索した。

ゴシップ記事が出ると、たいていはほとぼりがさめるまでしばらく待つことにしている。だが、今回は違う。キャスを自由にするために、なるべくいいタイミングで声明を出したい。そのためには、世間の人たちがどんな意見を持っているのかリサーチしておく必要がある。今の時点で考えているのは、声明の中で、ふたりの関係は一二月には終わっていたから、スペンサーと一緒にキャスが過ごしていたとしてもおかしくない、と明言することだった。うまくいくといいが。

いつもなら、まずベンのオフィスのＨＰを見て、ＢＢＣでニュースをチェックする。だが、さっきキャスが言っていたことを思い出す――『王室ＯＭＧ』サイト？　グーグルで検索してみる。

それは世界各国の王室のゴシップを扱ったサイトだった。「すべてのゴシップ」とうたっているが、よく見るとほとんどが英国王室のニュースだ。これまでもＢＢＣやガーディアン・オンラインなどで、一般人のコメントを読んだことがあったから、自分では、一般大衆の愚かさ加減や、王室に対する誤解についても充分に精通しているつもりだった。

だが、違った。

それぞれのフォーラムには王族の名前がついていた。

ジョージ国王、ルイーサ王妃、アメリア王女、摂政皇太子ジェイムス――といった具合だ。その中にひとつ、「クソ女」というものがあった。クリックしてみると、カサンドラへの悪口がえんえんと続いていた。

人前でやるなんて、どんだけビッチ？

注目されるためならあいつは人前でだってやる。皇太子とつき合ってるのもそれ目的だって。なんで王子がビッチを捨てないのか意味不明。いちばんいいタイミングで捨てるのかも。でも、王子、趣味悪すぎだから、次の女もクソで決まり。

ジェイムスは、自分の女がほかのとやってるのを見て興奮するタチなんだよ。目の前でやってないとしても、やってるときに録音とか録画とかしてるはず。

わかんないけど、寝取られ男フェチとか？　性的倒錯？　性的倒錯には寛容になるべきでは？　ふたりがそれでいいならよけいなお世話だよね。

性的倒錯？　それだよ。きっと王子は人に言えないような淫らなことを尻軽サンディにさせてるんだって。それにしてもこんなヤリマンが次期王妃だなんてな。

ずっとこんな調子だ。
ジェイムスはショックを受け、あきれ、怒り、恥じた。
自分をとりまく知人や家族をこんなふうに言っているなんて――そのあまりにも直接的な物

言いにショックを受けた。あきれたのは、投稿者があまりにも事情を知らなさすぎたからだ。怒りは、そこここで感じた。母が父を裏切って不倫をしていただと？　それにカサンドラをこんなひどいあだ名で呼ぶなんて。インディゴがいつ薬物摂取過多で病院に運ばれるか、賭けをしているスレッドまであった。

そして――わが身を恥じた。

時間は刻々と過ぎ、夜になる。さっき立てた計画を忘れたわけではなかった。それどころか、事は重大になってきている。わかってはいたが、体が動かない。

だが、のろのろと立ち上がり、キッチンでスープを作り始める――虚ろな気分で。

不可能なことでも、避けては通れないものはあるということか。

時間通りにグローヴァーが扉を開ける。「アメリア王女さまのおなりです」

カサンドラと違い、インディゴは執事に案内されて入室するのを好んだ。相手を驚かせたくないからだ。たとえ相手が兄で、その兄に夕食に招かれてきたのだとしても。

インディゴは軽く「ハイ」と挨拶しながら入ってきた。あのクリスマス以来、ずいぶん落ち着いたが、まだ本調子ではなかった。ジーンズに着古したセーター――多分、父さんのお古だ。だがコンバースのトレーニングシューズは、インディゴがデコレイトしたものだった。スチームパンク風に、銀やブロンズで渦巻きなどが描き込まれてある。これは復調の兆しとみてもいいかもしれない。

インディゴが近づいてきて、ぎこちなく微笑みながら腕を回してくる。

「いい匂いがする」

「チキンスープだ」

「ママのレシピの？」

「もとは、ね。ずいぶんいろいろ手を加えちゃったけど」

「ああ、グロー」インディゴは膝をつくと、大喜びで駆け寄ってきたコーギーたちを撫でてやった。「ハッピーも。会いたかったわ。なんだかふたりとも太ったみたい？」

「クリスマスのごちそうのせいかな」

ベンが、コーギーたちにまでクリスマス・プレゼントを持ってきてくれたのだ。思い出すだけで——胸が張り裂けそうになる。が、なんとか笑みを作った。

ふたりはキッチンで食事をした。ここでなら、犬たちはオーブンの近くでまどろめるし、何より、子どものころからふたりが慣れ親しんだ場所でもある。数日前に、インディゴを夕食に誘ったのは、部屋にばかり閉じこもっていないようにという配慮だったが、幸い、ジェイムスの部屋は、家族の思い出の部屋でもあり、インディゴにとって安心できるスペースでもあった。

おまけに、誰に聞かれる心配もなく話ができる。

「カサンドラのこと、読んだわ」恐るおそるインディゴが切り出す。「大変なことになっちゃったわね」

「大変どころじゃない、もう終わりだよ」ジェイムスはスープ皿の前で手を組む。まるで子どもが食事のお祈りをするみたいに。「もうこれ以上、キャスに無理なお願いはできない。もちろんスペンサーにもね。ふたりは愛し合っているんだ。私の嘘のせいで、ふたりがこんなふうに悪者扱いされるなんていけないことだ」

「もちろんよ。カサンドラがどれだけ兄さんのことを大切に思っているかは知ってる。どれだけ助けになりたいかもね。でも、永遠にこんなことを続けてはいけない」

「そのとおりだ」ジェイムスは無邪気だったころに想像していた光景を、頭の中で静かに打ち消す——結婚式の日、王妃の冠をキャスの頭にのせた私に、キャスがウインクしてみせる。友情とともに育む結婚と、ふたりの未来。そんなのは幻想だ。その幻想に長いことずっとしがみついてきてしまった。

「それに——ベンだったかしら？　兄さんたちにとっても大変なことじゃない？」

ジェイムスは息を整えた。「実のところ、そのことについて話したかったんだ。そのことだけじゃない——ああ、なんていうか。本当に——」

「ジェイムス……？」インディゴがスプーンを置く。

「お前が言ったとおりだよ」あとは言葉が堰《せき》を切ったようにあふれていく。「私たちはずっと自分を偽ってきた。私たちはみな、偽りの人生を生きている。大衆があれこれ邪推するのも無理はない。おかしいぞと思っているんだから。本当のところはわからないにせよ、国民は、私たちが見た目どおりの人間ではないということには気づいている。偽りの人生を送っているくせに、他人の欺瞞《ぎまん》を責める権利は私にはない。こんな生活を送るのはもう嫌だ。心底疲れ果てた。これ以上、続けてはいけない」

「それ、どういう意味?」インディゴが声をひそめる。内密の話だと感じたのだ。

だが、ジェイムスはあえてきっぱり口にした。「カミングアウトしたい。はっきりと公にする。少しのごまかしもなしだ。すぐにでもしたい」

インディゴは青ざめたが、パニックにはならなかった。「王位継承権を放棄するの?」

「まさか」ジェイムスは身を乗り出し、インディゴの手をとった。妹には何が何でも理解してほしかった。「王になれると断言はできない。でも、チャンスはあると考えている。時代は急速に変わってきているからね。チャンスがあるならしっかりつかまないと」問題は教会だ。ジェイムスが太刀打ちできる相手ではない。何を言い、どう行動しても、とうてい力の及ばない障壁。だがそれ以外は、実際的な戦略のもと、タイミングよく行動すれば味方につけられる。

「お前のこともちゃんと考えている。安心して。明日、キンバリーにも打ち明けるつもりだ。それで戦略を練る。だが、考える時間が欲しいようなら、そう言ってほしい。お前の了解なしでカミングアウトはしないつもりだから。約束するよ」

インディゴは長いことじっと黙ったままだった。何をどう行動するにせよ、インディゴが嫌だといったらこの話はここまでだ。それは言わなくてもインディゴもよくわかっていた。

インディゴが最初に口にしたのは、彼女にとってはいちばん瑣末な質問だった――それは、ジェイムスにとっていちばんつらい質問でもあったのだが。

「兄さんとベンのことについて話したいって言ってたけれど、カミングアウトをするのはふたりの関係をオープンにしたいからなの？」

「いいや。残念ながらその反対だ」

ジェイムスは平静を装って答えた。すでに事実をしっかり受け入れているかのような顔をして。実は胸を刃物で刺されたみたいにつらいなどとは決して――決して言うまい。

「考えてもごらん。そんなことをしたらベンはマスコミの格好の餌食になる。お前や私みたいに、どこへ行くにもつきまとわれる。こっちはボディガードもいるけれど、ベンは丸腰だ。それに、ベンは自由であることを尊重している。自分の生活は自分で守りたいんだ。誰とも深い関係にはなりたくないと思っている。つねに世間から注目され、マスコミに追われる生活だなんて、ベンがいちばん嫌うものだよ」

「それでも、ふたりの関係はばれてしまうかも」

「まあね」それについてはすでに考えていた。もしかしたら手遅れかもしれない。関係がばれ、ベンは世間の怒りや嘲りの対象になってしまうかもしれない――そうならないことを祈るのみだが。

「カミングアウトをする前に別れれば、ベンのほうでも対処のしようがある。彼には迷惑をかけたくない」

インディゴは椅子に深く沈み込んだ。「ベンが別れたいと考えても責められないわね。誰だって、私たちみたいな生活を送りたいとは思わないはずだもの」

いや、それはどうだろう？　貧困にあえぐ人たちは、交代できるものなら喜んでこうした生活を送ることを選ぶだろう。ハノーヴァー家の財産と安全が手に入るのだ。メディアに追われることなど何でもない。だが、ベンは違う。仕事も充実していて住むべき部屋もあり、今の生活に満足している。それを捨てるなんてできないはず。ジェイムスにもそれはよくわかっていた。

ふたりの関係が永遠に続くものじゃないってことも。

このごろ、ベンはジェイムスのことを哀れむような顔で見ることがある。まるで安楽死させられる寸前の病気の犬を見ているみたいに。情けない話だが、だからこそカミングアウトしようと決めたのだ。私がベンに対して抱いている気持ちは、一方通行なのだ。もし、ベンも同じ気持ちだったなら、私はカミングアウトをしようとすら考えなかっただろう。カミングアウトをすることはすなわち、ベンを永遠に失うことなのだから。キャスをどれだけ貶《おとし》めることになっても、どれだけ自分が臆病者になっても、ベンをつなぎとめられるのであれば、嘘の生活を続けるだろう。

けれども、ベンの心は徐々に離れていっている。その事実を受け止め、苦痛に耐え、せめて自分の尊厳くらいは取り戻したい。たぶん、ベンも私の決断に賛同してくれるはずだ。会えなくなってもどこかで自分を応援してくれている――そう思えば少しは心も楽になる。

「ごめんなさい」インディゴが気遣わしげに言う。ジェイムスの気持ちに気づいたらしい。

「本当に、こうするのがいいことなの？」

「ああ。間違いなくね。私の望むとおりになるかどうかはわからないけれど、やってみたいんだ」

　肩を少しいからせ、インディゴが頷いた。それだけで充分伝わった。インディゴは賛成してくれている。たとえその決断が、ジェイムスの人生だけでなくインディゴの人生までも危険にさらすかもしれない、とわかっていても、ジェイムスの側に立ってくれる。ジェイムスはインディゴへの愛情と誇らしさで胸がいっぱいになった。この子がこんなに勇気を示してくれているんだ。私にだってできる。

「私も嘘をつくのは飽き飽き。カミングアウトが必要なら、そうしてちょうだい」

　この瞬間を迎えるとき、正直、すごく恐ろしい気持ちになるのではと思っていた。でなければ反対に、勝利の高揚感、とか。だが実際は、心が麻痺したかのようにぼんやりしている。

「本当にいいのかい？　お前にもいろいろと苦労をかけそうだ」

　インディゴはまた頷いた。今度は涙をこらえている。「ただ、約束してちょうだい。王座を決してあきらめないって。リチャードがあなたを引きずり下ろそうとするはず――ええ、絶対にね。でも、負けないで。あなたはとってもいい人よ、ジェイムス。きっといい王さまになれる。愛してるわ」

「私も愛してるよ。それにもちろん約束する」ジェイムスはインディゴを抱き締めた。「死に物狂いで闘うよ」

第九章　チェックメイト

「申し訳——ございません、殿下。なにぶん、思いがけないお話でしたので——」

ジェイムスは椅子に深くよりかかる。「こんな状況では驚くのも無理はない。それに——白状すると、きみのリアクション、ちょっと愉快だったな。全然気づいていなかった？」

「率直に言わせていただけるのでしたら——」ジェイムスが頷くと、キンバリーは続けた。

「レディ・カサンドラ以外にどなたか特別なお方がいるのではとは拝察しておりました。ですが、てっきり身分を隠してお付き合いする必要のある女性なのかと」

さすがキンバリー・ツェン、すでに落ち着きを取り戻している。首に巻いたエルメスのスカーフをさっと直すと、手にしていたｉＰａｄの画面に戻る。

「公にカミングアウトをなさりたいのですね」

「ああ」

「それもすぐに」

「有効な戦略を練りしだい。だが、何ヵ月も待てない。数日勝負だと考えている。私がストレートじゃないことはまあ、急いで発表することでもないかもしれないが、カサンドラのことを考えないと。一日も早く彼女の汚名をすすぐべきだ」

キンバリーは頷いた。ジェイムスの事務室で、彼の向かいに座っている。クラレンス・ハウスの居室にある小さな事務室のほうではなく、一階の大きな事務室のほうだ。ジェイムスはこの部屋が気に入っていた。レザーの匂いが心地よく、ベージュのカーテンのせいか、日差しまで温かなアンティーク調に色づいて見える。ジェイムス専用の椅子は大きくて美しい流線型をしており、カーペットは一八世紀トルコのキルム織りだ。ふだんなら軽く見過ごしていることも、今日はひとつひとつが新鮮に思える。自分が安心して力を発揮できる場所で、こうした話ができるのはありがたい。王のような気分になれる。

ジェイムスも自分のｉＰａｄを開き、キンバリーにファイルを転送する。

「これを見てくれ。カミングアウトした際に、直面するであろう反対意見のリストだ。それぞれについて私の意見も加えてある」

キンバリーがファイルに目を通す。すでに状況を把握している。優秀な人を雇って本当によかった。

「これはいくぶん大局的な意見かと存じます。どれくらい前からこれに取り組まれていらっしゃるのですか？」

「ゆうべ始めたばかりだ」ジェイムスはコーヒーをすする。「あまり眠れなかった」

ほとんど徹夜だといってよかった。不安と狂乱、そしてある種の興奮状態に陥り、頭が冴えてしまったのだ。カフェインより強い刺激。そうした考えから離れていると、今度はベンのことばかり考えて胸が裂けるように痛んだ。

「殿下、昨夜これをご作成になられたばかりだというのでしたら――再度お聞きいたします。本当に、この計画をお進めしてよろしいのですか？」キンバリーは続けた。「レディ・カサンドラのご状況につきましては、しかるべき声明を出すことで、充分対処しうるかと存じます。その間に、カミングアウトについてお時間をとってご熟考されてもよろしいかと」

「もう時間は充分すぎるほどとったよ、キンバリー。一〇年だ。こんなにも長く偽りの生活を送ってきた。そろそろ終わりにしないと」

キンバリーが微笑んだ。たったそれだけのことだが――そして、これまでもキンバリーの笑みは、それこそ会話のたびに見てきたが――この微笑みは、いつもと違った。

その違いが何なのか――ようやくジェイムスにもわかった。

いつもの微笑みは、礼儀だったり、友好な上司と部下の間で交わす類のものだった。だが、この微笑みは違う。キンバリーはジェイムスに心から共感しているのだ。

　もしかしたらキンバリーだけかもしれない。だが、真実を告げた相手にこんな笑みを返された——それだけでも勇気がわいてくる。

「承知いたしました。殿下」キンバリーはすぐさまジェイムスの作ったリストを再確認し始めた。いつもの有能さで。「さて、と。今は火曜の朝ですね。カミングアウトの声明をお出しになるのは、金曜の午後ではいかがでしょう。王族のみなさまに報告する前に戦略を練る時間がとれますし、平日とは違った、週末のゆっくりしたニュースサイクルにのれます。国民もニュースについて週末じっくり考える時間ができますし、比較的良識的なマスコミの意見に触れることができるでしょう。週が明ければいつもどおり、会社でゴシップを交わし合ったり、スタンドでタブロイド紙をチェックしたりするでしょうけれど」

　なかなか的を射た策だ。ジェイムスは頷く。「私の一族が介入してくる前に戦略を整える。きみが状況を正しく理解してくれていてうれしいよ」

「また率直なことをお伺いしてよろしいでしょうか？」

「もちろん」

「このことをご存知の方は？」

「妹はこのことについて全部承知している。ほかの家族は、つゆとも疑っていないんじゃないかな。ああ、ニコラスは気づいているかもしれないが、そんな話をしたことはないし、疑っていても誰にも言っていないはずだ。それは間違いない」

キンバリーがまっすぐにジェイムスを見る。「仮にあなたさまが王位継承権から外れ、アメリア王女も放棄されるとなると、ニコラス王子はお父君の次に王位継承権をお持ちになることになります」

「ニコラスも王座を狙っていると?」ジェイムスは笑った。「彼は一日王座につくよりも一生イギリス空軍に骨を埋めたいと思っているだろうね。ああ、誤解しないでくれ。もしニコラスにその気があれば、彼は素晴らしい王になると思っている。それでも、ニコラスは私の敵にはならないと思うよ。まあ、彼の父親のほうは話が別だけれど」

「承知いたしました」

もちろんキンバリーは今ではすっかり一族の内情に通じており、リチャードが一族のメンバーを貶めることは口にしないものの、王座を狙うことにかけてははずる賢く立ち回るだろうということは理解している。

それでもまだ理解の及ばないところもあるだろう。「これから別の書類を作るつもりだ。私がカミングアウトをした際の、一族の個々の反応についてリストにしておく。こちら側についてくれるか、反対に回るか、それぞれへの対処案についてもね」

「それは素晴らしいですね、殿下。私はメディア操作のための対策から始めます。メディアはホモフォビア的な記事にならないよう注意を配るでしょう。そうなると、反対意見を述べるための糸口をほかに見つけてくるはずです」

「教会だ」ジェイムスが言った。教会——これぱかりはコーヒーをいくら飲んでも、いい対策案が思い浮かびそうにない。「最大の障害は教会だろうけれど、あいにく策は思いつかない」

だが、キンバリーは動じなかった。「では、私たちはほかのテーマで議論することに集中いたしましょう。こちらに有利なテーマで。それに先んじて、メディアコンサルタントを招聘《しょうへい》したいのですが。もちろん、守秘義務をしっかり守っていただける方にいたします」

ジェイムスは頷く。「秘密にしておく期間はそんなに長くはなりそうにないが」

「長くても一日、二日といったところですね」キンバリーの手がタブレット上で素早く動く——が、急に止まった。「個人的なことをおうかがいしてもよろしいでしょうか？」

「いちいち許可を求めなくていいよ、キンバリー。今週末までいろいろ聞きたいことが出てくるだろう。必要なことはどんどん聞いてくれ。私たちは足場の悪い道を協力して歩んでいくんだから」

「現在、特定の男性はおいでですか？」キンバリーは少し顔を赤らめながら尋ねた。私も顔が赤いのだろうか？「ゲイ同士の結婚の法制化と、今回のカミングアウトは関係があるのかと思いまして」

「彼らが私を責めなくなるという点では影響があるかもしれないけれど」ジェイムスはため息をついた。「信じてくれ。私は結婚する予定はないから」

これで言い逃れができるほどキンバリーは甘くなかった。「では、お付き合いしている方はいないのですね?」

「恋人とともにカミングアウトするつもりはない」

これもまあ、言い逃れだ。キンバリーはそれだけわかれば充分なのか、もっと踏み込んでみたいのか、どちらだろう。

どちらでもいい。もっと正直に言ってもいいのだ——もうすぐ独りになると。

その日はずっとふたりで作業を続けた。軽食のサンドイッチをとるのと、トイレに行く以外は休みなしだ。ありがたいことに今週は事務的な業務のために時間を確保してあった。イベントは少なく、急にキャンセルしてもさほど注目を浴びないものばかりだ。人生を賭けた闘いのために、集中して準備をすることができる。

「テレビのインタビューはお受けになりますか?」キンバリーが尋ねた。「異例の措置ですが、昨今では、ないこともない策です。影響力は大きいです」

ジェイムスはしばらく考え、首を横に振った。「私が摂政でいる間はだめだ。ごく稀に、王族がテレビの取材を受けることはあっても、首長はそれはできない」

キンバリーの顔が輝く。「今までそれについてよく考えておりませんでしたが、摂政でおられる間にカミングアウトをなさるわけですね。となると、ある種の反響は防げます。今のあなたさまを攻撃するということは、君主制そのものを攻撃するということになりますから」

「したい人はするだろう。だが、きみの意見は的を射ている」なんでそのことについて自分のほうで気づかなかったのだろう。祖父はもう、簡単な言葉なら話せるくらいに回復している。徐々に復活の道をたどってきている。摂政としていられるのもそんなに長い期間ではないはず。ほら。やっぱりこのタイミングで正解なんだ。今しかない。引き返すな。

少しだけまだ躊躇しているのは——カミングアウトを苦痛に思うのは、今夜、しなければならないことがあるからだ。

キンバリーが退出すると、ジェイムスもクラレンス・ハウスの住居スペースに戻った。いつもは自分で衣服を脱ぐ。従者のポールソンには外出時の着替えや衣類の管理は任せているがそれ以外は自分でやる。ただ、今夜はポールソンを呼んだ。これも時間稼ぎのひとつだ。ポールソンがスーツジャケットを脱がせ、タイを外し、靴紐を解いている間、ぼうっと立っていられる。私には今、何もしない時間が必要なのだ。ただ、その場に立ち、すべてが行われていくのを黙って見ているだけの時間。

だがそれにも終わりはある。一人きりになってしまった。もうこれ以上は引き伸ばせない。

ジェイムスは受話器をとった。ああ、ベンが職場にいなければいい。そうすればもう少しは引き伸ばせる。

だが、二回で相手が出た。「ダーハンだ」

「ベン。やあ」

「ああ――声が聞けるとは思わなかった」

「少し状況が変わってね」ジェイムスは俯《うつむ》き、受話器をしっかりとこめかみに押し付ける。

「誰にも聞かれていないかな?」

「ああ、今は大丈夫だ。少なくともこのフロアはみんな退社している」ベンの口調は、最初に電話に出たときとは変わっている。大事な用件だとわかったのだ。

「どうした?」

「とても重大な決断をしてね。それが――その、ふたりに関係があるものだから」深く息を吸い――吐く。「キャスのことで、これ以上偽りの声明を出したくない。もう充分だ。私はカミングアウトする」

ベンが声を上げた。別のタイミングでなら、こんなに驚かれたらきっと愉快に思うだろう。

「今か?」

「今週末、金曜だ。今は、対策に追われている」

ベンの頭は全然回っていないようだった。これ以上言わなくてもわかってくれ――ジェイムスはそう祈ったが、ベンはわかっていなかった。「じゃあ、しばらくは会わないほうがいいんだろうな」

まるで――体に深く刺さった矢を誰かに抜いてもらっているような気分だ。心臓近くにめり込んでいる弾丸を摘出してもらっているような。たとえそれで命を落とすことになっても、そうしてもらうのがいいのだろう。この痛みほどひどいものはないのだから。ここできっちり終わらせるのがいちばんだ。

「カミングアウトしてからも会っていたら――きみはメディアに追いかけ回される。もちろんタブロイド系のメディアだ。きみのところとは違う」そんなこと、ベンはとっくにわかっている。これもまた時間稼ぎだ。状況はますます悪くなる。勇気を振りしぼり、一気に言う。「きれいに関係を清算するのがきみにとっていちばんだ」

「ああ」ベンはほかに言葉が出てこないようだ。残念に思っているのか？　ほっとしたのか？　たぶん、両方だろう。

「私にとってはとてもつらいことだ」ジェイムスはこの点は正直に伝えたかった。もちろん言わなくともベンはよくわかっているだろうけれど。「でも、カミングアウトをしたら、私たちのゲームのルールも変わってしまう」

「そうだな。確かに。っていうか、すまない――あまりよく理解できてないんだ。まったく急な話だから」

「いいんだ」ジェイムスは応じた。少なくともベンは無関心ではなかった。ナイルみたいに。それだけでも少し心が和らぐ。「なぜそうするかはわかってくれるだろう？」

「もちろんだ。それは腑に落ちる。メディアの嵐の中に飛び込むわけだな」少し間を置いてベンが続けた。「本当に、心の準備はできているんだな？」

「いいや。でもこれ以上引き伸ばしてしまったら、私はだめになる。こんなふうに嘘をついて生きてはいけないよ。少しずつ毒に侵されていくみたいだ。すっかり毒が回ってしまった。今こそ解毒剤を飲むときだ。真実を明かすときなんだ」

ベンの声に優しさがにじむ。「お前のことを以前、臆病者と呼んだな。俺が馬鹿だった」

ジェイムスは胸がいっぱいになる。今にも張り裂けそうだ。頬の内側を噛み、感情をこらえる。まだ話はあるのだ。「きみにそう思ってもらえるなんてうれしいよ。ありがとう」

「じゃあこれで——これで前進だな」ベンの言葉がくらくらと響く。「あまりにも突然だが」

「わかってる」

交通事故に遭った人はこんな感じなんだろうか。呆然として——それから痛みが襲ってきて、今の今までいた世界には戻れなくなってしまう。

「私たち、素晴らしい時間を過ごせたよね？」

「ああ。本当に」

これが——聞きたかった。確かめたかった。ベンの言葉の中ににじんでいる気持ち——ベンもまた、別れを惜しんでいる。私のように、自分の体の一部がもぎとられてしまうようには感じていないだろうけれど、何かしら思ってくれている。これで、言い出しにくいことを口にする勇気が出た。

「それで、もしよければ明日の夜、こっちに来ないか？　電話で別れるというのもどうかと思って」そこで息を飲み込み、続ける。「もう一度だけ、会いたいんだ」

しばらくベンは何も言わなかった。私の考え違いだったのか？　ベンはこのまま電話であっさり別れたかったのかもしれない。こんなゴタゴタはもうたくさんなのかも。そうだとしてもベンを責められない。

ようやくベンが口を開いた。「ああ、そうすべきだ。明日の夜に行く。いつもの時間でいいか？」

「もちろん」

キンバリーは明日の午後までにはメディアコンサルタントを召集する手配を整えるだろう。そして夜を徹して対策を練るのだ。それが最適な方法だ。

だが、そんなことはどうでもいい。

明日の夜、もう一度だけベンと会う。世界中の誰にも、これだけは邪魔させない。

電話を切り、心もとない気持ちのまま息をつく。そしてようやく頭を垂れ――泣いた。とめどなく涙があふれ、止まらない。身も心もぼろぼろで――ただただ、泣きじゃくった。こんなに泣くのは、両親を失ったとき以来だ。でも今しかない。明日、こんなふうになるわけにはいかないのだ。キンバリーとともにいるときに。あるいは、ベンに別れを告げるときに。だから、今は泣いていい。疲れ果て、心がからっぽになってしまうくらい泣けばいい。

＊　＊

ああ――くそ。

ベンはデスクでじっと座ったままだった。手にはまだ受話器を持っている。ようやくそれに気づいて受話器を戻したが、座ったままでいた。身動きもできず、何も考えられない。

そのとき、ニュースルームのドアが開いた。ロベルトが入ってくる。午後に記者会見があったため、ブレザーにネクタイ姿だ。気づけば勝手に顔がロベルトに微笑みかけていた。自動で動くマスクみたいに。「なんで戻ってきた？　記者会見の内容が面白くてすぐにでも記事にしたいとか？」

「まさか。そんなのスマホでもできるしな」と、ロベルトはデスクの下のダッフルバッグを取り出す。「いつもの退屈な会見だったよ。それで走りたくなっちゃってさ。そっちはまだ仕事？」

「終わったよ」厳密にはまだだったが、あとは明日の朝なんとかできる。今は、ここを動くべきだ。「連れは欲しいか？」

「ああ。そういや、前に雨が降って走れなくなったことがあったもんな。でもあの日、あんまりランニングはしたそうに見えなかったけど――」

「そりゃ誰だってずぶ濡れになってまでは走りたくないさ。ほんの数マイルくらいならつき合うぞ」

ロベルトがにんまりする。「わかった。じゃ行くか」

ベンもジムに行くための着替えをオフィスに置いてあったから、ふたりしてトイレで着替えるとそのまま外に出た。

ロベルトのいつものコースはここからハイド・パークへと向かうらしく、途中でバッキンガム宮殿を通り過ぎた。このままクラレンス・ハウスのほうへ向かうこともできる。だが、ベンは何も言わなかった。ただロベルトの走りについていく。次々と王族たちの住まいの脇を通り過ぎながら。

ロベルトの走りについていくのはなかなか骨が折れた。一二月に参加したハーフマラソンの結果がよかったらしく、ロベルトは、フルマラソンに向けてトレーニング中だった。六マイルを過ぎても快調に飛ばしていく。ベンはというと、腹のあたりに差し込むような痛みが走り、一月の寒さの中、汗がぽたぽたと流れ落ち、息はどんどん浅く苦しくなってきていた。

先に足を止めたのはロベルトだ。ベンはよろよろと近くのベンチに倒れ込み、息を荒げた。

ロベルトはそんなベンを困惑げに見ている。「いったいどうしたんだ？」

「どうしたって——今はあまり——絶好調じゃないんだよ」ベンは週に三、四回はウエイトリフティングをしていたが、有酸素運動はさぼりぎみだった。とりわけジェイムスと——いや、仕事が忙しかったときは。

「七月の犬みたいにハアハアしていることを言ってるんじゃないんだよ」ロベルトの口調はからかうようだったが、心配そうな表情までは隠せなかった。「俺が聞いてるのは、なんでそんなにむちゃくちゃなんだ？　――何かに追われてるみたいだぞ」

息を整えるのにしばらくかかった――自分の考えをまとめるのにも。ベンはもともと、自分の気持ちを吐き出すようなタイプではない。それに詳細を事細かに打ち明けるわけにもいかなかった。だが、今の自分には相談役が必要だ。

「こっちから別れようと思ってた相手に、先に別れを切り出されたことは？」

「ああ、そりゃ堪えるよな。犬の飼い主氏に振られたのか」

「でも、どのみち別れようと思っていたんだろ？　プライドは少し傷ついたかもしれないが結果は同じ。だよな？」

「まあそんなところだ」

「たぶんな」

ロベルトがじっと見てくる。「なんだか別れたいと思ってたって口ぶりじゃないな」

「そのつもりだった。でも――なんていうか、まだその準備ができてなかったんだな、きっと」

「それは気の毒だったな」しばらくしてロベルトも傍らに腰を下ろす。ボトルの水を飲み、公園の向こうに瞬く街の灯りを見やる――ベンとは目を合わせないようにして。

「そいつとの関係は——手に入らないものだから追いかけたくなるってやつか？　それともマジだったのか？」

ベンは肩をすくめる。「さあな。今となってはどっちでもいいことだ」

しばらくの沈黙。ロベルトがため息をついて続ける。

「おい、これは俺からのアドバイスだ。聞いたらすぐ忘れてもらっていい。どうだ？」

「わかった」

「犬の飼い主氏とは本当に終わったのか？　それはもう変えられないのか？」

「ああ、変えられない」

ジェイムスがカミングアウトしてしまえば、あいつは宮殿の中に封印されてしまう。そして俺は永遠に締め出される。

「なら、まずは自分の気持ちを認めるんだな。そうじゃないと立ち直れないぞ」

「そんなに大げさな話じゃない」そう言い返したが、その言葉には説得力がなかった。「こうなることはわかっていたし」

「馬鹿いえ」

ベンは困惑した。「お前は何も知らないだろう」

「何も知る必要はないね。自分の顔を見てみろよ。そんなに打ちひしがれてるくせに。顔に全部書いてあるぞ」

ベンはロベルトから目を逸らし、何も言わなかった。そのまま沈黙が流れる。

ようやくロベルトが口を開いた。

「俺のために認めろって言ってるんじゃない。自分のために認めろよ。それで忘れちまえ。どんな方法でもいいさ、音楽聴いて泣くのもよし、酔いつぶれるのでも、クラブでホットな男をナンパするんでもいい。どれもうまくいくさ。唯一うまくない方法があるとすればだな、それは、大したことじゃないって顔してごまかすことだ。だって明らかに大したことなんだから」

「酔いつぶれるっていうのはいい案だな」ベンは立ち上がった。「このあと忙しいか?」

「ええと、その前にひとつ言っとく。俺はストレートだ。わかってるよな?」

ベンはため息をついた。「ロベルト、俺がお前に気があったら、とっくに気づいてるだろう」

「ああ、ああ、もちろんだよ。だけど一応念押ししとかないと。だってほら、こんなに魅力的だろ、俺」ロベルトはランニングウエアの自分を指さし、優雅にポーズを決める。ベンも知らず苦笑してしまう。「明日、会見で朝が早いから酔いつぶれるのはパスだけど、何杯かひっかけるくらいならつき合える」

「じゃ、そこから始めるか」

*　　*

翌日の昼――。

クラレンス・ハウスの正面で記者たちがテントを張って待ち受けているにもかかわらず、また一〇〇人を超えるカメラマンが執拗にカサンドラの車を追いかけまわしているにもかかわらず、カサンドラは堂々とクラレンス・ハウスに乗り込んできた。

キンバリーには席を外してもらうことにする。キャスが今にも暴れ出しそうだったからだ。

「ねえ、ジェイムス。あなた気でも狂ったの？　どうしてそんな考えになっちゃうわけ？」

「私のメッセージを読んでくれたんだね」

キャスは何かに取り付かれているみたいに部屋を行ったり来たりしている。バンシーのように凶暴になっているくせに、見た目だけはエレガントだ。今日はドレスアップの日だったらしく、光沢のある赤紫色のドレスに、高いヒール。極悪そうな美貌の魔女と化している。

「騎士道精神を発揮して私を助けたいと思ったんでしょうけど、私のためにそんなことまですることない。こんな馬鹿げたことのために」

「事態はもっと深刻だ。わかってるだろ？」ジェイムスは言った。

キャスは私のためにこれまで世間の激しい非難にも耐えて役目をまっとうしてくれた。私は何年もそれに甘えてきてしまっていたのだ。自分の目的をかなえるため、親友の心の痛みにさえ気づかないふりをして。

「私がきみにこの一〇年――一〇年だよ――頼んできたことは、まったく良心に背くことだった。でもようやく終わる」

「そんなに大事なことをさっさと決めないで――それも私のために！」

「きみのためなんかじゃない」ジェイムスはキャスの手を取り、一緒になって歩く。「本当だ。こんなときだって私は自己中心的なんだ。これは自分のためだよ」

キャスの態度が和らぐ。

「それ、本当？」

ジェイムスが頷くとキャスは少し黙った。

「まあ、ダーリン。本当なの？　心の整理はついたの？」

「ああ。ようやくね」

「とうとう、なのね」キャスがジェイムスの手をぎゅっと握る。「あなたがあまりにも早く決断したように思えたから」

「半分イエスだけど、半分はノーだ。ここまでくるのにずいぶん時間はかかったけれど」

確かに、突如雷に打たれたようにひらめいた、という一面はある。だが、何年も前から続けてきた旅の最終段階にようやく到達した――そんな思いがあるのも本当だ。

「今が〝そのとき〟なんだ」

「間違いない？」

「ああ、まったくもって」ジェイムスはため息をつく。「とはいえ、恐ろしくて死にそうな気分だけど」

キャスがジェイムスの机に寄りかかる。ジェイムスも隣でそれにならう。

ふたりの手が重なる。

しばしの沈黙。やがて、目が合った。キャスが悲しげに頭を振る。

「なんだか変な気分。このお芝居を終わらせる準備はずっとできていたはずなのに、いざそうなるとさみしいものね」

「おかげで私は安心していられた」ジェイムスは言った。「きみには何も得るものがないというのに」

「やだ、あのティアラがもらえるじゃないの。おばかさん。あれをつけるのが楽しみだわ」キャスが真顔になる。「タブロイドにひどいことを書かれるたび、私、それは事実ですって顔をしてきた。はい、私はそういう女です――白昼堂々、王子を裏切って睫毛ひとつ動かさない女。確かにちょっとビッチだったかな。でも、完璧に怖いもの知らずだった。悔恨もせず、恥とも思わず、世界に立ち向かう気まんまん！　たぶん私、まだそこまで心の準備ができていないんだと思う。だって――だって私が、どこにでもいる普通の人だってみんなにばれてしまうでしょ」

ジェイムスはキャスにそっと身を寄せる。「きみみたいな人はどこにもいない。いつだって勇敢だった。みんなもそれを知っていいころだ。私たちはふたりとも、真実を告げる時期なんだよ」

「確かにそうね。うん、きっとうまくいく。あわれなリチャードにはお鉢は回ってこない。あの人にはもっといいものをくれてやりたいわ」

ジェイムスは、キャスがリチャードの鼻にパンチを食らわすところを想像し、にやにやした。

「きみの言うとおりになるといいけど」

キャスはまるで母親がするようにジェイムスの髪を撫でた。

「それにしても愉しそうじゃないわね。すごく心配そう」

「だって心配したくもなるだろ?」

だが、キャスにはわかってしまうだろう、それ以上の理由があるということが。カミングアウトのことを打ち明けたのは（ベンとキンバリーは別として）ふたりだけだ。インディゴにはなるべく負担を増やしたくなかったからあまり話せなかったけれど、キャスになら言える。

「ベンと別れないといけなくなった。これがつらくて」

ジェイムスは、このときほどキャスの愛情をありがたいと思ったことはなかった。ベンを信頼していたわけでもなく、ふたりの関係は危ういとまで言っていたキャスのことだ、本当なら別れると聞いて安堵してもよさそうなところだったが、返ってきたのは温かな言葉だった。

「本当に残念だわ。あんなに彼のことを大事に思っていたものね」

ジェイムスは頷いた。言葉にならなかった。

あと七時間半でベンがここに来る。ベンと最後に会うまであと七時間半。砂時計の砂が別の世界へとこぼれ去ってしまうような気持ちだ――。

キャスが気を取り直したようにきびきびと言った。「いつ発表するの？」

「金曜の午後。もちろんきみも事前に原稿に目を通したいだろうね」もちろんそうだろう、今ごろ気づくなんて。「木曜の夜に電話するよ。そのとき原稿をチェックし合おう。そのあとで原稿を書き換えることもあるかもしれないけれど、きみと私にかかわるところは直さない。ふたりで決めたとおりの言葉を国民に伝えるよ」

レディ・カサンドラ・ロクスバラについて世界の人々にどう伝えたいか――それについては何年も前から考えてある。

「そしたら私、すぐにスコアをつけにくるわ」

ジェイムスは思わず吹き出した。これはふたりでよくやる遊びで、何か大きなイベントがあったあと、タブロイド紙の見出しを全部チェックして、どれが最優秀でどれがワーストかを決めるのだ。今度の声明ではきっと、ものすごい見出しが並ぶだろう。ジェイムスの笑顔を見て、キャスも微笑んだ。

「どう思う？」

「最高だね」ジェイムスはぎゅっとキャスを抱き締める。

そう。愛すべきものをすべて失うわけではないのだ。

＊　＊

ロベルトのアドバイスには参った。

ベンは眠れない夜を過ごした。パブで飲んだラガーくらいではちっとも酔えなかった。ただ、いつもならしっかりコントロールがきいているはずの気持ちが緩んだだけだ。そのせいで、ジェイムスのことばかり考えてしまう。ふたりの関係を振り返らずにはいられなくなる。昨日の電話からずっとさかのぼって、ケニアで雨の中、ジェイムスの姿を見とめたあの瞬間まで。

俺は決して認めるべきじゃなかった——自分の気持ちを。

別れるのは大したことじゃない、そう自分を偽っているべきだったのだ。そうしたら今、こんな苦しい思いをしないで済んでいたのだ。

これまでジェイムスに対して抱いていた感情は、言ってみれば氷山の一角でしかなかった。さほどのめり込むこともない、友情に毛が生えたような気持ち——見た目は。

だが水面下には思いもかけないほど巨大な何かが広がっていて、さまざまな感情がうごめいていた。そいつが今、容赦なく襲いかかり、俺を水中にひきずり込もうとしている。

沈みかけているのだ——俺は。

ベンは黙々と働いた。うわの空でフィオナに原稿を提出し、メトロノームみたいに機械的に校正作業をこなした。体は重く疲れきっており、心はそんな体の中に押し込められ、安らぐことなくざわついていた。手は休みなくボードを叩き、意味のない会話をしながら、頭の中では同じ考えがずっとぐるぐる巡っていた。

こんなに深入りするつもりじゃなかった。

トラブルになるとわかっていたのに、引かなかった。

悪いのは俺だ。

別れるのはいいことじゃないか——きれいに清算し、後腐れなしだ。それを認めれば、気分も晴れるさ。

すべてうまくいく。

頭の中で、ベンは何度もこの言葉を繰り返した。これこそが、いちばん信じたいことだった。だが、もうひとつ別の考えも頭の中を巡っていた。そしてそれがずっと頭を離れないのだった。

ジェイムスは地獄にいるような思いだろう。あいつはずっとこれを恐れて生きてきた。今カミングアウトをしたらどうなる？　いろんな問題があったはずなのに。あの妹はこの展開に対処できるのか？　連邦国家のほうはどうするつもりだ？　あいつはちゃんと眠れているのか？昨日の電話では今にも泣きそうだった。これまでの人生でもなかったほど過酷な日々を、あいつは今、一人で切り抜けようとしている。

ベンはジェイムスのそばにいてやりたかったし、これを乗り越えるために助けてやりたかった。だが同時に、二度と会いたくないような気もした。

パソコンにメールが届く。フィオナからだ。さっき提出した原稿が戻ってきている。テキストを開くと、フィオナのコメントが目に飛び込んでくる。

『今日のあなた、どうしちゃったの？　ロボットが書いたみたいな文章。ひどすぎ。バイトのほうがまし。編集できない。せめて人間が書いたような内容にしてくれない？』

コーヒーでも飲むか。


外に出て、コスタでコーヒーを買った。神経はもうズタボロだったが、歩きながらさらにカフェインを体に入れる。ロンドンの人波が、ベンの周りを足早に通りすぎていく。空気が冷たい。顔が冷たさで麻痺していく。なのに心臓はこんなに熱く脈打っている。

二日前の今ごろ、俺が気にしていたのはワーナー・クリフトンが俺のアパートまで押しかけてくるかどうかということだった。今考えれば笑える話だ。ワーナーを鼻先で締め出そうとやっちまおうと、どうでもいい。また同じことの繰り返しになるのだから。屈辱、罵り、そして何年かして届くメール。同じゲームなのだ。ワーナーは俺の頭の中まで潜り込んでくる。俺を操り、俺を無防備にさせる。

俺に対してこんな力が使えるのはワーナーだけだと思っていた。それもこれも、ワーナーと出会ったとき、俺がまだほんのガキだったせいだ——そう思っていた。だが、違うようだ。

けれどもこれで最後だ。

ベンは足を速め、角を曲がる。

こんなふうに俺を変えるやつなんて、これからはもう誰もいない。俺の心をひとかけらだって摑めるやつはほかにはいない。俺が誰かのものになるとか、ほかの誰かを自分のものにしたくなったりとか、そんなことはもうない。

どうやって自分を守ればいいかはわかっている。いつだってわかっていた――ワーナーに痛いほど叩き込まれたのだ。だから、もう二度と同じ過ちを繰り返さないだけの分別があってもいいはずだった。ジェイムスとの関係に「限界」という錯覚があったから、ふたりの関係をはっきり見せつける本物の「城壁」が存在していたから、油断したのだ。そのせいで、こんなドツボにはまっている――いや、ジェイムスの碧色の瞳だったり、素晴らしいセックス、一緒に朝を迎えたときに見つめてくる仕草なんかのせいで――。俺の人生のルールの、たったひとつの例外だ。これからは、安全になる。

もう、こんなふうに感じるやつは出てこない。誰も。二度と――。

＊　　＊

「チーム一丸となって、徹夜で働きます」

キンバリーはこれ以上ないほどの明るさで、ジェイムスにそう断言した。ふたりはクラレンス・ハウス内を移動しているところだ。プライベートエリアのほうに向かっている。

「明日の朝、バッキンガム宮殿での会合の前に、時間をとって内容を確認いたしましょう」

キンバリーからの要請で、つい数時間前、一族にカミングアウトをしたのだ。そして一族がこの件に対してどう対処するか、明日、宮殿で話し合うことになっている。

一族がどれほど驚愕しているかは容易に想像がつく。だがジェイムスに連絡してきたのはインディゴと（電話をしてきた、「愛してるわ」）、ニコラスだけだ（空軍基地から電話をしてきたが、必ず明日の会合には出るし、何があっても味方だと言ってくれた）。おそらくリチャードも今夜は徹夜で対策を練ることだろう——王座を手に入れるチャンスなのだから。

私もリチャードを見習うべきなのだろうが、今夜は別だ。

今日これまでしてきたことも、来《きた》るべき日までにするすべてのことも、王となる権利を勝ち取るため。だが今夜は違う。

人として失うものをこの眼にしっかり焼き付けるのだ。

「ありがとう、キンバリー。では明日」

居室に戻ると、今夜も従者に着替えを手伝わせ、食事をとり、酒を飲んだ。それから廊下の鏡の前に立つ。

どんな顔をしてベンに会おう？　いくつか表情を作ってみたが、どの笑顔も嘘臭かった。見た目はどうでもいい。それよりなんて言う？

いい時間を過ごしたね――おぞましいほど軽薄だ。

きみは素晴らしい幸せを私に与えてくれた。楽しい時間と友情と、すばらしいセックス。感謝するよ――シンプルだし嘘はない。だが、今の気持ちを伝えるには足りない。

いずれはこうなるはずだっただろ？　さっくり別れよう――なんだかつっけんどんだな。ベンが言いそうなことだし。しっくりこない。

ベン、きみのことは決して忘れない。一緒に過ごしたどの瞬間もね。五〇年たってもきっと覚えている、きみとのキスがどんなふうだったか、きみの声がどんなだったか。あの週末、きみのフラットで抱き寄せられたときのこと、互いに交わした言葉も決して忘れない。きみの顔を氷で彫ることもできる。もう二度と会えないとしてもきみはいつまでもわたしの一部だ。

だめだ。

こんなに馬鹿正直に言うものじゃない。ベンはドン引きするだろう。そんなことでふたりの最後の夜を台無しにしたくない。

セックスはするだろうか？　そうなれば心の痛みはますますひどくなりそうだ。でも、もしベンがそんなそぶりを見せたら、ベッドで過ごすのでもいい。これで最後の夜なのだ、どんなチャンスも逃したくない。

スケジュールどおり、階下で物音が聞こえ、ベンが階段を上ってくる。コーギーたちを隣の部屋へと追いやりながら、小声でつぶやく。「きみは素晴らしい幸せを私に与えてくれた。きみは素晴らしい幸せを私に与えてくれた」

すらっと、気軽に言いたかった。これだけはちゃんと伝えたかった——。

ドアが開き、振り向くとベンが入ってくるところだった。すでにコートを脱ぎ、断固とした面持ちだ。黒いタートルのセーターにジーンズ。ジェイムスは口を開く、思った以上に自然と声が出せて自分でも驚きだ。

「よかった、私たちが——」

あっという間にベンが近づいてきて、ぐっと抱き寄せられ、唇が重なる。激しく。濃密に。最初ジェイムスは抗おうとした。キスに、ではない。ベンから押し寄せてくる感情の波に押し流されそうになったのだ。でも、抗えるはずがなかった。ベンの首に腕を回すと獰猛なまでにキスをし返す。抱き合ったまま——ずっと。

ようやくふたりの唇が離れた。ベンが深く息をつき、ジェイムスが囁く。「すごくうれしいよ。かしこまったりぎこちなかったりしたら——そんなの嫌だからね、別れを言うのに」

ベンがジェイムスの頬を撫でる。深い瞳は決意の色を秘めている。

「俺は別れを言うつもりはない」

「——え？」

ジェイムスは混乱した。ベンはいったい何を言っている？

「でも――きみだってわかってるだろ」

「いいや」

「だってこんなこと、秘密にしておけないよ」ベンは別れるつもりはない――そう思うと心が浮き立ちそうになるが、厳しい現実は変わらない。「どんなに気をつけていたって、マスコミはあっという間にきみのことを嗅ぎつける」

「あっちに嗅ぎつけさせるんじゃない」ベンが応じた。「こっちから言ってやるんだ」

「言ってやる？」

希望と苦痛がないまぜになってジェイムスをとらえる。なんと言っていいのか、すぐには言葉が見つからない。

「ベン、それはできない。きみはわかっていない。きみの名前を知ったが最後、記者はみんなきみを追いかける。きみのフラットの前でテントを張って待ち構える。きみのオフィス前でも待ち伏せする。電話は盗聴されるし、メールはハッキングされる。プライバシーのかけらもなくなる。心休まるときがない。きみの人生を台無しにしてしまう」

ベンは肩をすくめた。

何だろう、いつもと雰囲気が違う。気が張りつめていて、荒々しくて、それでいてどこか途方にくれている。

「ああ、俺たちの関係が世界に知れたら、俺の人生は台無しになる。でも、お前を失えばやっぱり俺の人生は台無しになる。どっちにしろ同じことだ」

「ちょっと待って、待ってくれ」ジェイムスはベンの体を押し戻した。どうにか自制心を取り戻そうとする。

今までこんな会話をしたことはなかった――ベンが私を大切に思っていて、私を必要としているだなんて――よりによって、ふたりの関係を終えようというときに、そんなことを言われるなんて、心がもちそうにない。

ベンを失う――そのことに自分を慣らしてきたところなのだ。希望ではなく。希望を持つほどつらいことはないから。

「そんなことは起きやしない、わからないのかい？　そんなひどい状況にきみをさらすことはできない」

「わかっていないのはお前のほうだ」

「ベン……」

「愛している」

ジェイムスの息が止まり――時間が止まった。

ベンが身を寄せてくる。

「お前と――いや、誰とも本気になる気はなかった」

ベンの手がジェイムスの髪に触れる。視線は、ここではないどこかをさまよっている。心許ない、頼りなげなまなざし。まるで初めて自分の気持ちと向き合うみたいに。

「今まで、こんなふうに俺に感じさせるやつは誰もいなかった。誰もだ。これからだっていないだろう。お前は俺の壁を壊した。ほかの誰にもできなかったし、これからもできないだろう。お前だけなんだ。こんなに愛しているのは。この世でたったひとりきりだ。これは変えられない。もし今夜お前のもとを去ったら、俺はこれからの人生を……ふたつに引き裂かれて生きていくだろう。お前を求めながら。だから、去ったりしない」

「ベン……」ジェイムスは——ほかに何も言えなかった。そんな時間もなかった。すぐに固く抱き締められ、ベンの腕の中にいたのだから。

幸せな時間だった。ベンの首元に顔を埋め、何度も何度も心の中で繰り返す。

ベンが私を愛している。ベンが私を愛している。

これは現実なのだ。

だが、それでもやっぱり、引かねばならない一線はある。

ジェイムスは体を離し、両手でベンの胸に触れた。

落ち着け、冷静に頭を働かせないと——ベンのために。

「きみにそんなことをさせられない。きみはマスコミのことも、プライバシーの侵害のこともわかっているつもりだろうけれど、違う。わかっていない」

「なら学ぶさ」

言うのは易しだが、行うのは難しだ。現実を見つめろ。希望を持つな。

「きみはきっとうんざりする。そしてきっと私にも愛想をつかす。どれほど私がきみを愛していようと――ああ。まだ言ってもいなかった――すぐに言うべきだったのに――」

ベンのキスで口を塞がれる。「いいんだ。わかってるから」

「愛している」ジェイムスは言った。そう口にするだけで力が湧いてくる気がする。「だからこそ、きみを巻き込めない」

「俺のためになんて考えるな」ベンは怒っているように見えたが、優しく抱きすくめられる。

「俺の人生は俺のものだ。俺が自分で決めたことだ。まあもし、ただでさえ状況は複雑なのに、俺まで入り込んできたらもっとひどくなるって言いたいのなら、話は別だ。俺がいると困るか？」

「まさか！」

こんな展開になるとは夢にも思っていなかった。私が躊躇しているのは、そんなそんなことのせいじゃない。それはわかってもらわないと。

「ただ、きみのことを考えているだけなんだ。きみを守りたいから」

「それはできない。もう遅い」

そうなのか？

ベンは勇敢に立ち向かおうという気でいるが、世間もマスコミもベンを――ベンの人生をずたずたに切り裂いてしまうだろう。

「もし一緒に走り始めたら、きみはもう逃れられなくなる。想像以上に生活を制限される。望みもしない物事に取り囲まれることになる」

「望みもしないことなんて、今でも充分たくさんある。でも、俺はここにいたい」

ベンがまたキスをしてくる、最初のときみたいに情熱的に。あまりにもきつく抱き合っているせいで、今、響いてくる鼓動が自分のものなのかベンのものなのかわからないくらいだ。

ベンは本当に心の準備ができているのだろうか？　私を愛しているから、すべてを犠牲にしようというのか？

いや、それは不可能だ。

たとえふたりがしっかり結ばれていたとしても。別れたくなくても。

唇が離れたとき、ジェイムスが囁いた。「ベン……」

「ふたりでやらないといけない。わかってるだろ？」ベンの言葉には熱がこもっている。「俺たちは離れられない。今夜も。これからも」

ローレライの誘惑の歌のように聞こえるが、屈してはいけない。ベンの手をとり、慎重に言葉を選ぶ。

「ちゃんと聞いてくれ、いいね？」

「他人の人生まで支配しようっていうのか？　これは俺の決断だ」

「わかっている」そう言ってベンにさっとキスをする。「ますますきみを愛しているよ。きみの決断がどれほど私にとってうれしいことか、想像もつかないだろうね。でも、話を聞いてくれ。きみがどこまで考えてくれてるのか知る必要があるんだ。一度決断したら、もう戻れない道なんだから」

「なんでそんなに俺にたてつく？」

「きみのことを本当に愛しているからだよ。きみを行かせたほうがいいならそうすべきだと思っている」

「そんな考えは必要ない」

あまりにもきっぱりと断言するので、恐ろしい気持ちと舞い上がる気持ちでごちゃまぜになる。

私だって、ベンにずっとそばにいてほしい。でも、一時の盲目的な情熱で人生を犠牲にしてほしくない。

ベンとしっかり目を合わせ、一語一語ゆっくり話し出す。

「ベン、ふたりでこれを乗り越えるとしたら、私たちはずっと一緒にいることになる。毎日――どんなときもだ。どんな決断もお互いに影響する。いってみれば――結婚するようなものだ。私はきみをものすごく愛しているけれど――私たちはまだそこまでの間柄じゃない」

ベンの厳しい表情がとけ、初めて戸惑いの色が浮かぶ。それもそうだろう。束縛されることをベンはいちばん嫌ってきたのだから。

「そういうことか」ベンの声は囁きに近かった。「わかった。今選ばなければ後がないっていうなら――俺は今、それを受け入れる」

受け入れる？

自由を何より尊重してきたベンが――受け入れる？

「本当に？」

ジェイムスは泣きたいのか笑いたいのかわからなかった。

「お前は俺のものだ」ベンは当たり前のように言い放つ。自明の理であるかのように。「世間もマスコミも王子であるお前しか見ていない。ひとりの男としてお前を見ているのは俺だけだ。お前は俺のものだ。何者にもお前を奪わせない」

ふたりの目が合う。

もう――迷うまい。

「そしてきみは私のものだ」ジェイムスは言った。ここ数日の惨めな気持ちなど、どこかに吹き飛んでしまった。

「ここから先、どんなことになるか、きみと同じくらい私にもわからない。けれどもふたりでともに挑戦してみたい」

きみのために全力を尽くす。どんなことだってする。きみを最悪のことから守ってみせる。

「一緒にやろう」とジェイムス。

「納得したか？」

「ああ」

「本気だな？」ベンが笑い出す。つられてジェイムスも笑う。うれしくて笑っているというよりは、思いがけず同志を見つけた驚きからふっと湧き出た笑いだ。

「ああ、本気だ」ジェイムスがベンの手を握る。

ベンはほっと息を吐く。ジェイムスはベンを引き寄せ、抱き締める。しばらくそのままでいた。気持ちが落ち着き、力がみなぎるまで。

ベンが少し体を離し、ジェイムスの額にキスをする。

「大丈夫か？　疲れているな」そう言ってジェイムスの顔にかかった髪をかきあげる。「眠ったのか？」

「そんなには」

「この数日は大変だったろう」

思わず頷きかけたが、やめた。ただ微笑む。

「でも、今の時点では今日が人生最良の日だ」

ベンの瞳の奥にあった優しさが、つかの間、いたずら好きな少年の瞳のように輝く。無垢な少年みたいに。

「俺もだ」

次にキスを交わしたとき、ふたりとももう離れる気はなかった。言葉もいらない。互いに服を脱がし、寝室に入り、口づけを交わし、互いに触れ、ひと時もその手を休めようとはしなかった。裸でふたりベッドに倒れ込み、しっかり絡み合う。そのころにはジェイムスの心もすっかり固まっていた。

明日、ふたりは現実に立ち向かう。明日になれば、世界も動き出す。ベンの人生は一変するだろう。考えるべきこともたくさん出てくる。

だが今夜は——こうしてふたり、体を重ねていればいい。互いに互いを感じていればいい。ベンの体に、その存在に包まれながら。

ジェイムスの動きに合わせてベンが悦びの声を上げる。祈りと同じくらい敬虔に、誓いの言葉を囁き合う。そして何度も、何度も、ただ、互いの名前を呼ぶ。

体と心のどちらも深く、固く結ばれて、ジェイムスは生まれて初めて明日のことを忘れ——ただこの瞬間のことだけを想った。

ロイヤル・シークレット

2019年11月25日　初版発行
2023年 9 月30日　第 3 刷

著者　ライラ・ペース［Lilah Pace］

訳者　一瀬麻利

発行　株式会社新書館
〒113-0024 東京都文京区西片2-19-18
電話：03-3811-2631
［営業］
〒174-0043 東京都板橋区坂下1-22-14
電話：03-5970-3840
FAX：03-5970-3847
https://www.shinshokan.com/comic

印刷・製本　株式会社光邦

Printed in Japan　ISBN 978-4-403-56038-5

NOW ON SALE

殺しのアートシリーズ

殺しのアート1

「マーメイド・マーダーズ」

ジョシュ・ラニヨン 〈翻訳〉冬斗亜紀　〈イラスト〉門野葉一

有能だが冷たいFBIの行動分析官・ケネディ。彼のお目付役として殺人事件の捜査に送り込まれた美術犯罪班のジェイソンだが!?　「殺しのアート」シリーズ第1作。

殺しのアート2

「モネ・マーダーズ」

ジョシュ・ラニヨン 〈翻訳〉冬斗亜紀　〈イラスト〉門野葉一

サンタモニカの事件に加わったFBI美術犯罪班・ジェイソン。8ヵ月ぶりの再会なのにケネディは冷たい態度を見せる。二人の間になにかあると思っていたのは自分だけなのか――!?

殺しのアート3

「マジシャン・マーダーズ」

ジョシュ・ラニヨン 〈翻訳〉冬斗亜紀　〈イラスト〉門野葉一

駐車場で何者かに襲われ薬物を射たれたFBI美術捜査班のジェイソン。ケネディは母親が暮らすワイオミングでの傷病休暇を提案するが、その町で奇術関連の盗難と殺人が発生し――!?

殺しのアート4

「モニュメンツメン・マーダーズ」

ジョシュ・ラニヨン 〈翻訳〉冬斗亜紀　〈イラスト〉門野葉一

FBI美術捜査班ジェイソンを悩ませているのは、幻のフェルメール作品を含むかつてナチスに奪われた美術品の調査。敬愛する祖父が事件に関わっているかもしれない――!?

殺しのアート5

「ムービータウン・マーダーズ」

ジョシュ・ラニヨン 〈翻訳〉冬斗亜紀　〈イラスト〉門野葉一

FBIの美術犯罪班捜査官ジェイソンは、大学に潜入捜査しながら失われた古い映画フィルムの謎を追いはじめる。一方、サムの昔の恋人を殺した連続殺人犯には共犯者の影が……。

モノクローム・ロマンス文庫

定価：本体990〜1540円＋税

「イングランドを想え」

KJ・チャールズ

〈翻訳〉鷲谷祐実　〈イラスト〉スカーレット・ベリ子

裕福な実業家の別荘に招かれた元英国軍大尉のカーティス。気乗りしないパーティへの参加にはある狙いがあった。自分の指を吹き飛ばし、大切な友人の命を奪った欠陥銃事件の真相を暴くという目的が——。20世紀初頭のロンドン郊外を舞台に繰り広げられる、冒険ロマンス。

「サイモン・フェキシマルの秘密事件簿」

KJ・チャールズ

〈翻訳〉鷲谷祐実　〈イラスト〉文善やよひ

伯父から相続した古い屋敷で暮らし始めた新聞記者のロバートは、霊障に悩まされていた。壁は血を流し、夜な夜な聞こえてくる男同士の甘いうめき声——。19世紀末の英国を舞台に、ゴーストハンター、サイモンにまつわる事件を新聞記者ロバートが記したオカルティック事件簿。